W I N G S ・ N O V E L

作家令嬢のロマンスは王宮に咲き誇る

作家令嬢と書庫の姫～オルタンシア王国ロマンス～④

春奈 恵
Megumi HARUNA

新書館ウィングス文庫

S H I N S H O K A N

作家令嬢のロマンスは王宮に咲き誇る
作家令嬢と書庫の姫～オルタンシア王国ロマンス～④

目次

作家令嬢と書庫の姫
～オルタンシア王国ロマンス～
Characters & Map

エリザベト・アデラール・ド・シャロン
（リザ）

オルタンシア王国第一王女。
王位継承権第二位。
読書家。

アナスタジア・ド・クシー
（アニア）

クシー女伯爵。
オルタンシア王国文書管理官。
小説の執筆が趣味。
元宰相だった亡き祖父の記憶が見える。

ジョルジュ・エミリアン・ド・シャロン

メルキュール公爵。
リシャールの双子の弟。
間諜活動で王家を支える公爵家の
養子となった。

ティモティ・ギュスターヴ・ド・バルト
（ティム）

マルク伯爵。王太子付き武官。
アニアの従兄。

リシャール・マティアス・ド・シャロン

オルタンシア王国王太子。
リザの兄。ジョルジュとは双子。

ディアーヌ・ルイーズ・
シャルロット・ド・ポワレ

ポワレ宰相の妻。エドゥアールの養女で、
アニアにとっては血の繋がらない叔母。

バスティアン・ルノー

アニアの秘書。
彼の父シモンはエドゥアールの秘書だった。
極度の仕事中毒。通称・箒（バレー）。

ユベール・ド・シャロン

オルタンシア王国国王ユベール二世。
リシャール、ジョルジュ、リザの父親。

エドゥアール・ド・クシー

アニアの祖父。
先代オルタンシア国王の宰相で、
大熊エドゥアールと
呼ばれた切れ者。故人。

シリル・ロマン・ド・ポワレ

パクレット伯爵。オルタンシア王国宰相。
エドゥアールの元部下で平民出身。

ルイ・シャルル・ド・シャロン

ユベール二世の異母弟。
クーデターに失敗し、
アルディリア王国に亡命。
別名マルティン・バルガス。

オルタンシア王国周辺地図
グリアン王国
シェーヌ領
グランツ王国
パクレット領
ステルラ共和国
ホルク
ブランシュ領
アルディリア王国
メルキュール領
リール
アガタ
バルト領
オルタンシア王国
ラウルス公国
クシー領
マルク領
クレド
イロンデル港
セリュール港
ランド領
セレーノ
ガルデーニャ王国
SEA

イラストレーション◆雲屋ゆきお

Sakka reijo no
romance wa
oukyu ni sakihokoru

作家令嬢のロマンスは王宮に咲き誇る

1

オルタンシア王国の王都リールにも冬の気配が濃くなってきた。

さすがに華やかな王宮とはいえ、その庭から色彩が減ってくる。針葉樹《しんようじゅ》の色は深くなり、庭の花々はすっかり姿を消した。

窓の外を色づいた木の葉がまるで踊るように複雑に回りながら横切っていく。

その光景にアニアことクシー女伯爵アナスタジアはふとペンを走らせていた手を止めた。

本来なら静かな季節なのに、あの風に吹かれる木の葉のように駆け回っている方々の多いこと。

この時期は本来なら社交の季節から外れているので貴族たちは領地に戻っている。けれど、今年は王都から離れない人たちが多いという。

エリザベト王女の婚約者を国内貴族から選定することが決まってから、それに名乗りを上げたい者や、取り入ろうと考える者などの思惑《おもわく》が行き交っているのだ。そうした人たちはアニアのところにも時折やってくる。仕事中であろうと構わずに。

おかげで思ったより仕事が捗《はかど》っていないのよね。頑張らなくちゃ。

アニアは濃褐色《ブルネット》の髪を揺らす勢いで頭を振ると、書類に目を戻した。机の上には未処理の書類の束《たば》が積み上がっている。

そこへ慌ただしい足音が近づいてくるのに気づいた。厄介《やっかい》ごとの予感にアニアが顔を上げると同時に、扉が開けられた。

「やあ。愛《いと》しの可憐《かれん》な女伯爵殿。君の煌《きら》めく青い瞳が恋しくて呼ばれてなくても参上しちゃったよ。……って、待って。アニアちゃん？　何かこの部屋寒くない？」

芝居がかった口上とともに現れたメルキュール公爵ジョルジュは、入るなりそう言って部屋を見回す。アニアは驚いて手にしていた書類を落としそうになったが、なんとか持ちこたえた。

あいかわらず心臓に悪いわ……この方。

ジョルジュは現国王ユベール二世の第二王子として生まれ、メルキュール公爵家の養子になって家督《かとく》を継いだという経歴を持つ。甘やかな美貌《びぼう》を縁取《ふちど》る緩《ゆる》やかに波打つ美しい金髪と金褐《きんかっ》色《しょく》の瞳。黙っていれば文句なしの華麗な貴公子そのものだ。あくまで黙っていればだが。

メルキュール公爵家は代々個性的な人物が当主になることが多いため変態公爵家と名高い。

彼もその例に漏れずこの人が王宮に戻ると何かよくない事件が起きるとまで言われている。

人が聞けば関係を誤解されかねない先ほどの言動も、彼にとっては普通の挨拶《あいさつ》なのでもう気にしないことにしている。

「久しぶりに王宮に来たからお茶でもごちそうになろうと思ったんだけど、なんでこの部屋こんなに寒いの？」

その目は火の点《つ》いてない暖炉《だんろ》を恨《うら》めしそうに見つめている。

「申し訳ありません。普段はなるべく火を入れないようにしているので。すぐ点けさせますわ」

ジョルジュの後から部屋に入ってきた侍女《じじょ》に目配せする。ジョルジュはそれを見て納得できないといった様子で問いかけてくる。

「なんで？　倹約？　もしかして薪《まき》の予算ケチられてる？　だったら僕がちょっと担当者脅《おど》してぶんどってきてあげようか？」

頰に手をあてて小首を傾《かし》げるのはやめてほしい。いくら美男子で通る顔立ちとはいえ、二十五歳男性でこれはちょっとあざとすぎるわ。

それにアニアはこの人が見かけ通り軽いだけの人ではないことを知っている。口調は冗談ぽくても言ったことは必ずやる人なので、慌ててアニアは否定した。

「いえ。そうではないのです。この部屋は書庫に隣接しています。貴重な書物や文書に万が一のことがあってはならないので」

この事務室はアニアが事務仕事に使っている。新米文官であるアニアの仕事は主《おも》に書物庫と公文書庫の管理だ。燃えやすい書物を預かっている立場から火事だけは出したくなかったので、暖炉を使うこの時期は特に気を使っていた。

さすがに来客の予定があればちゃんと火を入れておくのだけれど、いきなりやってくる方々には対処が追いつかない。この人の場合、おそらく取り次ごうとした者を振り切って入ってきたのだろう。

「えー？　可愛《かわい》い君が風邪を引いてしまったら大変だよ。良かったら僕の腕の中で暖まるかい？　おいで。君なら大歓迎だよ」

ジョルジュは芝居がかった仕草で羽織っていた高価そうな外套《がいとう》を両手で拡げる。

さすがにそれはご遠慮《えんりょ》したいと思ったアニアだった。家は伯爵家とはいえ裕福ではなかったのでこのくらいの寒さには慣れている。

「お気持ちだけで結構です。ありがとうございます」

「兄上の下らぬ茶番のせいで余計に寒くなるではありませんか」

冷淡な声とともにジョルジュが入ってきたのとは反対側の書庫に通じる扉が勢いよく開いた。

「リザ様」

「兄上は辛抱《しんぼう》が足らぬだけだ。放っておけばいいぞ、アニア」

そこにいたのはリザことエリザベト・アデラール王女。ジョルジュの妹で年明けには十七歳の誕生日を迎える彼女は、今まさに王宮内で注目を浴びている人物だ。

ジョルジュと似た整った美貌と緩く結った長い金髪。すらりとした長身に外套と毛皮の襟巻《えりま》きと手袋をもこもこに着込んでいる。さすがにこちらは準備万端だ。

そして手には数冊の書物を大切そうに抱《かか》えていた。ジョルジュがすかさず妹に駆け寄る。

「おお、麗《うるわ》しの我が妹。今日も光り輝くように美しい」

リザは金褐色の目を細めてジョルジュと似た面差《おもざ》しに悪戯《いたずら》っぽい笑みを浮かべる。

「寒いと文句をおっしゃる割によく回る舌ですね。それに、私の大切な友にちょっかいを出すなど許しがたい所業です。そうは思われませんか？　リシャール兄上」

リザは冷淡にジョルジュを一瞥《いちべつ》すると、背後に目を向ける。大量の本を持たされている長身の男性が不機嫌そうに歩み出てきた。リザの長兄リシャール王太子だ。

リシャールはジョルジュとは双子の兄弟である。ただし、受ける印象は真逆だ。

アニアからすると真上を見なくてはならないほどの長身と、鍛《きた》え上《あ》げられた体つき、そして黒髪と精悍《せいかん》で整った顔立ち。唯一似ているのは金褐色の瞳だが、甘やかなジョルジュとは対照的に猛禽《もうきん》のような鋭い光を放っている。

「あいかわらず下らぬことをやっているようだな、ジョルジュ」

アニアが追加のお茶の支度《したく》をしようと慌てて席を立ちかけると、リシャールは首を横に小さく振った。

「そのままでいい。仕事中なのだろう」

怒っているような無愛想にもとれるような表情だが、アニアはこの人が怖い人ではないことを知っている。

リシャールは持ってきた書物をテーブルの上に置くと、ジョルジュに目を向けた。

「先ほどの言動ではアナスタジアが誤解されかねないだろう。もう少し考えて行動したらどうだ」

ジョルジュは首を引っ込める仕草をしながらさらりと答える。

「やだなあ。ちょっとした挨拶じゃないか。ところで、リザたちは何をしていたんだい？」

「部屋にいると呼んでもいない輩《やから》が押しかけてくるので、ここで本を読ませてもらっているのです。途中で兄上が調べ物にいらしたので荷物運びをお願いしただけのことです」

リザはそう言って肩をすくめる。ジョルジュも事情を察したように小さく頷いた。

「あー。まあ、とりあえず来月までの辛抱じゃない？」

「来月まで読書もままならぬなど、何の楽しみもないではありませんか」

「だけど、君の将来がかかってるんだよ？」

ジョルジュはもっともらしい口調で言いながら肩をすくめる。リザはうんざりしたように溜め息をついた。

「私の嫁《とつ》ぎ先が決まるだけのことです。なのに関係のない者たちが騒ぎすぎです」

そう、社交の機会がほとんどないこの季節、王宮に残っている貴族が多いのはリザの婚約者を選んでいるからだ。

一ヵ月後に行われる舞踏会までに婚約者を決めて、その場で正式披露《ひろう》することになっている。

おかげで色々な思惑が絡んで、アニアたちの身辺は静けさとは無縁の状態だった。

これまではオルタンシアでは王女は政略結婚の駒《こま》として他国に嫁ぐことが多かった。王位継承権を持たなかったからだ。リザもアルディリア王国の王子と婚約していたが、両国の関係悪化から破談になった。

その後、現国王ユベール二世は当代から王女にも王位継承権を与える方針を打ち出した。今年二十五歳になったリシャール王太子の結婚が遅れており、リシャールの双子の弟であるジョルジュはメルキュール公爵家を継いだので、近い将来王位継承権を放棄《ほうき》することになっている。

これによって王位継承権所有者が少なくなる可能性を見越してだろう。つまり、リザを継承権を持つ王女としてこの国に残す必要ができたのだ。

アニアからすれば願ってもない朗報だった。

今年の春、リザの女官として王宮に上がったアニアは、無類の書物好きというリザと意気投合して友人と呼ばれる立場になった。ただ、それは彼女が外国に政略結婚で嫁いでしまうまでの限られた交流になるはずだった。

けれど、彼女が国内貴族と結婚するのならこれからも会うことができる。

あとは素敵なお相手さえ決まれば、とアニアは思っていたが、そう簡単にはいかなかった。

話を聞いてなんとか王女の夫にと名乗りをあげた貴族たちによる売り込み合戦が始まったの

だ。

王位継承者の配偶者《はいぐうしゃ》となればそれなりの権勢を手に入れられる。家督を継げない次男三男にとっては絶好の機会だろう。が、それは本人たちの都合にすぎない。

彼らはリザの部屋に押しかけるようになった。あまりに煩《うるさ》くて読書の時間が取れないと怒ったリザは、予定のない時間は書庫に引きこもるようになった。

今は正式な婚約者候補が決まったと公表されたので数は減ってきてはいるが、今度はどの候補に取り入ろうかと計算している者たちもいて、完全に静かになったとは言いがたい。

そして、それを理由にリザは今も書庫通いを続けている。時にはこうしてアニアの事務室に休憩《きゅうけい》に訪れる。

そんな事情でこの事務室の周辺には警備兵が多めに配置されるようになった。勿論《もちろん》ジョルジュは彼らを押しのけてやってきたのだが。

「やれやれ、それじゃ『書庫の姫』復活じゃないか。女官長が怒ってるんじゃないの?」

火を入れた暖炉の前に陣取《じんど》って手をかざしているジョルジュの言葉に、アニアは思わず口元に笑みを浮かべた。

「今回は女官長も見逃《みのが》してくださっています。そのくらい大変だったようですわ」

書庫の姫、それがリザのあだ名だった。とにかく書物を読むことが好きだったことから皮肉半分でつけられたものだったのだろう。けれど本人はその呼び名をさほど嫌ってはいないらしい。

アニアが初めて王宮に上がった時、リザはここで寝泊まりまでしていた。いくら書物が好きでも書庫で暮らすなんてと驚いたものだった。

「おやおや。名うての貴公子たちが姫君の愛を競って甘い囁きを……ってわけにはいかなかったの？」

「皆代わり映《ば》えのせぬ口説《くど》き文句で、一日で飽《あ》きました」

リザはうんざりとした顔で膝の上に拡げた書物に目を向けている。

「以前アニアに言い寄っていた者もいるようで、例の名簿通りの台詞《セリフ》だったのは面白《おもしろ》かったのですが」

「まあ、やっぱり」

アニアも頷いた。それまで黙ってお茶を飲んでいたリシャールの手が止まる。

「名簿？　何のことだ？」

「前にアニアへの求婚騒ぎがあったではありませんか。あの時と同じ者が今度は私のところに来ていたようなのです。それを話したらアニアがその時求婚してきた者たちの名簿と口説き文句の一覧表を作ってくれて」

夏頃にアニアのところに求婚者が急増した時期があった。アニアが王太子のお気に入りだという噂《うわさ》を真に受けて取り入ろうとしたのだろう。同じ人たちが今度はリザの婚約者に名乗りをあげてきたと聞いて、アニアが彼らに言われた台詞を一覧表にして渡したのだ。

「やるねえ……さすがアニアちゃん」

ジョルジュが顎《あご》を擦《さす》りながら唸《うな》った。それを見ていたリシャールが呆《あき》れたように問いかけてきた。

「つまり、アナスタジアに言ったのと同じ内容だったということか？」

リザが頷いた。ジョルジュも天井《てんじょう》を見上げる。

「それはないなー。完全に駄目なやつじゃん……」

「ですよね？　使い古した言葉でリザ様に近づこうなんて許せませんよね？」

アニアにとってはリザは大切な主《あるじ》であり、大事な友人だ。そんな人を妻に望むのならそれこそ推敲《すいこう》に推敲を重ねた素晴らしい言葉を連《つら》ねてほしいと思う。勿論誠実な態度も必須要素だ。

「まあ、僕も全力で作った『貴族の愉快な放蕩者《おばかさん》一覧表』を父上にお渡ししたからね。めちゃくちゃ張り切ったよ。だから下らない売り込みをしても品性が伴《ともな》わないと無駄だよ」

ジョルジュがふわりと髪を揺らしながら自慢げに微笑《ほほえ》む。

メルキュール公爵家は代々諜報《ちょうほう》活動などで陰ながら国王を支えている。その情報網《もう》で本気を出したのなら、相当厳《きび》しい内容だろう。

つまりわたしの作った名簿どころではないということね。こういうことではジョルジュ様はとても頼もしいわ。

アニアは大きく頷いた。

「さすがジョルジュ様です。下調べは万全なのですね」

「こういうときだけは役に立つのがジョルジュ兄上ですね」

「ふふっ。もっと褒《ほ》めて褒めて。僕に文句をつけられるような男に可愛い妹を嫁がせるつもりはないよ」

リシャールが複雑そうな表情で眉間《みけん》に皺《しわ》を寄せる。

「そなたに任せたら誰も残らなくなりそうだな」

「大丈夫じゃない？　誰か残ってるから最終的な候補が決まったんだし。今後は無駄な売り込みは減ってくるよ。ね？」

ジョルジュは意味ありげにアニアに目配せしてきた。

確かに国王が婚約者候補を絞り込んだと公表したので、当初の競うような騒ぎは落ち着いてきている。候補者はジョルジュの調査をくぐり抜けたそれなりの人物なのだろう。

けれど、今度は別の意味で面倒なことになっているのだけど。

アニアは口に出さずにそうぼやいた。その様子を見て、リザが眉《まゆ》を寄せて問いかけてきた。

「……もしかして、何かあったのか？」

「いえ、個人的な事情なので、大事ではないのですが」

光栄なことにアニアは『王女の友人』という立場にある。そのことは王宮内ではかなり知れ渡っているらしい。今回も騒動の始まった頃、口利《くちき》きを頼んできた人たちも多少はいた。

ただ、本当の面倒ごとはその後にやってきた。

「最近シェーヌ侯爵がこの部屋に出入りしてるらしいね？」

ジョルジュがぽつりと口にした。どうやら彼はアニアの近況も知っているらしい。この人は一体どこから見ているのだろう、と思ってしまうほどに。

「よくご存じで。侯爵は弟が婚約者候補に残っているので、わたしからも推薦《すいせん》してほしいと何度かいらっしゃいました。一応親族なのでなかなか諦《あきら》めていただけなくて」

「シェーヌ侯爵……ああ、確かに。マティアスとか言ったか」

リシャールが頷いた。

図らずも知る羽目になったのだが、リザの婚約者候補にはアニアの縁者が二人含まれているらしい。一人は父方の従兄《いとこ》のティムことマルク伯爵ティモティ・ド・バルト。もう一人は祖父の姉が嫁いだシェーヌ侯爵家の現当主の末弟マティアス。

とはいえ、幼い頃から交流があるティムと違ってマティアスとは面識もない。侯爵とも初対面だったくらいだ。そもそもアニアが推薦したくらいで決まるはずがない。

なのに、何度説明しても引き下がってはくれない。相手は侯爵なのでこちらからはっきり言えないのもあるのだけれど。

「侯爵とマティアス様はわたしからすると又従兄《またいとこ》に当たります。とはいえ今まで一度もお会いしたことがなかったのでお断りしているのですけれど……」

「まあそうだろうねー。弟の方には僕も会ったことないし、知らない人を推薦できないよね」

それを聞いてリシャールが思い出したように呟いた。

「確かバルトと同じ頃近衛《このえ》に入ったらしいが、オレも会った記憶がない」

「すぐにお辞めになったと聞いています」

アニアはやんわりと答えた。実はある程度の事情を知っていたけれど、さすがに伝え聞きなので口にはしなかった。

ジョルジュが何か楽しげに目を輝かせた。アニアが言葉を濁《にご》したのに気づいたのだろう。

「ふうん。掘れば何か出てきそうな御仁《ごじん》だねえ。アニアちゃんを困らせるならもうちょっと掘ってみようかなあ♪」

あ、マティアス様これで終わったかもしれないわ……。

ジョルジュのことだ、きっと大量の収穫を手にして報告してくれるだろう。

リザは不満そうに口を尖《とが》らせる。

「全く、どいつもこいつも。売り込むなら父上にすればいいものを」

「リザ様……さすがに陛下に直接売り込むのは大変ですわ」

「だが、アニア、断って良かったのか？　そなたの頼みなら顔を立てて話を聞くくらいのことは構わないぞ」

アニアは大きく頭を横に振った。その勢いにジョルジュとリシャールが驚いている。

「いいえ、いいえ。お気遣いは大変ありがたいのですが、それには全く及びません。あの家は以前、わたしの家の借金が発覚した時にさっさと付き合いを断ってきたのですから。それはそれは素早い逃げっぷりでしたわ。それなのに、わたしが家を継いだばかりで何も知らないと思って、父とは懇意《こんい》にしていたなどとしれっと嘘をおっしゃっていました」

アニアは一息でそう説明した。その勢いにリザもリシャールも目を瞬《しばた》かせて驚いていた。

クシー伯爵家は父の代の時、賭博《とばく》による浪費や領地をだまし取られたりしたことで、家計は火の車だった。返済に窮《きゅう》して金持ちの男とアニアを強引に結婚させようとしていたほどに。それが知られると親類縁者たちは凄《すご》い勢いで離れていった。シェーヌ侯爵もその一人だ。

「そのような嘘をついてまで頼みごとをするなんて恥ずかしくないのでしょうか」

過去の都合が悪いことをなかったことにできるしたたかさには感心するけれど、さすがにこれはないだろうと思う。

ジョルジュはアニアを宥《なだ》めるように笑った。

「まあまあ。貴族なんて大概《たいがい》そんなもんだよ。親戚《しんせき》といえば君の従兄殿はどうしてるの？　領地に戻っているとは聞いていたけど」

「ティム……マルク伯爵でしたらおそらくもう王都に向かっているはずです」

「そうだな。そろそろ喧嘩を売られることもないだろうから頃合いだろう」

リザが頷いた。

「喧嘩？　何それ？」

物騒な言葉に興味を持ったらしくジョルジュが金褐色の目を期待に輝かせる。どうやらティムが領地に戻った細かい事情までは知らないらしい。

リシャールが説明した。

「喧嘩ではない。エリザベトの婚約者選びの話が出た当初、名乗りをあげた者たちがあやつに剣術の試合を申し込んできて仕事にならなかった時期があった。だからしばらく領地に戻っていたほうがいいとオレが言ったんだ」

ティムことマルク伯爵ティモティ・ド・バルトは、アニアの従兄で、今はリシャール付きの武官。リシャールより一歳年上の二十六歳。主な仕事は王族の警護で、リザとも接点がある。

彼は赤銅色《しゃくどういろ》の髪と水色の瞳の優しげな容姿をしている。ただのお飾りだと甘く見て、彼に勝てばリザの目に留まるかもしれない、と考えて挑んできたのだろう。

まあ、無謀《むぼう》なんだけれど。

ティムは王宮で行われる武術大会でここ数年全く敵無し状態だ。彼に勝てるとしたら立場上武術大会に一度も出たことのない王太子くらいではないかと言われている。

中には袖《そで》の下を渡して手加減してくれと頼んでくる輩もいたというのだから、浅ましいとしか言いようがない。全員あっさりと負かされる結果になったのも当然だろう。

ただ、一人や二人ならまだしも連日では疲れるだろうと、王太子自ら休むよう命令したらしい。だから表向きは休暇《きゅうか》で領地経営に専念しているという形になっている。

「へえ。僕はてっきり逃げ出したのかと思ったよ」

ジョルジュがへらへらと混ぜ返してきたのを、アニアはさすがに聞き捨てならないと彼に向き直った。けれど、それよりも早く反撃に出たのはリザだった。

「ではジョルジュ兄上がアニアにおかしなちょっかいを出していたと伝えましょうか。一日で戻ってきますよ」

大げさではない。ティムはアニアを実の妹のように大事にしてくれている。実の親よりも遙《はる》かに過保護だ。その上、彼は見かけは優しげだが怒らせると大変怖いのだ。

リシャールは口元に手をやって黙り込んでいる。彼も同様のことを考えているのだろうとアニアは察した。

リザがわざとらしく目元を押さえる仕草をする。

「兄上にお会いできるのも今日が最後になるかもしれません。非常に残念です」

室内は暖まってきたというのに、ジョルジュが大きく身震いした。

「うわー。やめてやめて。僕は嫌われ者のくそジジイになるまで長生きしたいんだ」

「でしたら彼を侮《あなど》らないことですね。決して逃げ出すような男ではありません」

アニアは軽い驚きとともにリザを見た。

リザは他人への興味が薄い。人を見る基準は面白いかどうか。人を計る単位は書物何冊分楽しめるか、だったりする。

ティムはリシャールの側近として付き従うことが多いので、アニアが王宮に来る以前から一人は面識がある。アニアが王宮に来てからはティムとリザが言葉を交わす機会も増えているし、最近ではリザの護衛を務めていたこともある。

表沙汰《おもてざた》にはならなかったが、リザが駆け落ち騒ぎを企《たくら》んだ時も、ティムを相手に選んでいたくらいだ。普通、親しみのない相手をそんな計画に巻き込まないだろう。

リザは誰が候補に挙がっているのかはすでに聞いているはずだ。婚約者選定について淡々とした態度を貫いているのは、リザが誰かに近づくことで相手に取り入ろうとする者たちが殺到するのを知っているからかもしれない。

リザが兄に対してはっきりとティムを庇《かば》ってくれるのは嬉しかった。彼のことを信頼してくれているのがわかるから。

候補の中で一番リザの側《そば》にいるのはきっとティムだもの。

……このまま二人が上手《うま》くいけばいいのに。

長く女性に家督相続を認めていなかったせいか、オルタンシアでは女性が高い見識を持つことを嫌う男性も多い。その点ティムはリザの書物好きを理解しているから、今まで通り読書三《ざん》昧《まい》の生活を続けさせてくれる理想的な相手ではないだろうか。

だからアニアは自分が推薦してどうにかなるのなら、ティムを強烈に推《お》したかった。

リザの夫にふさわしいのはティムだと、自信を持って言える。

……もし、問題があるとしたら、ティムがリザ様を崇拝《すうはい》しすぎている……ということかしら。

＊　＊　＊

実はティムは領地に戻る前にアニアの元に挨拶に来てくれていた。

珍しく少し表情が暗くて、最近なんか剣の試合の申し込みが多くてね、とぼやいてから彼はぽつりと付け加えた。

「先ほど王太子殿下から聞かされた。どうやらリザ様の婚約者候補に僕が入っているらしい」

「まあ、それは素晴らしいわ。おめでとう」

アニアは心の底からそう言った。ティムはアニアにとって自慢の従兄だ。

優しくて人当たりはいいし、頭もいい。剣も強い。それに、彼は王太子の側近として重用されている。その彼にリザを嫁がせるというのは政略的にもありえる話だ。

彼もまた王位継承者の配偶者となればさらに王宮内での地位を固めることができる。

何より二人が結婚してくれれば、アニア自身も嬉しい。

なのに、ティムは顔を真っ赤にして否定した。

「いやいやいや。無理があるよね？　僕がリザ様の婚約者？　そんなの無理だよ」

普段は温厚で柔らかい印象のティムが、そんなにはっきり拒《こば》むとは思いもしなかったのでアニアは驚いた。ティムの方はどうやらアニアがあっさり認めるとは思わなかったらしい。

「どうして？　ティムはリザ様のことが嫌いではないでしょう？」

「そういうことを言える立場ではないよ。彼女は王女で僕は一臣下《いちしんか》にすぎない」

……まだあの片想いをこじらせているのかしら。

ティムも決してモテないわけではない。王太子殿下の側近という将来性を見て狙《ねら》ってくる令嬢もいたと聞いている。けれど彼は、自分には想い人がいるから、と縁談を断り続けていた。

ティムは初めて王宮に上がった日に一生お仕《つか》えしたい女性に巡《めぐ》り会《あ》ったのだとか。さすがに六年も前のことだから今も同じ気持ちなのかはわからない。

だけど、ティムは嫌いな相手にはよそ行きの笑顔しか見せないのにリザ様に向けている表情はそうじゃない。それだけは断言できる。

「ティムはリザ様のことをずっと前から見てきたのよね？　以前からよく知っているティムが婚約者候補にいるということはリザ様には心強いことではないかしら？」

アニアがそう問いかけるとティムはまんざらでもない様子で少し頬を染めた。

「……確かに王宮に上がったその日から存知上げてはいるけど。そこまで頼りにしていただけてるのかなあ……」

あれ？　初めて王宮に上がった日って……まさか。

アニアはやっと気がついた。ティムがずっと言っていた想い人というのはリザではないのかと。

ティムは一生お仕えしたい、お守りしたい女性に会った、と言っていた。しかも、どうやら簡単に結ばれる相手ではないらしい。それを聞いたアニアは大事な従兄が道ならぬ恋に落ちたのかと心配した。

そして、リザから聞いた話では、ティムは王宮に上がった初日に迷子になって、偶然一人で庭に出ていたリザと会っているらしい。当時リザは十歳。おそらくは利発で大人びた少女だったのだろうと想像できる。

あのリザ様ですもの。当時からさぞや愛くるしくて魅力的な少女だったはず。地方から出てきたばかりのティムがひと目ぼれしたって不思議じゃないわ。

当時のティムはバルト子爵家の次男坊だった。家督とは無縁、しかも王宮仕えを始めたばかりの無官の青年でしかなかった。王女とどうにかなれるような立場ではない。

もしかして、ティムが毎年のように転属願を出しているのは、リザ様の側付きになりたいからなのかしら？

それならばティムはずっとリザに片想いをしていたということになる。

だったらどうして婚約者候補になったからって挙動がおかしくなるの？　望みが叶《かな》うのではないの？

二人が結婚してくれればわたしだって嬉しいのに。なんで無理だなんて言うの。リザ様だってティムのことを気にかけてくださっているのだから、悪《あ》しからず思っていらっしゃるはずよ。そもそも、お決めになったのは国王陛下なのだから、資格がないと言い張る理由はない。今のティムは領地持ちでマルク伯爵という地位もある。

全然無理じゃない。むしろティムが本気を出せば確実だわ。どうしてここで遠慮するのかわからない。

それとも、守りたいっていうのは崇拝対象としてただ側で仕えたかっただけで、一人の女性として意識していたのではないのかしら？　だから想像が追いつかない……とか？

でも本当に全然意識していなかったのなら、逆にこんなに狼狽《うろた》えたりしないはず。

この際だからティムには自分の気持ちをはっきりと自覚してもらわないと。

アニアはそう決意して、ティムに向き直って語調を強めた。

「候補に挙がって当然だと思う。ティムはどこに出しても恥ずかしくないわたしの自慢の従兄だもの。どうしてそんなに慌てているの？　リザ様に何か不満があるというの？」

不満があるなどと口にしたら、従兄であろうと黙ってはおかないと腕組みしたアニアに、ティムは焦《あせ》った様子で慌てて首を横に振る。

「不満なんてあるわけないよ。だからね、ほら……例えば、アニアの小説に出てくる色男で高貴な生まれの貴公子がもし、アニアの夫になりたいって言ってきたらどう思う？」

アニアは趣味で小説を書いている。主人公は完璧《かんぺき》な貴公子で、想い人を守るために戦う一途な男だ。浮気などしない。だから自分は彼にとって恋愛対象外だし、そもそも小説の登場人物が自分を口説くはずがない。

「それは無理だわ。彼がわたしを口説くなんてありえない。そもそも小説の登場人物とでは住んでいる世界が違うもの」

「それだよ。別世界の人だと思っていたんだ。側でお仕えするのもお守りするのも当然だと思っていたけれど、結婚するとか考えたこともなかった。僕のような者が夫になるのは解釈《かいしゃく》が違うっていうか……とにかく無理」

自分が夫になるのが解釈違い？　意味がわからなくてアニアは困惑した。

これは初恋をこじらせるとかいう段階ではないわ。相手を敬愛しすぎて高いところに持ち上げすぎているというか……崇拝しすぎているというか。

……人間扱《あつか》いしてないというか。

「確かにリザ様は素晴らしい方で、自分と比べられないというのはわかるわ。でも、ティム。リザ様は小説の登場人物や神様ではないのよ？」

自分も王宮に来るまでは王族は別世界の人で、自分とは違う、と思っていた。

けれど、彼らは与えられた役割や周囲の期待に応《こた》えるという重責を担《にな》っていても、平然とこなしているわけではない。自分たちと同じで悩みも苦しみもする人間なのだと知って、無意識に彼らとの間に引いていた境界線が薄れてきたような感覚がある。

「それはわかってるんだけどね。何か心理的に越えられない壁があるんだ」

壁？　そんな高い壁があるの？

ティムはアニアより長く王宮で働いていて、王族の方々とも落ち着いて普通に接しているように見えたので意外だった。それともこれはリザ限定なのだろうか。

だけど、どんなに高い壁があろうとティムにはそれを乗り越えてほしいとアニアは思った。

「そんなことを言っていたら、リザ様は他の貴族男性と結婚することになるのよ？　例えば、シェーヌ侯爵の弟君も候補になってるのを知ってる？」

「え？　待って。シェーヌ侯爵の弟ってマティアス？」

ティムの眼差《まなざ》しが一気に温度を下げたような気がした。すっと背筋を伸ばして問いかけてきた。

どうやら自分以外の候補の名前は知らされていないらしい。

「そうよ。わたしのところに侯爵がご挨拶にいらしたの。勿論断ったわ」

マティアスはティムにとっては同い年の又従兄弟同士だ。名前を聞いて急に真顔になったところを見ると、どうやら彼のことを知っているらしい。

「マティアスは僕と同じ頃に武官になったのに、すぐに音《ね》をあげて領地に逃げ帰ったんだよ。確かに大きな問題は起こしてないけど、領地に戻っても遊び歩いているだけで、今も実家で持て余されているらしい」

「……そうだったの？」

日立つ問題を起こしてはいないだけ、ということだろうか。侯爵がアニアのところに本人を連れてこなかった理由が何となくわかる気がした。

「マティアスは駄目だ。リザ様を守れるような男じゃない」

どうやらマティアスの名前を聞いたことでティムは現実に戻ったらしく、冷静になってきた。

アニアはさらに言葉を継いだ。

「他の方々もリザ様と条件の合う独身男性貴族となれば候補者は大体ティムの知っている人だと思うの。マティアス様のような隠れた問題のある方もいらっしゃるかもしれないわ。ここで、ティムが頑張らないでどうするの？　他の婚約者候補の人たちがリザ様をお任せできる方かどうかティムに見極めてほしいわ。いざとなったら他の候補たちを放り投げてでもリザ様をお守りして。ティムならそれができると思うの」

想う気持ちがあるのなら、リザが自分以外の男と並んでいる姿に耐えられないだろう。その光景を見て、自分の気持ちに気づいてくれれば心を決めるはずだ。

せっかく候補に名前が残っているのに、ここで尻込みしたら一生後悔するわ。

無理だとか言わないで。高い壁なんてぶっ壊してでもリザ様の手を取ってほしい。ティムならできるはずだもの。

ティムの表情が目に見えて落ち着いてきたように見えた。大きく息を吐いて、いつも通りの微笑みを浮かべる。

「……確かに。候補と言われたくらいで平常心を失うようでは、僕もまだまだだね。他の候補がリザ様にふさわしいかどうかも見ていないんだから、まだ慌てるところじゃない」

ティムは自分に言い聞かせるように呟いた。アニアは大きく頷いて言葉を続けて畳《たた》みかける。

「そうよ、まだ決定じゃないわ。だから、領地に戻って、今のうちにちゃんと心を決めてきて。ティムなら大丈夫よ。それに、何があってもこれからもリザ様にはティムが必要なのよ。だから……」

無理とか言わないで、お願いだから。リザ様を守って。

リザは貴族の令嬢としては変わり者の部類に入るアニアを友だと言ってくれた。アニアにとってかけがえのない主であり、大事な人だ。彼女が嫁ぐのなら理解のある素敵な人が相手であればいいと思う。

まずはティムには頭を冷やしてもらわなくては。

その時が来たら冷静に決断してくれるように、覚悟を決めて戻ってきてほしい。

「わかったよ。君の言う通りだ。領地で頭を冷やしてくるよ。僕が狼狽えてる場合じゃないからね。やっぱりアニアはしっかりしてるなあ」

ティムはそう言ってから、ふと思いついたようにアニアを見た。

「……アニアならもし王太子殿下から結婚を申し込まれても狼狽えたりしないんだろうなあ」

「王太子殿下？　狼狽えるも何も、そんなことありえないわ」

そんなありえないことに狼狽えたりしない。アニアが即答すると、ティムはそうかなあと呟くと、水色の瞳を細めて穏やかな笑みを浮かべた。

それからふと真剣な表情になる。

「ねえ、アニア。君を見込んで、もう一つ相談してもいいかな？」

そう問いかけてきた従兄の顔はアニアが初めて見るものだった。

＊　＊　＊

「ところで、ジョルジュ兄上は、アニアに用があっていらしたんでしょう？　仕事の邪魔をしに来たというのでしたら、即刻お帰りいただきたいのですけれど」

リザが思い出したように問いかけた。そういえば派手な登場の割に用件をまだ聞いていなかったとアニアは気付いた。

ジョルジュは肩をすくめると、ちょっと口を尖らせた。

「あまり楽しい話ではないけれど、君の耳に入れておくように国王陛下から命じられたんだ」

「……わたしにですか？」

「ブランシュ侯が今王都に来ていてね。高齢により引退したいと陛下に申し出ている。子供がいないので、しかるべき相手に称号を継がせたいと」

リザがそれを聞いて首を傾げた。

「称号というのはステルラ王ですか。まさかアニアに継がせようとしているのですか？」

アニアは驚いた。リザがこのことを知っているとは思いもしなかった。この場にいるリシャールも平然としているのを見ると彼らは元々知っていたのだ。

すでに存在を忘れ去られかけている隣国ステルラの王族。ブランシュ侯はその血統なのだ。そして、ブランシュ侯爵家現当主の妹がアニアの祖母に当たる。

ステルラ王国はオルタンシアの北東部に国境を接する小国だ。ただし、王はその国にはいない。

かつてのステルラは隣接するアルディリア王国の属国扱いで、港の使用権や関税などで不利な条約を結ばされていた。自国の港の利権も奪われて国はどんどん貧しくなる一方だというのに、王は度重《たびかさ》なる増税を行ってアルディリアの威《い》を借りた圧政を行っていた。

さらに神聖教会の権力も強く、教会への寄進と重税で民の生活は困窮《こんきゅう》した。

このままアルディリアの支配下にあれば、いずれ国は飲み込まれ、搾取《さくしゅ》されるだけになってしまうという危機感から貴族たちが国王に反旗を翻《ひるがえ》した。五十年ほど前の話だ。

現在の政治は貴族たちの代表者が作った議会によって行われている。

ステルラ王は王子と王女を連れてオルタンシアに亡命した。ステルラ側が王族を殺さなかったのは、神が認めた王を勝手に弑《しい》することで神聖教会と対立するのを防ぐためだったのだろう。オルタンシアが亡命を受け入れたのは、アルディリアが彼らを利用してステルラに兵を動かす口実を与えないためだった。

亡命直後に王は心労と持病の悪化で倒れ、亡くなった。後を継いだ王子が現ブランシュ侯爵家当主ウジェーヌで、彼は名目だけのステルラ王の称号を受け継いでいる。そして、元王女はアニアの祖父エドゥアールに嫁いだ。

「ステルラは過去に女王もいたらしい。だからブランシュ侯は妹の子や孫の中で後継者を探したいそうだ」

「確かにブランシュ侯は祖母の兄ですけれど、わたしがその称号を継ぐなんて考えたこともありません。すっかり忘れかけていたくらいですもの」

祖父エドゥアールはアニアが生まれる前に、祖母レオンティーヌは物心がつく前に亡くなっているので両親や使用人たちから伝え聞いている範囲でしか事情は知らない。

祖母は貴族らしい高慢な女性で祖父のことも見下していたという。生涯王都で華やかな暮らしをして領地に赴《おもむ》いたことは一度もなかった。

自分に似た息子と孫息子を溺愛《できあい》し、祖父に似ていたアニアは見向きもされなかったらしい。祖母が隣国の元王族だということも聞かされてはいたけれど、自分には関係ないと思っていた。

「だろうね。王宮でも忘れてる人は結構いると思うよ。ただ、今はちょっとまずいんだよねえ」

「まずい、とは何事なのですか？　何かあるのですか？」

リザの問いにジョルジュは大きく頷いた。

「かの叔父上《おじうえ》は今、ステルラにいるらしいんだよね」

アニアは思わずリザと顔を見合わせた。

ジョルジュが叔父と呼ぶ相手は一人しかいない。それは現国王の腹違いの弟であるルイ・シャルル王子のことだ。彼は王位争いで敗北しアルディリアに亡命した。今でも王位を諦めてはいないらしく、機を窺《うかが》っている。

「あの方がステルラに？　一体どうして」

「まあ、物見遊山《ゆさん》ではないよね？　今ステルラでは若い世代の間で王政を復活させようという一派が活気づいていてね。派手に盛り上がっちゃってるんだよ。それを裏で煽《あお》ってるらしい」

「アルディリアとガルデーニャが国境紛争をしていたのに気を取られていたからな。完全に裏をかかれた形になった。ステルラの諸侯たちと頻繁《ひんぱん》に会っているということだ。アルディリア出身の商人という肩書きで」

リシャールが苦々しい表情で腕組みをすると、ジョルジュは茶化すように付け加えた。

「ということで、今ステルラ王の名前を継いだら、彼らの旗印に利用されかねないからね。もし、ブランシュ侯から直接接触があったら知らせてくれると嬉しいんだけど。あの人も結構食わせ者だから気をつけてね」

「……わかりました。この話はティムには？」

「そっちはオレが任されている。バルト子爵家にも連絡済みだ」

リシャールの言葉にアニアは納得した。

バルト子爵家にはティムの母である伯母《おば》が嫁いでいる。もしブランシュ侯が後継者を探すならあの家にも目を向けるだろう。

「じゃあ、僕は用事も終わったから退散するよ。お先に」

ジョルジュはそう言ってからいつもの軽い口調で去っていった。

アニアは少し気持ちが重くなった。

今も王位に執着《しゅうちゃく》するあの王子は手段を選ばない。ステルラで裏工作をしていても、狙っているのはオルタンシアの王位なのだから。また何か仕掛けてくるつもりかもしれない。

かすかな音とともにリシャールが立ちあがった。大柄《おおがら》で武骨そうな印象に似合わずこの人はあまり大きな音を立てない。

「オレもそろそろ仕事に戻る。バルトが不在だと色々と忙しくてな」

「そうですね。ただでさえ人がいないところへ、また父上が執務室を抜け出していたら大変ですから」

リザがにこやかにそう返すと、リシャールの表情が固まった。そのまま急ぎ足で部屋を出ていった。

「……リザ様。そんな不吉なことを申し上げなくても」

アニアが呟くと、リザは得意げに微笑んだ。

「大丈夫だ。父上は期待を裏切らない方だからな」

「それ……大丈夫ではないと思います」

主に王太子殿下的に。

アニアは国王がリザの期待に応じないことをこっそり内心で祈った。

リザはアニアの仕事机の正面に椅子を持ってきて座り込んだ。どうやら書庫から持ち出した書物よりも、先刻の話の方が彼女の興味を引いたのだろう。

もうすぐリザ様の婚約者が決まってその披露《ひろう》があって、おめでたいことが待っていると思ったのに。あの方の名前をまた聞く羽目になるとは思わなかった。

「叔父上の狙いはステルラだったのか。まあ、ありえない話ではないが」

ステルラは長く隣国アルディリア王国の支配を受けていた。アルディリアは内陸にあり、港を持たない。だからこそステルラの港を欲していたのだ。

ステルラに再び影響力を持つことができれば、アルディリアには大きな利益になるだろう。

「王政を復活させるおつもりでしょうか」

「代表者が度々《たびたび》替わる議会よりも傀儡《かいらい》の王の方が支配しやすいからな」

それを聞いてアニアは複雑な気持ちになった。巻き込まれるとしたら自分の身内なのだ。誰もアルディリアのために傀儡の王などになる気はないだろう。けれど、相手は何を企んでくるかわからない。

じわじわと暗いものが自分の足元に忍び寄っているように思えてくる。

「だからジョルジュ兄上は警告してきたのだろう。叔父上はアニアの顔を知っているからな」

リザが口元に手をやって考え込む仕草をする。

「ブランシュ侯のご意向は存じませんが、誰が継ぐにしてもわたしの身内ですから心配ですわ」

「そうか……そういえばそなたの家族はどうしているのだ？」

アニアの両親と兄は春の舞踏会で謀叛《むほん》の首謀者《しゅぼうしゃ》に関わっていたことから貴族の身分を剥奪《はくだつ》された。今は平民としてクシー伯爵領で暮らしている。

「元気にやっているようです。兄は最近結婚しました」

領地に戻るたびにアニアは彼らの様子を見に行っていた。両親も兄も憑《つ》きものが落ちたかのように生き生きと働いていて少し安心した。怖い思いをしたので貴族はこりごりだとも言っていた。

良くも悪くも素直で無邪気な人たちなのだ。互いの腹を探り合うような貴族の世界は向いていなかったのかもしれない。

兄は厳しいと評判の陶工に弟子《でし》入りして真面目《まじめ》に修行に励《はげ》んでいたらしい。それが認められてか、その陶工の娘と結婚することになったのだ。

「そうなのか。それは良かった」

「ただ、ステルラの件に巻き込まれてはいけないので、領地の方に連絡しておきますわ」

平民になった彼らはブランシュ侯爵の後継になることは認められない。それでも、注意はしたほうがいい。

「そうだな。相手はあの叔父上だからな。それにしても、そなたも色々と忙しいようだな。領地経営の方は順調なのか？」

「ええ。やっと収益が上がってきたところです。目指せ黒字経営です」

アニアは明るく答えた。両親たちが作った借金のおかげで伯爵家の帳簿はアニアが生まれてから一度も黒字だったことはない。けれど、なんとか少しずつ借金返済の目処《めど》が立ちつつある。

「そうか。結構なことだな。だが、無理はしないようにな」

「実は王都での仕事が増えてきたので、秘書を置くつもりです」

「そうだな。無理にため込むより、助けてくれる者がいたほうがいい。あてはあるのか？」

「ええ。領地から呼び寄せることにしています。ちょっと変わった者ですが……」

「ちょっと？」

リザが言を濁《にご》したアニアに問いかけてきた。

「元は領地で徴税《ちょうぜい》の仕事をしておりまして。とにかく仕事が大好きすぎて働いていないと死ぬのかと言われるほど馬車馬のように寝食惜しんで働くので、周りから煙たがられているそうで。それならと王都に呼びました」

リザが理解しがたいと言わんばかりに首を傾げた。けれどどうやら興味を持ったようで口元に笑みを浮かべる。

「なかなかの変人だな。面白そうだ。一度連れてくるといい」

「わかりました。ご挨拶に連れて参ります」

アニアが頭の中で色々と予定を組み立てていると、リザが不意に何かを思い出したように顔を上げた。

「……ああ、そうだった。ベアトリス様主催のお茶会だが、是非《ぜひ》アニアも来てほしいとのことだ。そのくらいの時間はとれそうか？」

「まあ！　ベアトリス王太后《おうたいごう》様にお会いできるのでしたら、時間くらいなんとかしますわ」

アニアは即答した。

先代国王ジョルジュ四世の妃だったベアトリス王太后には以前から会ってみたいと思ってい

た。彼女は元アルディリア王女で、先刻話に出たルイ・シャルル王子の実母だ。

亡くなった祖父エドゥアールとも懇意《こんい》にしていたらしく、孫のアニアが王宮で働いていることも知っているらしい。

ベアトリスは王宮から離れた郊外の城で暮らしているが、今回王宮でお茶会を開くことになったのだという。リザもその手伝いをしているとは聞いていたので大規模なものなのだろうか。

実はアニアは王位継承戦争当時の王宮を舞台に女性を主人公にした新しい小説を書こうと思っていた。だからベアトリスに会うことができるのは願ってもない好機だ。

もしかしたら、何かネタになるお話を聞けるかもしれない。

「そう言うと思った。では私からお返事をしておく」

リザは満足げに頷いた。

「ありがとうございます。お目にかかるのが楽しみです」

アニアは少し気持ちが軽くなったような気がした。

ジョルジュから聞いた話で、自分は思ったよりも沈《しず》んでいたのかもしれない。やはり自分はあれこれと妄想を巡らせている方が楽しいし性《しょう》に合っている。

2

その日、アニアが仕事を終えて部屋に戻ると、本邸からの連絡が届いていた。

客人が来ているので戻ってきていただきたい、と書かれていた。

王都のクシー伯爵家本邸は元々アニアの両親が住んでいたが、アニアは王宮に部屋を与えられているので用事があるときだけ戻っていた。祖父が残した資料や書籍が保管されているので普段は使用人たちに管理を任せている。

最初、客人というのはティムのことかとアニアは思った。

けれど彼なら使用人たちと顔見知りだし、わざわざアニアを急いで呼ぶ理由はない。家令からの手紙の文字がわずかに慌てているように見えたのも気になった。

アニアが帰り着くと、家令が出迎えてくれた。

「イーヴ。お客様ってどなた？」

イーヴは緊張した表情でなんとか笑みを繕《つくろ》っているように見えた。何故か胃の辺りへしきりに手をやっている。

「王太子殿下とティモティ様です」

「え？　待って、それ手紙に書いてなかったわよね？」

どうして王太子殿下が？　というより、何故教えてくれなかったのか。道理でいつもは丁寧なイーヴの文字が揺れていたはずだ。

「仕事があるだろうから、戻るまで待つのでご自分の名前を出すなとの仰《おお》せでした。広間にお通ししました。ご用件につきましても、直接お話ししたいとのことでしたので」

「すぐに伺《うかが》うわ」

……それにしても。何故ティムは殿下をこの家に。せめて先触れを寄越してくれれば。

王族をお招きするのなら、それなりの準備をさせてほしい。当家の使用人たちはそんな状況に慣れていないのだから、さぞや肝《きも》が縮《ちぢ》んだだろう。

身だしなみを軽く鏡で確認してから、大きく深呼吸してアニアは客人の待つ部屋に歩きだした。

「お待たせして申し訳ありません」

アニアが深く一礼すると、リシャールは手でそれを制した。

お忍びだからなのか、今日の服装は簡素で地味な色合いにまとめられている。けれど、彼の持つ存在感や威厳《いげん》は隠しきれていない。

お部屋の調度が殿下と全くつりあっていないわ。それだけで不敬ではないかしら。

アニアが家を継いだ時、借金返済のためにお金になりそうな絵画や派手な調度品は売却《ばいきゃく》してしまった。だから今は貴族の邸宅とは思えないくらい地味だ。

こんなことなら何もかも売り払うんじゃなかったとアニアは後悔した。

リシャールは椅子に腰掛けていても背筋を真っ直《ます》ぐに伸ばして隙がない。

その隣で背もたれに寄りかかって自宅のようにくつろいでいるのはアニアの従兄《いとこ》、ティムことマルク伯爵。

隣の部屋に数人の護衛が控《ひか》えていたが、随員《ずいいん》は彼らだけなのだろうか。そういえば、馬車も停まっていなかったから、彼らは馬で来たのだろう。

「そもそも先触れもなく立ち寄ったのはこちらだ。気を使う必要はない」

リシャールは素っ気《そけ》なく聞こえる口調でそう告げた。ティムはアニアに微笑《ほほえ》みかけてきた。

「急にごめんね。王都に帰ってくる途中で偶然視察帰りの殿下とお会いしてね。アニアの家を見てみたいっておっしゃるから、お連れしたんだ」

「……見ていただけるような家ではないと思うのですが……」

どうやら急な来訪の原因を作ったのはティムだったらしい。

ティムは王都に邸宅を持っていないので、アニアが爵位を継いでからはたびたびこの家に滞在している。今日も領地からの帰りに土産《みやげ》を渡すために立ち寄るつもりだったらしい。

そのことを偶然会ったリシャールに話したら、興味を持たれてしまったという。わざわざ服装を地味なものに着替えて最低限の護衛だけ連れてきたというが、それでも心臓に悪い。

これで当家の使用人の寿命《じゅみょう》が縮んだかもしれない。

でも、良かったわ。椅子やテーブルまで売却しなくて。危うく王太子殿下を立ってお待たせすることになっていたわ。アニアはこっそりそう思った。

「あと、例の計画の話もしたかったからね」

ティムは意味ありげにリシャールに目を向けた。

「そうだな。なかなか王宮では話せないからな」

リシャールは少し表情を和《やわ》らげた。

計画、というのは通称『マダム・クレマン計画』のことだ。

以前からアニアは趣味で小説を書いていた。従兄のティムやリザ、そしてリシャールくらいしかそのことを知らなかった。

その小説を出版したいと国王から持ちかけられたときは、アニアもさすがに戸惑《とまど》った。

春先に王宮で起きた一部の貴族の謀叛《むほん》騒ぎ。裏には隣国アルディリアとルイ・シャルル王子が絡んでいて、親アルディリア派の多数の貴族たちが処罰《しょばつ》された。事件を題材にアニアが書いていた小説の存在が国王に伝わっていたらしい。

それを民衆が読めるような内容にして、広めたいと言われたのだ。

本来書物は贅沢品《ぜいたくひん》だ。多くは貴族の私蔵用に作られるので、手作業で製本して豪華な装丁を施《ほどこ》したりするために高価になってしまうからだ。今までティムがアニアの小説を製本してくれていたけれど、おそらくかなりの費用がかかっていたはずだ。

ところが、近年オルタンシアでも印刷技術が向上し、大量印刷が可能になった。庶民《しょみん》にも手が届く安価な印刷物が作れるほどに。

そして、王宮の出来事や怪しげな噂《うわさばなし》話を面白《おもしろ》おかしく書いた新聞が広く流通し始めたのだが、興味を引くために極端で間違った内容のものも多く、偏《かたよ》った思想に誘導するものもある。

困ったことにルイ・シャルルを悲劇の王子と持ち上げる者もいるらしい。

だが国王が勅命《ちょくめい》で公布するよりも、王宮内の事件をただの読み物として広めるほうが民に真実の一端が伝わりやすいし、興味を持つ者が増えれば識字率の向上にもなる、と言われてアニアも承諾《しょうだく》した。

それでティムが出版を行う商会を立ち上げて、アニアの小説を出版したのだ。筆名はマダム・クレマン。ティムの乳母《うば》の姓を拝借した。

小説の監修は王太子リシャールが自ら引き受けたと後で聞かされた。彼はアニアの小説の熱心な読者で、今まで見せたものは全て内容を覚えているのだとか。ほぼほぼアニアの妄想でできている恋愛小説を、どんな顔をしてこの人が読んでいるのかと思うたびに恥ずかしくて落ち着かない気持ちになる。

売り上げなどの報告書類を見ながら現状を聞かされて、アニアはホッとした。思ったよりも広く出回っているらしい。

「今のところ売り上げは順調だよ。いっそアルディィリア語版を作って輸出したいね」

「……それはさすがに発禁になるのではないかしら」

実名は使っていないが、内容でわかるだろう。民の間でも登場人物の元が誰なのか推測して読まれているらしいと聞いていた。あの事件の裏側にアルディィリアが絡んでいたのは明白で、そんな内容の本をアルディィリアで表立って売ることはできないだろう。

「むしろアルディィリアの民にこそ広く知らしめるべきだな」

リシャールは真剣な顔でそう言った。ついこの間までアルディィリアは南に接したガルデーニャと戦争をしていて、それが終結したばかりだ。

一方的な言いがかりのような戦争だったので、アルディィリアは多額の賠償金を支払うことになった。おそらく当分は他国に攻め入るような余裕はないだろうというのが大方の予想だった。

国庫が危うくなれば増税などでまかなうことだろう。おそらく経済も回らなくなる。結局苦しむのは民なのに。

あの国が大人しくしてくれていれば、平和でいいのだけれど。まだルイ・シャルルが暗躍《あんやく》しているということは近い将来何か仕掛けてくるのかもしれない。

ティムはアニアの表情を見てか、話題を変えてきた。

「ところで、次の作品は書けそう？　早く新作を、という要望も来てるみたいだ」

「ええ。準備はしているわ。ただ、まだ構想がまとまっていない部分があって」

それを聞いてリシャールが戸惑った顔をした。

「何か気になることがあるのか？」

今の国王ユベール二世が即位する直前に起きた王位を巡る争い。それを題材にした話を書きたいとアニアは思っていた。アニアの亡くなった祖父もその中心にいたということもあって、単に詳《くわ》しく知りたかったというのが本音だ。

「いえ、そこまでではないのですけれど。……今度王太后《おうたいごう》様のお茶会にお招きいただいたので、その時にお話を伺うことができるかもしれません」

あまり立ち入ったことを訊《き》くことができなくても、本人を目の前にすればわかることもあるかもしれない。アニアが今まで垣間《かいま》見《み》た祖父の記憶でも、祖父はベアトリスを守ろうと奔走《ほんそう》していたので、どのような方なのか興味がある。

アニアが小説の題材にしたいのは、ベアトリス王太后の半生だ。

先代国王には二人の王妃がいた。ラウルス出身の妃と彼女が亡くなってから迎えたアルディリア出身のベアトリス妃。ユベール二世は最初の妃の子で、彼と王位を争ったルイ・シャルル王子はベアトリスの子だ。

そのルイ・シャルルが引き起こした王位継承戦争のせいで、ベアトリス妃さえ迎えなかったらこんなことにはならなかった、という見方をする人は多い。民の中にも敵国からきた悪女という印象はまだ残っている。

当時、ベアトリスは最初からユベール二世の即位を支持し、息子の行動を咎《とが》めたという。ルイ・シャルルが亡命を決めた時もついていくことなくオルタンシアに留まった。

何故、実の息子を支持しなかったのか。それがアニアの心にひっかかっていた。保身のために息子を切り捨てた情のない冷酷《れいこく》な女だとベアトリスを批判的に見る人もいる。だが自分の身を守りたいだけなら、敵地に一人残るだろうか。

何よりリザから聞いたベアトリスの印象は冷酷からはほど遠かった。それでは一体何があったのかと気になってしまったのだ。

「何か問題があるなら、早めに教えてくれると助かる。そなたの『何となく』は捨て置くわけにはいかぬからな」

リシャールは重々しくそう言いながらアニアに目を向けてきた。ほんの少しの変化だが、やっと彼の表情が読めるようになってきた。

怒っていらっしゃるのではなくて、きっと心配してくださっているのだわ。今まで色々やらかしてご迷惑をかけてしまっているのだもの。本当に申し訳ない。

「わかりました」

「そのお茶会はオレも招待されている。おそらく個人的にお話をするのは無理だと思う。むしろそなたには楽しめない類《たぐい》のものではないかと思うぞ」

リシャールの表情が何か気がかりなことを思い出したかのように少し陰った。

「……そうなのですか？」

ティムが意味ありげな笑みを浮かべた。

「実はね、今回のお茶会は王太子殿下に娘を売り込みたい方々が王太后様のところにまで押しかけてくるから、仕方なく年頃で婚約者のいない貴族のご令嬢を招待したものなんだよ。わざわざ王宮で開くのは国王陛下からもご依頼があったからだ」

「ベアトリス様がいらっしゃる場ではさすがに彼女たちも争うような真似はしないだろうと父上に言われたので、オレもお受けしたのだが」

あまりに気軽にリザに誘われたから、そんな大変な場だとは思いもしなかった。

リザの婚約者選定の裏で、王太子への売り込み合戦が加熱していたとは。

……ということは高位貴族のご令嬢方が王太子殿下と会うために集まるお茶会ということ？

王太子妃候補を狙う方々の戦場のような、そんな場所、わたしが行っていいものなの？

同じことを想像しているのか、リシャールの表情が段々暗くなっていくように思えるのも気のせいではないだろう。彼はその矢面《やおもて》に立たされるのだから、アニアよりも遙《はる》かに大変だ。

ティムはアニアたちの表情を見ながら付け加えた。

「ただし、おそらく出席者はさほど多くないよ。招待状に課題が添えられていてね。それが解けた方だけ出席できるらしいから」

「え？　でも……それならわたしはリザ様からお誘いされただけなのに行ってもいいのかしら」

お茶会の招待を希望する人はかなりいるはずだ。それなのに、その課題を解いていないのに行っていいのだろうか。

しかも出席するのは課題をやりとげた気合いの入ったご令嬢方ばかりだろう。そんな中に自分が溶け込めそうな気がしない。

「その課題の作成者は王女殿下だから。アニアなら解けるんじゃないかな。それに、元々王太后様はアニアを城に招待したいって言ってらしたよ。ただ、この時期に王太后様が特定の女性を個人的に招いたりして下手に噂になるのはよろしくないからと、ご遠慮《えんりょ》なさっていたみたいでね。ほら、前にアニアが殿下のお気に入りだとか噂されて騒がれたことがあったし」

ティムはにこやかにそう言う。

「……そんなこともあったわね」

「そうだな。あの時は大変な思いをさせてしまったな」

リシャールがそう言って金褐《きんかっしょく》色の目をアニアに向けてきた。真っ直ぐに視線を受け止めると、焦《あせ》ってしまって心臓の音が速くなる。

「殿下の責任ではありませんわ。勘ぐる人たちが悪いんです」

確かに噂のせいで、アニアの夫になれば出世できると思い込んだ殿方から求婚が殺到したり、令嬢方からは嫌がらせをされたり、頭上から花瓶《かびん》が落ちてきたりと色々あった。

あの時もリシャールは何かと気にかけてくれていた。

ただでさえ重責のあるお立場なのに、自分のような者のことまで配慮してくださるなど畏《おそ》れ多《おお》すぎる。今はすっかり落ち着いているので、もうご迷惑をかけないように注意深く振る舞おうとアニアは決意した。

「まあ、お忍びとはいえ、今日の訪問もバレたら危険なのは変わりないですよ、殿下」

ティムがそう言って微笑む。

「だから目立たぬ服装に着替えてきただろう。それに馬車も置いてきた。だが、あまり長居もできまい。そろそろ……」

王太子がティムに顔を向ける。

「わかりました。支度《したく》させます」

ティムが部屋を出ていった。隣の部屋にいる護衛に声をかけに行ったのだろう。

アニアも家令を呼ぼうと立ちあがった瞬間、ふっと周囲が真っ暗になった気がした。

狭《せま》くて暗い路地を急ぎ足で進んでいる。おそらく夜。一軒の民家の前で異様な光景があった。

その開け放たれた扉の向こうに男性と老婆が折り重なるように横たわっていた。剣で斬りつけられたのか血まみれで、明らかに事切れている。

騒ぎに気づいてか数人の周辺住民らしい人々が集まってきていて、この状況に眉を寄せて小声で話している。

奥に進むと寝台があって、その傍《かたわ》らにもう一人、女性が倒れていた。

『シモン!?　コラリー!?　これはどういうことだ？　何があったのだ』

動揺した様子の若い女性が赤子を抱いたまま駆け寄ってきて、泣きながら訴《うった》えた。

『何があったのかわかりません。わたしは産婆の見習いなのですが、師匠とシモンさんが奥さんを診ている間、奥でこの子を産湯《うぶゆ》に浸《つ》けていたら、突然何者かが襲ってきたのです。見に来たときには、もう賊《ぞく》は立ち去ったところでした』

『何か手がかりはないのか？　彼は恨《うら》みを買うような者ではないぞ』

『多分足音からも一人ではなかったと思います。外国の言葉で話している声がしました。お金が目当てなら物色するはずなのに、彼らは……』

懸命《けんめい》に恐怖を堪《こら》えながらその若い女性は手の中の赤子を哀《あわ》れむように見つめていた。


急にそこでぐるりと景色が切り替わる。おそらく貴族の邸宅と思われる瀟洒《しょうしゃ》な室内で、まだ少女と言ってもいい年齢の若い女性が赤子を抱いてあやしていた。

『ベアトリス様、お望みの通りに運びましたぞ』

祖父の声に女性は頷いた。

燭台《しょくだい》に照らされた顔は細く色白く頼りない。

そして、赤子を見つめる目は悲しげで、幸せそうにはとても見えなかった。

『なんて可哀想《かわいそう》な子たち……いいえ。可哀想だと片付けてしまってはいけないのです。そうですね？　エドゥアール』


ああ、これはお祖父《じい》様の記憶なのだわ。だけど……一体これは何なの？

アニアはそう思いながらも、見てしまったあまりに凄惨《せいさん》な光景に口元を覆《おお》った。

「アナスタジア？」

足の力が抜けてふらついたのに、倒れることはなかった。リシャールの大きな手が背中に差し伸べられていたからだ。

「申し訳ありません。殿下」

「疲れているのではないのか？　きちんと休んでいるのだろうな？」

王太子の金褐色の瞳が探るように向けられる。

「ありがとうございます。大丈夫ですわ。少し躓《つまず》いただけです」

小柄なアニアからするとかなり高い場所にある王太子の顔を見上げて答えると、彼は小さく頷いた。けれど完全に納得したという様子ではない。

「無理はしないでくれ。そなたに何かあったらエリザベトが悲しむ」

「はい。そのようなことにならないように気をつけますわ」

気遣いは嬉しいけれど、もったいなくて申し訳ない気持ちになる。

……わたしのせいでこの方の抱《かか》えている荷物を増やしてしまったような気がするのだもの。

自分は一地方領主としても官吏《かんり》としても未熟で、何も役に立てていないのに。

それに、あの一瞬、頭の中で見えた光景。おそらくアニアが今まで何度も見てきた祖父の記憶の一部だと思うけれど、何を示しているのかわからない。

賊に襲われて殺された人たちと、生まれたばかりの赤子。あれは何なのか。それに。

……シモン。コラリー。

その名前を最近どこかで見たような気がした。一体どこで、と考えていたら、こちらをじっと見つめている金褐色の瞳に気づいた。

「……一つ言ってもいいか？」

「はい？」

「そなたは危なっかしい。考え事はどこかに座ってからにしてくれ。また転ぶのではないかと、見ていて落ち着かない」

アニアは顔に一気に血が上《のぼ》ってきた気がした。

わたしとしたことが。殿下に身体を支えられた状態で他のことを考えていたなんて。

「なーにーをなさってるんですか？　殿下。少し目を離した隙に」

その声に顔を向けると、ティムと家令が並んでこちらを見ていた。アニアは慌ててリシャールから離れた。

「殿下はわたしが転びそうになったから、支えてくださっただけよ。……殿下。ありがとうございました。もう大丈夫ですわ」

「そうか。それならいい」

リシャールのほうは平然としている。それを見てアニアはますます恥ずかしくなった。

そうだわ……慌てたり焦《あせ》ったりするから誤解されるんだわ。殿下のように悠然《ゆうぜん》としていれば良かったのよ。

「では、我らはそろそろ帰るとしよう」

リシャールはそれだけ言うと、ティムを連れて帰っていった。

ああもう。わたしときたら。またお手間をとらせてしまった。こんなつもりではなかったのに。

アニアは後悔した。リシャールは優しい人だ。だからこそ彼に迷惑をかけたくない。

できることなら、臣下《しんか》として何かお役に立てるようになりたい。あの方の治世《ちせい》になる時には、祖父のように王を支える仕事ができるように。

そのためにはまだ、自分は色々と足りていない。

大きく息を吐いて拳を握りしめていると、家令が声をかけてきた。

「ティモティ様と殿下からお土産をいただいているのですが、ご確認なさいますか？」

「待って。ティムだけじゃないの？」

ティムからは手紙で珍しい茶葉を手に入れたからリザと一緒に楽しんでほしいと伝えられていたけれど、予定外の訪問だったリシャールまで何か持参していたとは思わなかった。

「殿下からはチェスの駒《こま》を。エリザベト王女殿下とお揃《そろ》いだそうです」

上品な木箱に入ったそれを見て、アニアは驚いた。

「……これ、黒檀《こくたん》よね？　リザ様とお揃いということは……」

こんな上等なものをどうしてわたしに？　チェスの話なんてしたことはないはずなのに。

そう思っていたら箱の中に折《お》り畳《たた》んだ紙が入っていた。かっちりとした綺麗な文字で一文だけ。

『いずれ手合わせを所望する』

決闘《けっとう》の通知みたいな手紙にアニアはそっと笑みを浮かべた。

光栄だけど、わたしそんなにチェスは強くないわ。ティムに勝てる程度だもの。ティムは他のことなら大概《たいがい》こなすのに、チェスだけは絶望的に弱いんだから。

「せっかくこのような品をいただいたのなら、きちんと勉強しなきゃ」

アニアがそう呟くと、家令は何やら笑みを含んだ口調で答えた。

「……王太子殿下は婉曲《えんきょく》なことをなさるのですね」

「何のこと？」

「強い相手を求めていらっしゃるなら、わざわざ駒を贈りはしないでしょう？　王太子殿下は趣味を共有なさりたいのではありませんか？」

「共有って……」

それでは殿下が『アニアとチェスがしたい』ということになってしまう。

いやいや、そんなまさか。……そんなことありえない。

アニアは手にしたチェスの駒の箱を見て、じわじわとこみ上げてくる感情に戸惑うしかなかった。


翌日、王宮に戻ったアニアはティムとともに国王の許《もと》に呼び出された。ブランシュ侯の後継問題のことらしい。

ティムも事情を聞かされていたのだろう、謁見《えっけん》を待つ間も気乗りしない様子だった。

「戻ってきたらこんなことになってるなんてね……」

「そうね……。そういえば昨日は訊《き》けなかったけど、少しは領地で気分転換になった？」

領地に戻る前、ティムはリザの婚約者候補になったことで動揺していた。

昨夜はさすがにリシャールがいたので口にはしなかったけれど気になっていた。

「んー……まあ、領地の仕事を片付けてると、いくらか心穏やかになれた気がするよ。とりあえず慌てたり騒いだりするのは決まってからでいいか、って開き直った」

「……まだ騒ぐつもりなの……」

アニアは呆れ気味に呟いた。

「騒ぐかもしれないよ？　というか……神ならぬ人の身だからね。先のことはなるようにしかならないよ」

ティムはふわりと微笑む。

「いいこと言ってるみたいだけど、つまり解決はしてないのね……」

アニアはそう言いながらも、先日よりもティムの目が落ち着いているのがわかったので、それ以上は追及しないことにした。

どんな未来が来るとしても、ティムはリザを裏切ることはしないということだけは確実だ。

ティムはリザのことを生涯仕えたい相手だと思ってきたのだから。

「……ティムはブランシュ侯にお会いしたことは？」

「ずいぶん前に王宮の行事で何度かお見かけしたくらいかな？　僕の家のことは嫌っていらっしゃると思っていたからご挨拶は控えたのだけど。僕の両親はお祖母様《ばあ》に嫌われていたからね……」

ブランシュ侯ウジェーヌ・ド・ボードリエは国内貴族の当主の中でも最高齢だろう。今年六十八歳。ステルラ王の息子として生まれ、五十年前の政変により父と妹とともにオルタンシアに亡命。

アニアたちの祖母レオンティーヌの兄でもある。

「ティムのお母様は、お祖母様が考えていた結婚相手を断って子爵家に嫁いだのでしょう？」

「そう。だからついでに父も嫌われてた。もし侯爵がお祖母様みたいな人だったらと思うと憂《ゆう》鬱《うつ》だよ」

「それはわたしも同じよ。でも、それこそなるようにしかならないわね」

「……そうだよねえ……」

会ったこともないうちに決めてかかるのは良くないとわかっていても、あれこれ想像してしまう。二人揃ってうっかりと溜め息をついてしまった。

やがて案内されたのは王の執務室で、アニアたちが部屋に入ると、和やかな笑い声が響いていた。

国王と向かい合わせに座って、楽しげに話している白髪白髭《はくはつはくぜん》の人物は、アニアたちを見ると大きく目を見開いた。

アニアからすると大伯父ということになる。そう思って見れば、面影《おもかげ》が自分の父に似ているようにも思える。

「おお、レオンティーヌの孫たちか」

「マルク伯爵とクシー女伯爵だ。今王宮にいるのは彼らだけだ」

穏やかに応じるのは国王ユベール二世。リザと面差しが似ているが、どことなく油断ならない雰囲気がある。

ブランシュ侯はどうやらアニアたちのことを調べてきたようだった。意味ありげに頷く。

「なるほど。二人ともレオンティーヌに似ていなくて何よりだ」

気さくに見える笑みを浮かべていても、その口調は重々しい。

おそらく祖母に似ていたアニアの父と兄が今どうしているのかも知っているのだろう。

「……最初に言っておく。わたしは近く爵位と領地を王家に返上する。だが、ステルラ王の称号は祖国の独立のためにも二人のうちどちらかに継いでもらいたいと考えている」

ステルラ王は名前だけの国王だ。だが、王が存命でいる限りアルディリアはステルラを好きにはできない。王は国そのものであり、神から認められた存在だからだ。

この方は自分を追い出した祖国のために、ステルラ王の名を残したいとお考えなのかしら。けれど、場合によっては後世に恨みを残すことになるのに。

「陛下からステルラの現状をお聞きしていた。だが、この老いぼれに何かあれば困るのでな。とりあえずそなたたち二人を後継として指名する。それを話しておこうと思ったのだ」

「ブランシュ侯。ほぼ初対面の私どもにそれほどの大任を任せてしまってよろしいのですか？」

ティムがそっと問いかけた。ブランシュ侯はにやりと意地悪げな笑みを浮かべた。

「大任と言ってくれるのか。わたしには野望があるのだ。それを叶《かな》えてくれる者に託《たく》したい」

野望？　名前だけの国王を自分とティムのどちらかに継がせることが？

候補だけならばティムの母と兄も入るだろう。それなのに？

「二人を選んだのは王宮で官職を得られるほど有能であることと、独身だということだ。二人のうち、将来オルタンシアの王族と結婚する者に継がせたいのだ」

……それはつまりステルラとオルタンシアの関係をより強固にするということだろうか。

確かにそれならば、この先アルディリアがステルラに介入《かいにゅう》することはさらに難しくなる。オルタンシア王家に手を出すことになるからだ。

アニアは思わずティムに目を向けてしまった。するとティムもこちらを向いて勢いよく首を横に振っている。

いや、だって、王族と結婚する可能性が高いのはティムでしょう？　わたしは噂になっただけでそんな予定は一切ないし。

ブランシュ侯は言うだけ言って満足したようで椅子に身体を預けくつろいだ。そこでやっと他人事《ひとごと》のようにこちらを見ていた国王は、まあまあ、と手をひらひらさせてのんびりと口を開いた。

「急いで決心する必要はないよ。ブランシュ侯爵もこうは言っても、まだまだとてもお元気だからね。ただ、これを踏まえて私からも二人に言っておかなきゃならないことが一つある」

国王ユベール二世は、こういうとき油断ならない印象を見せる。

「今回の事情もあるが、私は国王としてそなたたちには生半可《なまはんか》な相手との婚姻《こんいん》を認めるつもりはない。それは覚悟しておきなさい」

アニアは驚いてしまった。ティムならわかる。次期国王であるリシャールの側近で、おそらくはリシャールが即位してからも王宮で重要な地位に就くはずだ。それにリザの婚約者候補になっているのだから、ステルラ王の称号を継ぐ可能性も高い。

けれどアニアは伯爵家当主ではあるが、文書管理の新米文官で、そこまで重視される立場にはない。

もしかして、お祖父様の記憶のことかしら。

アニアは亡くなった祖父エドゥアールの記憶を垣間見ることができる。それが時には国家的機密も含まれる可能性があるからだろうか。

何が重要機密なのかアニアにはわからないので、信用できる人にしかこのことを打ち明けていない。

けれど、アニアが結婚した相手にはそのことが知られるかもしれない。

……国王陛下が認めてくださる相手って、そんな方が自分に求婚してくれる可能性があるのかしら。

二人とも事態がのみこめないまま退出した帰り道、ティムがぽつりと呟いた。

「やっぱり、僕の母がやらかしたからかなあ……」

「やらかした？」

「母が嫁《とつ》ぐ予定だった相手、陛下の一番上の兄君だったんだよ。それを断って父のところに嫁いだんだ。あれはブランシュ侯の意向だったのかもしれない」

元々ユベール二世には二人の兄がいた。先代国王の崩御《ほうぎょ》直前に亡くなったけれど、その兄のどちらかが本来ならば王になるはずだった。

「そうだったの。ってことはティムはもしかしたら王子様に生まれてたかもしれないのね」

「いやいやいや。さすがにそれはないから。つまり、今回の件はブランシュ侯にとって野望を叶える最後の機会なんだ。それは執念を燃やすわけだよね」

「わたしたちを巻き込む時点でとばっちりとしか思えないのだけど」

「それはそうなんだけどね。聞いたところだと、元々お祖母様を当時まだ王子だったジョルジュ四世陛下に嫁がせたかったらしい。だけど、すでに婚約が決まっていたから側近のお祖父様と結婚させたんだとか」

「つまり、お祖母様、伯母様が王族に嫁がなかったから、わたしたち？」

……やっぱり色々と各方面からのとばっちりだと思うのよね。

アニアはそう思いつつ、それ以上追及するのはやめることにした。

ふとティムが思い出したように問いかけてきた。

「そういえば、アニア。バレーを領地から呼んだんだって？」

「ええ。仕事を手伝ってもらおうと思って」

アニアが領地から呼び寄せたバレーことバスチアン・ルノーという男は、クシー領の官吏で最も仕事が好きな変人だ。仕事はできるけれど自分の身なりに無頓着《むとんちゃく》なため、いつも一張羅《いっちょうら》のボロ着を着て、栗色の髪も髭も伸び放題。ついたあだ名が箒《バレー》だった。勤務時間も守らないというよりずっと職場にいる。

ただ、そんな仕事ぶりの者がいたらクシー伯爵家は家畜《かちく》のように官吏をこき使うと言われかねないと、以前から問題人物として彼の上司から連絡を受けていた。それで、ちょうど秘書を探していたアニアが手近に置いて彼に与える仕事を調整することにした。

ティムはクシー領によく出入りしていたから彼を知っている。

「よく承知したね。彼」

「彼の父はお祖父様の秘書をしていたから王都にいたことがあるらしいの」

「ああ、シモン・ルノーだね」

「シモン……？」

アニアはそれを聞いて思い出した。シモン・ルノーとその妻コラリー。バスチアンの両親だ。彼の身元調査の報告書に書かれていた。

確かに彼は生まれた直後に父親を亡くしている。では、あの記憶は……。

「どうかしたの？」

「ティムはそのシモンがどういう亡くなり方をしたか知っている？」

「……あまり気持ちのいい話じゃないけど、賊に殺されたとか。もしかして、見たの？　偶然お祖父様がその場に居合わせたそうだけど」

ティムが心配そうに問いかけてきた。

「その時、バレーは赤ちゃんだった？　もしそうならわたし、見てしまったわ」

アニアがその光景を説明すると、ティムは痛ましい表情で水色の瞳を陰らせた。

「ちょっとお祖父様を恨みたくなるよ。君にそんな凄惨なところを見せるなんて。バレーが生まれた日、家に押し入ってきた賊に父親と産婆《さんば》が殺された。母親は意識を失っていただけで助かった。たまたま別室にいた産婆見習いと彼は無傷で済んだそうだ」

「そうだったの。まさかあれがバレーのことだったなんて。それじゃ王都に呼び寄せたのは申し訳なかったかしら。辛《つら》い思い出を掘り起こしてしまったら……」

「赤ん坊の時だろうから、覚えていないんじゃないかな。けど、彼が君の側《そば》にいてくれるなら安心できるよ。仕事はできるし、クシー家に対する忠誠は本物だから」

ティムはそう言いながら戸惑いを顔に浮かべる。

「……だけど、その記憶が何故今になって？　君が見るお祖父様の記憶はどこか意図的なんだよね。何もなければいいんだけど」

今まで祖父の記憶を見たことで、事件の手がかりを得たこともあるけれど、今回は何が関係しているのか全くわからなかった。あれがバレーの過去だとして、それがどう繋《つな》がるのだろう。ましてや、その後で続けて見た光景のベアトリスの言葉の意味になると全く想像がつかない。

「そうよね……。おかげで王太子殿下にご迷惑をかけてしまったわ」

アニアが呟くと、ティムは小さく微笑む。

「ああ……あのときの。まあ、殿下から触ったのならご無礼にはならないから大丈夫だよ」

「触ったとか言わないで。あれは転びそうになったから助けてくださっただけなの」

そんな生々《なまなま》しい感じではないし、支えてくれただけだから。むしろあの後、じっとこちらを見つめてきた金褐色の瞳の方が心臓に悪かった。

アニアがむきになって否定したせいか、ティムは吹き出すのを堪えるように口元に手をやった。

「君は意外と、自分のことには鈍《にぶ》くなるね。僕にはあれだけ熱心に言ってくれたのに」

「どんな優秀な占《うらな》い師《し》も、自分の未来は占えないものよ」

アニアがもっともらしくそう切り返すと、ティムは堪えきれなくなったように笑いだした。おかげで周りにいた人たちが一斉《いっせい》にこちらを見つめてきて居心地が悪くなったアニアだった。

「ブランシュ侯が動いたそうだな」

白の駒を盤上《ばんじょう》に置きながら、王太子リシャールが呟いた。

「そのようですね。先日アニアとティムが父上のところに呼び出されたそうです」

リザは自陣《じじん》の駒《こま》を見ながら答えた。視察の土産《みやげ》だと言って新しい駒をもってきてくれたので早速一勝負となったのだが、今ひとつ相手の手が冴《さ》えない。

上の空のように見えるな。少し攻め込みが甘い。

リシャールは表情が少なく落ち着いているようで、よく見ると意外に態度や顔に感情が出ていて、リザからするとわかりやすい。

「兄上はアニアたちがステルラ王の継承資格を持つと知っていたのですか？」

「元々バルトがオレに仕《つか》えることになったとき、詳《くわ》しく調べてあったからな。それに名ばかりの王とはいえ、王家の血を引いていることは、そなたの婚約者候補に挙がったときに考慮されている」

リザは納得した。本来なら王家との婚姻は公爵か侯爵がほとんどなのに、ティムが候補に入ったのはそうした事情があったからなのか。というより、それを逆手《さかて》に取って候補にねじ込んだのかもしれない。

「侯爵自身には子がいないから、王の称号を残すためにはいずれ妹の子孫の中から誰かを選ばなくてはならないと考えていたのだろう。元々侯はオルタンシア王家との縁組を希望していた。そこへバルトがそなたの婚約者候補になったことを聞きつけてきたのかもしれない」

ブランシュ侯爵ウジェーヌはステルラを追われたときすでに成人とみなされる年齢だった。だからこそ父の政治が民を虐《しいた》げるものだったと理解したのだろう。亡命してからは祖国に戻ることなく、オルタンシアの一臣下として静かに暮らしてきた。それがステルラの民のためになると考えて。

彼がステルラ王家の者をオルタンシア王家に嫁《とつ》がせることを望んでいるというのは想像に難《かた》くない。二つの王家を併合《へいごう》することで、祖国をアルディリアの干渉《かんしょう》から守れるからだ。

「あら、それはおかしいです。ならばティムだけを後継に選ぶはずでしょう？　つまりはアニアも候補に挙がっているのですね。兄上の方の」

リザは黒の駒を摘まんでそう問いかけた。リザ自身の婚約者選びが進んでいるが、その裏で王太子妃選定も始まっている。おそらく国内貴族から選ぶ方針で。

王太子妃、ひいては次代の王妃を国外から迎える利が今のオルタンシアにはないからだ。

リシャールが小さく息を吐いた。肯定しなくてもそれで自分の推測が当たっているのだとリザは確信した。

王太子妃候補の中にアニアがいるというのはリザからすれば意外ではない。先代国王の治世を支えた宰相《さいしょう》の孫娘。本人も文官として働けるほどの聡明《そうめい》さを持ち合わせている。そしてステルラ王家の血を引いているのなら家格としても問題はない。

何より、今まで自分から女性に近づこうとしなかったリシャールが、彼女には興味を持っている。きっかけはアニアの書いた小説だったようだ。それもあってか、彼女と会話をしているときは無愛想な彼が楽しそうに見える。

リザからすれば、二人が結ばれてくれても構わないのだが、どうも二人ともお互いを意識しているようなのに微妙な距離で足を止めて、それ以上は歩み寄らない。

「どうなさるおつもりなのですか？　アニアは私の大事な友人ですから、私には訊く権利があるはずです」

リザの問いに、リシャールはぽつぽつと話し始めた。

「以前話したことがあるのだが、彼女は将来王宮を辞したあと、自分の子や孫に王宮での出来事を自慢するような暮らしがしたいらしい」

「そうなのですか？」

いつの間にそのような話をしていたのだろう。リザは驚いて問い返した。

アニアは当初、リザが嫁ぐまでという期間限定の女官として王宮に上がった。その頃ならいずれ王宮を出ることは意識していただろう。それにアニアはリシャールのことを気難しい怖い人だと思っていたはずだ。

……ということは最近か。

もしかしたら、アニアの想像する将来に自分が欠片《かけら》も関われないことにリシャールは衝撃を受けたのだろうか。リシャールの妃になれば王宮を辞するという選択肢《し》はない。

「それを聞いてその幸せそうな光景が目に浮かぶようだった。オレの妃に迎えれば今までのように自由に過ごすことはできなくなる。……だから、妃には望まない」

王太子妃、ひいては王妃ともなれば、今まで通りの暮らしはできない。それがアニアとの距離を詰めようとしない理由なのか。

リザたちの母、現王妃マリー・テレーズは元々第三王子の妃だった。状況が変わって王妃となってから王宮内の勢力争いなどで苦労していたのを兄はずっと見てきた。父が即位してから寵姫《ちょうき》や愛人を迎えたのも貴族たちへの配慮だったが、母にとっては納得できることではなかったはずだ。

望まない、か。逆に言えば求めているように聞こえるのだが、本人にその自覚はないのだろう。

アニアの方もリシャールがわかりやすく好意を示しているのに、興味を持たれているのは自分の書いた小説だと思い込んでいる節がある。

「それはそれは。しかし、手放してよろしいのですか？　兄上はこの先もアニアの小説の続きが読みたいのでしょう？」

リザがからかうように問いかけると、リシャールは口を引き結んだ。

「それは当然だ。だからこそ、オレが彼女自身を望むわけにはいかない。今でさえ彼女は伯爵家当主として、文官として忙しくしているのだ。これ以上の負担はかけられない」

リシャールはアニアの書く小説の熱心な読者だ。そして、彼女の明るく快活な人柄に惹《ひ》かれているように見える。おそらく生真面目《きまじめ》で堅物《かたぶつ》の兄には、彼女の性格は救いになるのではないかとリザは思っている。

けれど、リシャールもアニアも変に頑固なところは似ている。このままでは平行線のように二人の気持ちは交わらないままだろう。

背中を押してやるのなら、両側から攻めねばならぬか。リザはそう思いながら問いかけた。

「ではアニア以外のご令嬢であっても同じことをおっしゃるのですか？」

王妃となるのならそれなりの重責を負うのはどの令嬢であっても同じだ。アニアに苦労をさせたくないからと他のご令嬢を選ぶのはおかしい。

「……それは、確かにそうだな。どの令嬢にもそれぞれの事情があるだろう」

リザは腕組みをして兄の顔を見つめた。

大概のご令嬢は王太子に選ばれれば家のためにもなるし、光栄だと受け取るだろう。それに、リシャールが求める相手がそういう性格ではなかったとしても。

彼が望めば相手の意向など関係なくそれが叶うのだ。

兄上はもう少しわがままになるべきなのだがな。わがまま成分を母上のお腹にいる間にジョルジュ兄上に持って行かれてしまったのかもしれない。代わりに真面目成分を全部おしつけられたにちがいない。

「兄上には失望しました。そこは、誰であろうと何があろうと守ってやると言うものでしょう？ご自分の妃一人くらい守れる甲斐性《かいしょう》がなくて国を守れるのですか？」

リザの手にした駒が王手をかける。リシャールの眉《まゆ》がふっと寄った。

これで詰みだ。いくらチェスが強いリシャールでも迷いがあればリザの敵ではない。

文武に秀《ひい》で、真面目で優秀な王太子と言われるが、欠点があるとしたら自分の心のままに振る舞うことをしない頑《かたく》なさだろうとリザは思う。自分で自分に手枷足枷《てかせあしかせ》をはめている。

アニアとこの兄が上手くいくまでには、前途は多難なようだ。

「そなたは望む相手を迷わず口にできるのか？」

リザは余裕の笑みを浮かべた。

「勿論です。私はやっとそれができる立場になったのですから」

今までリザは国のために他国に嫁ぐのだと思っていた。王女には王位継承権がなかったのだから、外交の駒にしかなれない。国に貢献《こうけん》できるのはそのくらいだと割り切っていた。

けれど、今は王女にも王位継承権が与えられた。これからは国政に携《たずさ》わる責務も増える。そして、ほんの少しだが、自分の未来を選ぶ権利も。

父が選んだ最終候補の中から夫を決めていいと言われたのも驚いた。結婚すれば領地も与えられる。領地経営に、王族としての職務。

今まで書物でしか外の世界を知らなかった自分にできることが増えるのは、どれほど幸せなことか。

同い年なのに家督を継いでその才覚で自分の道を切り開いていけるアニアが羨《うらや》ましかった。けれどやっと自分も望みを口にできる。これからは自分の力を試すことができるのだ。

兄は自分が大量の重い荷物を手にしていても、それを相手に持たせたくないと考えている。その荷物を持ちたくても持たされない者の気持ちはわからないのかもしれない。

「なるほど。それではオレの負けだ」

リシャールは白の駒を倒して投了を示した。リザはドレスの膝の上に置いていた紙の束《たば》を手に取る。

「手応《てごた》えがなさすぎて情けない勝負でした。このようなことでは昨日預かったアニアの新作をお渡しできません」

途端にリシャールが表情を変えた。

「何だって？　それとこれとは話が別だろう」

リザは思わず吹き出した。

どうしてここまで堅物の兄が恋愛小説にのめりこんでいるのだろう。この兄にこんな焦《あせ》った顔をさせるだけで、アニアは凄《すご》いと思う。

「冗談ですわ。彼女からは兄上にもよろしくと言われています」

「……そうか。大事に読ませてもらおう」

リザが差し出した紙の束を大切そうに受け取って、リシャールは去って行った。

そんな風に、自分の大事な友人《アニア》のことも守ってくれればいいのに。リザはそう思ったが口には出さなかった。

……まあ、どちらにせよ、ベアトリス様のお茶会で二人は顔を合わせることになるのだからな。会う機会を増やして少しでも距離を近づけてもらうしかないだろう。

それよりもリザが気にしているのは、最近ぱったりとリザの前に現れなくなったティムのことだった。普段ならリシャールと一緒に訪ねてくるのに、今は別の仕事をしているらしい。

あやつはあれだけ私の騎士になりたいと言っていたくせに、領地から戻ってきて数日経《た》っても挨拶《あいさつ》にも来ないとはどういう了見なのだ。

まあ、来ないのならアニアのところで待ち構えていればいいだろう。現れたら文句の一つでも言ってやる。

そう思ったリザは侍女を呼んで書庫にでかけることにした。

書庫に隣接した文書管理官の事務室には、アニアの他にリザの知らない男がいた。長い栗色の髪をひとくくりにして、瓶の底のような分厚い眼鏡《めがね》をかけた三十代半《なか》ばくらいのひょろりとした男が、堆《うずたか》く積み上げられた書物の修繕《しゅうぜん》をしている。ゆるゆると顔にかかる髪の毛と眼鏡で顔が大半隠れている。

……人が入ってきても気づかないとは。

呆れていると、アニアがその男の腕を掴んで立ちあがらせた。

「申し訳ございません。王女殿下。ご挨拶が遅れましたが、この者がわたしの秘書、バスチアンです。こちらは王女殿下であらせられます。バレー、ご挨拶を」

おそらくリザの肩書きを口にしたのは男に伝えるためだろう。言われた方は慌てて背筋を伸ばしてから一礼した。長い髪がばさばさと揺れる様子を見てから、リザは思い出した。

箒《バレー》？　確かに逆さにした箒《ほうき》のようだ。アニアが領地から呼び寄せると言っていた男か。

緊張しているのか、男がからくり人形のような不規則で妙な動きをするので、リザは笑ってしまいそうになった。

すっかり仕事場に溶け込んでいる風の男だが、本来はアニア個人の仕事を手伝う立場のはずだ。何故ここで本の修繕をしているのだろう。

「連絡のために王宮にも出入りすることがありますので、各所へのご挨拶がてら連れてきました。ただ、彼は仕事がないと落ち着きがなくなるという病気なので、とりあえずこちらで書物の修繕を手伝わせています」

アニアは諦《あきら》め気味のように小さく溜め息をついた。

「……仕事が好きだと聞いていたが、病気なのか」

「そうとしか言いようがないのですわ」

仕事が好きすぎて、職場に勝手に寝泊まりして片っ端から業務を片付けていたというおかしな人物のことは聞いていた。今も王族を前にしてもこちらの話は耳に入っていないようで、彼の顔は机の上の書物にちらちらと向いている。早くその仕事をさせてくれと言わんばかりに。

……常習性のある薬に溺《おぼ》れた人間はこういう感じなのかもしれぬな。見たことはないが。

リザはこっそりそう思った。

「ではその者には好きにさせるがいい。私は読み物を探しにきただけだから、気遣いは不要だ」

「よろしければお茶をお入れしますわ。ティムが良い茶葉をお土産にくれましたから」

「そういえば、あやつは領地から戻っているのだったな」

先ほどリシャールがリザを訪ねてきたときは、別の従者を連れていた。ティムはいつもリシャールと一緒に現れるので期待していた自分に少し腹が立った。

挨拶に来る時間くらいはあるだろうに、何をしているのか。気にはなったが兄に訊《たず》ねるまではしなかった。

「ええ。ただ、国王陛下のご命令で、ブランシュ侯の代理としてジョルジュ様と一緒にステルラからのお客様をご案内しているようです。どうやらステルラはきな臭《くさ》い状況になっているようで、事態の報告に特使の方がいらしているのだとか」

「……ああ。例の件か」

リザの叔父ルイ・シャルルがステルラで何やら企んでいるらしい、という話。

今でも執念深くオルタンシアの王位を狙《ねら》っている叔父が何故ステルラにいるのか。アルディリアに諾々《だくだく》と従っているだけにしてはどこか不自然な気もする。

「ジョルジュ様のお話にもありましたけれど、ステルラではここ半年の間に若い世代で王政復活論が高まって、議会を二分する勢いなのだとか」

「すでにステルラが王族を追放してから五十年以上経っているからな。その原因が国王の圧政であったことを知らぬ世代は、今の政治の不満をぶつけているのだろう」

リザは目の前に運ばれてきたお茶を口にした。ふわりとした香気に少し気持ちが和《やわ》らぐ。

そして、ふと気づいた。

「だが……いつからアルディリアは介入していたのだ？」

アルディリアはステルラが属国でなくなってから、自由に使える港を失った。交易のために高い港湾《こうわん》使用料や関税を他国に支払わなくてはならない。経済的に打撃を受けたアルディリアは周辺国に対して攻撃的な態度を強めている。オルタンシアにとってははた迷惑な隣人である。手っ取り早くその状況を改善するには再びステルラを支配下に置くことだ。自分たちに都合のいいステルラの元王族を連れ戻して王政の復活をさせればいい。

けれど、ステルラ政府はそれを警戒していたはずだし、何より当の王族はオルタンシアの保護下にあって手出しが難しい。さらに当代のブランシュ侯にはステルラに戻る意思はない。

とはいえ、王政を支持する者がステルラ国内を乱すようなら、動かねばならなくなるのではないか？

だからアルディリアはステルラ国内の情報操作を図ったのだろう。当時を知らない若い世代や今の議会に不満を持つ者たちを誘導して王政復活を唱《とな》えさせている。だが、それは一朝一夕《いっちょういっせき》にできるとは思えない。ずいぶん前から用意されていたはずだ。

アニアもそのことを考えていたのかもしれない。

「春先か、もっとそれ以前からかもしれませんわ」

「あの舞踏会の騒ぎの頃にはすでに準備を整えていたということか。だからこそあの謀叛《むほん》が失敗しても叔父上はすんなり手を引いたのだな」

つまりはルイ・シャルルとアルディリアにとってはステルラを属国に戻すことが本命だったということか。

「ブランシュ侯は今どこに？」

「今も王宮内に滞在なさっています。おそらくステルラの王政復活論者が接触するのを避けてのことではないかと」

「ティムにはジョルジュ兄上がついているならおそらく問題あるまい」

ジョルジュが当主を務めているメルキュール公爵家は王家を陰から支える役割を担《にな》ってきた。《蜘蛛《くも》》と呼ばれる諜報《ちょうほう》集団を抱えている。人の目には止まらない、とされる彼らの存在は普段リザでも気づくことができないほどだ。

ティムにもアニアにも以前からメルキュール公爵家の《蜘蛛》がつけられているはずだ。だからといって狙われないわけではない。

「アニアも身辺に気をつけたほうがいい」

「そうですわね……。ただ、最近人の気配に敏感になった気がするんです。いろんな方がいきなり話しかけて来たりするので気配を感じたら迂回《うかい》してます。誰にも話しかけられずに部屋まで戻って来られたら何だか『勝った』という気持ちになって、ものすごく達成感がありますわ」

アニアはそう力説する。この状況も彼女なりに楽しんでいるらしい。

「……達成感か。あいかわらず逞《たくま》しいな、アニアは」

リザは微笑《ほほえ》んだ。アニア自身も王宮内で何かと注目されている。興味を持った人たちが近づいてくるのを避けるのが今の彼女の趣味になっているらしい。

「最近は例のアレは見ていないのか？」

部屋の隅で楽しそうに書物の修繕をしている男を横目にしながらリザは問いかけた。

アニアは祖父の記憶が唐突に頭の中に浮かんでくるのだという。今まではそれが事態の解決に役立ってきた。

だが、いかにアニアの祖父であっても五十年前のステルラの政変当時はまだ王宮の要職にあったわけではない。かの国について有用な情報が得られるとは思えない。せめて叔父上の陰謀《いんぼう》をつきとめるための妙案の足しになるものが見られればいいのだが。

アニアもおそらくそう思っているのだろう。けれど今のところそこまでのものはないらしく首を横に振った。

「……よくわからない断片的なものならいくつか。でも、まだ自分でも説明できなくて困ってます」

アニアはそう答えながら、ふと何かを思い出したように顔を上げた。

「ただ、王太后《おうたいごう》様が出てきたものもあるので、もしかしたらお会いしてわかることがあるかもしれませんわ」

「ベアトリス様？」

何故ここで彼女の名前が出てくるのか。ルイ・シャルルは今回の陰謀に彼女を巻き込むつもりなのか？

リザが戸惑《とまど》っていると、アニアは珍しくいつもは快活な青い瞳に、深い困惑を浮かべていた。

「……今回は何だかとても、難しい課題を与えられたような気持ちなんです」

誰から、なのかは何となくリザも理解した。

「そうなのか。では何か助けが必要になったら言ってくれ」

「ありがとうございます、リザ様」

アニアは大きく頷いた。

彼女もまた、自分に祖父の記憶が見えることは、誰かの意思が関わっていると思っているようだ。

半年以上前からルイ・シャルルとアルディリアが仕掛けていた陰謀は予想外に複雑な背景があるのだろうか。それとも何か別の要因があるのだろうか。

そう思いながらふと目を上げると、恍惚《こうこつ》とした表情で幸せそうに仕事に励《はげ》んでいる男の姿が見えた。

……聞いてはいたが、なかなかに変な男だな。

その次の瞬間、男が何気なく眼鏡を外した。アニアがそれを制止しようとしたが、リザは男の素顔を見てしまった。そして、驚愕《きょうがく》に一瞬言葉が出なかった。

父の異母弟ルイ・シャルルは今年の春の舞踏会に身分を偽《いつわ》って王宮に入り込んでいた。その時の彼とそっくりだったのだ。

隣国の宰相の息子という触れ込みに興味を持って観察していたので覚えている。

だが全く印象が違う。それに、あの男をアニアが連れてくるはずがない。

「すみません……最初に申し上げるべきでしたわ。わたしも昨夜初めて知って驚いたのです」

アニアの話では昨夜彼はクシー領から王都に到着して、髭《ひげ》は伸び放題服は汚れ放題の酷《ひど》い有《あり》様《さま》だったので使用人総出で身なりを整えさせたのだという。髪を切ることは嫌がったのでまとめるだけにしたが、その時アニアは初めて彼の髭のない素顔を見たのだとか。

「彼を王宮内で自由に歩かせていいものか迷いましたので、念のために王太子殿下から国王陛下にお伺いを立てていただきましたら、今の彼の顔を覚えている人間は逆に後ろめたいだろうから構わない、とのお返事をいただきました」

ルイ・シャルルは十五歳で隣国に亡命して二十年経っている。この男の顔を彼と結びつけるのは、春の謀叛騒ぎで偽名《ぎめい》を使って暗躍《あんやく》していた姿を知る輩《やから》ということにはなるのだが……。

あの時謀叛が失敗して関わりを隠して逃げた者はさぞ驚くだろう。父上もお人が悪い。

「……兄上？　兄上に話したのか？」

「ええ、早朝なら剣のお稽古《けいこ》をなさっているのを存知上げていましたから。彼を連れて報告に伺ったのです。ティムもその場にはいましたわ」

「なるほど」

「二人とも驚いていました。ティムはクシー領で何度か彼に会っていますし、あの方とは体つきや性格は全く違いますから説明してくれて助かりました」

いくら彼の顔を知っている者は少ないとはいえ、混乱を招くので報告しないわけにはいかないと、アニアは自らリシャールに会いに行ったらしい。

確かに、朝一番で居場所がはっきりしているのはリシャールくらいだろう。

それに、春の舞踏会での一件で事件の調査に関わっていたあの二人ならルイ・シャルルの顔を覚えているはずだ。

自分の知らないところでそんな面白いことになっていたとは。

それにしてもあまりに似ている、とリザはまじまじと相手を凝視《ぎょうし》してしまった。本人も王族に顔が似た人がいると聞かされているらしい。目線に気づくとひたすら恐縮するように誤魔化し笑いを浮かべていて、野心が欠片も感じられない。

絶えず口を動かして草を食《は》んでいる山羊《やぎ》のような無害な印象に、リザも納得した。

「……似ているのは顔と歳格好だけだな。仕事熱心はいいが、痩《や》せすぎだ」

「リザ様もそう思われますよね」

「バスチアン？　と言ったか。健康管理も仕事のうちだぞ。アニアの側で働くならそう心がけるのだな」

リザがそう言うと、男は仕事という言葉に大きく反応した。深々と頭を下げる。

「……殿下のお言葉、肝《きも》に銘《めい》じましてございます」

あの叔父上がこういう素直な性格だったら、もう少し好感を持てただろうか。そう思いながらリザは苦笑いで応じた。

＊
＊
＊

リザが去ったあと、アニアは小さく溜め息をついた。

やっぱり最初にお伝えするべきだったわ。あの王太子殿下でさえ、バレーの素顔に驚いて固まっていらしたもの。

「やはり、ご迷惑でしょうか」

バレーが悄然《しょうぜん》としてアニアの方を見ていた。

「あなたが来てくれて助かっているのよ。だから迷惑じゃないわ」

「眼鏡を外さないように申しつけられていたのに、申し訳ありません。アナスタジア様の期待に添うよう努力します」

バレーは基本的には善良で大人しく素直な人物だ。約束は守るし仕事もきっちり必要以上に熱心にやる。

「いいのよ。わたしがあなたを呼んだのだから、わたしが責任を持つわ。世の中には他人のそら似というのもあるというし、気にしなくていいのよ」

バレーは困ったように笑みを浮かべたあとで、何かを思い出したように顔を強《こわ》ばらせた。

「そういえば、そっくりな人に会ったら死んじゃうって言い伝えがありますよね。……え？　じゃあそのそっくりな王子様に会ったら、私大丈夫なんですか？　死んじゃいます？」

いやそれは単なる言い伝えなので、特に問題はないと思うのだけど。

「大丈夫よ。あなたがあの方に会うことはまずないわ」

ジョルジュの情報が正しければ、彼に似た人は今ステルラで何か企みを進めているらしい。さすがにオルタンシアで彼と会うことはないだろう。

それに前回の一件で王宮には彼の顔を覚えている人がいるのだから、そう簡単にオルタンシアに来ることはないはずだ。

「それともあなたがこちらで仕事をするのが嫌だったら、領地に帰ってもいいのよ？」

「いえ。私は王都に来たかったのです。それに母も亡くしましたのでもうあちらには身よりはいませんから」

アニアはそれを聞いて、先日見てしまった光景を思い出した。

「王都に来たいというのは、何か目的でも？」

「人捜しをしたいと思っています」

バレーは俯《うつむ》いて少し表情を暗くした。

「人捜し？」

「ええ。父が亡くなったときその場にいた人を捜そうと」

「お母様からは何も？」

「ええ。それどころか、王都行きも反対していました」

アニアは戸惑った。自分が見た過去の光景に、その場で証言していた女性がいた。バレーが無事だったのはその女性とともに別室にいたからだ。あの女性のことだろうか。

けれど、そんなことを口にすると、話がややこしくなってしまう。バレーは父の死の真相を知りたいと思っているかもしれない。

「そう……当時の憲兵《けんぺい》関係者に伝手《つて》があるといいのだけれど。調べてみるわ」

おおよそ三十五年前だ。記録が残っている可能性も低い。それでも、バレーが一人で人捜しをすることに、どこか危うさを感じたアニアは念を押すことにした。

「だから、少しだけ待ってくれる？　むやみに動かないほうがいいと思うの」

何故、祖父が彼の出生時のことを自分に見せたのか。それがわからないから余計に不安になった。あの時、賊《ぞく》は金品を物色するでもなく、彼の父と産婆を殺して去って行った。ということは彼の父が恨まれていたか、何らかの事件に巻き込まれた可能性が高い。

時間が経っているとはいえ、それを今嗅《か》ぎ回《まわ》る存在がいると犯人たちに知られたらバレーも危険な目に遭《あ》うかもしれない。

バレーは少し迷っている様子だったが、彼も手がかりが欲しかったのだろう、承諾《しょうだく》してくれた。

不意に扉の向こうで人の気配がした。押し問答のような会話が聞こえたのと同時に扉が開いた。毛皮をふんだんにあしらった外套を着た華やかな人物が入ってきた。

「じゃーん。メルキュール公爵ジョルジュただいま参上。アニアちゃん。今日は防寒対策してきたよー？」

……ついでに先触れをいただけると良かったのですが。

今日も賑《にぎ》やかで派手なジョルジュはそのままバレーに歩み寄って眼鏡に手を伸ばした。眼鏡をずらして顔を覗き込んでいる。

「なるほどー。確かに似てるねえ」

「ジョルジュ様……？」

どうして春の舞踏会の時に不在だった彼がバレーの顔に興味を持つのか。そう思っていたらジョルジュは熱心にバレーを観察しながら答えた。

「叔父上はラウルス留学中に何度かお見かけしたんだよね。春に僕が戻ってたらすぐに正体わかったのになあ。それにしても、よく似てる。クシー領にはこういう顔の人いっぱいいるのかい？　それはそれで嫌だけど」

「いい加減にしろ、ジョルジュ。それはさすがに無作法がすぎるだろう」

声と同時に不機嫌そうな顔で現れたのはリシャール王太子だ。バレーに詰め寄っているジョルジュの腕を掴んで引き剝《は》がす。

いきなりのことで困惑して固まっているバレーは口の中で何かブツブツ呟いている。何となく『メルキュール……って変態公爵？』という言葉が聞こえたような気がしたが、事実なので口を出さなかった。

「父上がジョルジュにその者のことを話してしまってな。それでジョルジュが顔が見たいと騒ぎだして」

「えー？　だって面白そうじゃない？」

「人の顔を見世物のように扱《あつか》うのは感心できない。さっさと用件に入れ」

どうやらこの場にリシャールが同行したのは、ジョルジュが好奇心だけで暴走するのを止めるためだったらしい。確かに、身分的にも精神的にもアニアにジョルジュを止めるのは荷が重い。

冷淡な目で睨《にら》まれたジョルジュは口を尖らせてからアニアに書類の束を差し出した。

「うちに残ってる二十年前の資料一覧ね」

「ありがとうございます」

アニアは小説のネタにしようと古い書物や記録を探していた。

「まあ、これは外に出しても差し支えないものだけど、アニアちゃんのお願いならもうちょっとヤバめの資料も探してくるよ？」

そう言われてアニアはふと、バレーに目を向けた。もしかしたら三十五年前のことでも調べ

られるだろうか。

手近な紙に概要《がいよう》を書き付けて渡すと、ジョルジュは小首を傾げたあとで頷いた。

「可能な限りで結構ですから」

「了解。当たってみるよ。っていうか、今度は君のお祖父《じい》さんを主役にした恋愛小説でも書くつもり？」

ジョルジュがからかうように言う。

恋愛も何も、あの王位継承戦争の頃にはすでに孫もいたのだ。祖父の恋愛を描くのならもっと昔の話にするだろう。

あの頃王宮の中で孤立していたベアトリス妃とルイ・シャルルの元に足繁《あししげ》く通っていたので、アニアの祖父エドゥアールは妃との関係を疑われて噂になったこともあったらしい。

ルイ・シャルルの顔立ちがジョルジュ四世にもベアトリスにも似ていなかったこともあって、当時は様々な憶測《おくそく》が入り混じっていた。

けれどアニアが祖父の記憶で見た印象だと、二人がそんな関係にあったとは思えない。

「まだ考えているところです」

……そうだわ。少なくともお祖父様は知っていたはずだわ。ルイ・シャルル王子とバレーが似ていることを。クシー領には王子の顔を知っている人はほとんどいないから、今まで彼はそのことを知らなかった。

バレーは父の事件の真相が知りたくて王都に来ることを望んでいたのに、反対されていた。それはお祖父様が彼の母親に何か命じていたのではないかしら。

「アナスタジア？」

「え？　あ。失礼しました」

不意に近い場所からリシャールの声が聞こえてアニアは我に返った。

「あいかわらずそなたは急に考え事を始めるのだな」

困ったような顔を見て、アニアは気づいた。またふらついてしまうのではないかと思われていたのだと。

それを横で見ていたジョルジュがにやりと笑う。

「何なら僕らは席を外そうか？　お二人さん？」

そう言いながらバレーの腕を掴むと扉の方に歩きだす。引っぱられたバレーが焦った様子でアニアを見る。

「その必要はない。これ以上我々がここにいては仕事の邪魔になる。行くぞ」

リシャールはきっぱりとそう答えると、ジョルジュを促《うなが》して部屋を出ていった。

しばらく彼らが去って行った扉をぼんやり見ていたバレーがぽつりと呟いた。

「もしかして、アナスタジア様、王族全員とお知り合いなんですか？」

「……お会いしたことはあるわ。王太后様以外は」

「凄いですね。アナスタジア様はどこかの成金に嫁がされるのだと聞いていたのに、気がついたら当主になられて王宮に住まいも役職も与えられているなんて。やはりエドゥアール様と同じでただ者ではなかったのですね」

ちょうど一年程前、アニアは暮らしていた領地を離れて王都にやってきた。両親から呼びつけられたのだ。あの当時家は借金まみれで一人娘を金持ちに嫁がせてなんとかしようと、両親は考えていた。

けれど、その矢先に王宮仕えの話が来て、アニアの人生は大きく変わった。

「わたしも、領地を出た時はもう二度と戻れないかも、とは思っていたのよ」

「エドゥアール様が生きていらしたら、きっとお喜びだったたと思います。当家にはもう王宮で働ける才覚のある者は出ないのかと、おっしゃっていましたから。今頃もうちょっと長生きしておくんだったと嘆《なげ》いていらっしゃいますよ」

確かにアニアの父は一時王宮で働いていたが、すぐに解雇されたと聞いている。そして兄は父にそっくりな上に祖母や両親が甘やかしていた。それを見ていた祖父は落胆《らくたん》したのかもしれない。

「そうね……わたしもお祖父様にお会いしてみたかったわ」

アニアが生まれるより前に亡くなった祖父。一度も会ったことがないのに強い縁を感じていた。

お祖父様は何か大事なことを後世に伝えたくて、けれどそれを書き残すことは国家機密に関わるからできなかったのかもしれない。

そんなことを考えて、アニアは祖父が陰で深く関わっていた二十年前の王位継承戦争のことを調べ始めたのだ。

そうすれば、お祖父様の望んでいたことがわかるかもしれないから。

4

「まあまあ。あなたがエドゥアール殿の？　以前から噂《うわさ》に聞いていましたけれど、本当にそっくり。特にその青い瞳。まるであの方を見ているようです」

その栗色の髪の女性はアニアを見つけると急ぎ足で近づいてきてそう言った。

……この方がベアトリス王太后《おうたいごう》？

アニアに祖父の面影《おもかげ》を見つけたのがよほど嬉しかったらしく、明るく話しかけられて驚いてしまった。

簡素に見えるけれど品良くレースを随所《ずいしょ》にあしらった淡い黄色のドレスを纏《まと》っている。表情が豊かで気さくに話しかける姿は、アニアが王宮で会ってきた貴婦人とは全く違う。

……王太后様よね？

アニア自身はベアトリスの姿を肖像画でしか知らなかった。

先代国王ジョルジュ四世の二人目の妃。彼女が嫁《とつ》いできたときには国王には亡くなった先の王妃との間に三人も王子がいた。そのために軽んじられることもあったと聞いている。

けれど、ジョルジュ四世は彼女を迎えてからは愛人へ通うことが減り、そして一年後には王子が生まれた。それがルイ・シャルル王子だ。

ジョルジュ四世の崩御《ほうぎょ》後、ルイ・シャルルは異母兄と王位を争って国内を混乱に陥《おとしい》れた。彼が敗北して隣国に亡命した後も、ベアトリスはこの国に残った。共謀《きょうぼう》の罪に問われ一時投獄《とうごく》されていたこともあるが、後に赦免《しゃめん》された。

そうした彼女の苦難から、アニアの頭の中では異国で耐え忍んできた悲劇の王妃、という妄想が出来上がっていたのかもしれない。今まで祖父の記憶の中で見た姿にも笑顔は一度もなかった。

だけど……全く思っていた印象と違う。王宮を長く離れて暮らしていらっしゃったからかしら。力の抜けた自由な笑顔にほっとすると同時に、自分の考えを改めなくてはと思う。

アニアはドレスのスカートを摘まんで一礼する。

「クシー女伯爵アナスタジアにございます。わたしは祖父のことを直接存じませんので、よろしければ色々と教えてくださいませ」

「勿論よ。本当に会えて嬉しいわ」

初めて会ったのにベアトリスの表情には久しぶりに会う親族を見るような親しみがあった。

庭に面した大きな窓がある広い部屋には、多くのテーブルが用意されていた。飾られている花はベアトリス自身が城の温室で育てたものだという。

けれど、この室内には、アニアとベアトリス王太后、そしてリザとリシャール……の四人しかいない。テーブルは一つで事足りる状態だ。

……何だか思っていたのと違う……ような？

案内されたテーブルには八人程の席があるが、リザとベアトリスが並んでアニアの正面に座っていて、アニアの隣には何故か本日の主役であるはずのリシャールが座っていた。

他の方は遅れていらっしゃるのかしら？　並んでいる菓子は四人分より遙《はる》かに多く用意されているけれど、このテーブルにしかセッティングされていない。

今回は王太子に引き合わせてほしいというご令嬢を招待することになっていたはずだ。気合いを入れて着飾っている最中なのだろうか。

「……あの、他の方は？」

ベアトリスは不思議そうに首を傾《かし》げた。

「お招きはしたのですけれど、皆様お忙しいのでしょう。私のような者のところにまでリシャール殿下とお話ができる席を設《もう》けてほしいと言うので、わざわざ王宮に場所をお借りしましたのに」

いくら我が娘を売りこみたいとはいえ、政治から離れて静かに暮らしているベアトリス王太后まで巻き込むのは行きすぎだとアニアは思う。

ただ、そこまで熱心に働きかけていたのに、せっかく王太子が出席する場に誰も来ないというのは奇妙ではないだろうか。

隣を見るとリシャールはどことなくスッキリした表情でお茶を口にしていた。

もしかして、本当に他の人は来ない……？　どうして？　もしかしてティムが言っていた課題を誰も解けなかったの？　そんな難問だったの？

アニアが戸惑《とまど》っているのを見て、ベアトリスが上品に微笑《ほほえ》んだ。

「あまりに分別のないことをなさるようでは困るので、事前にちょっとした課題をお出ししただけですのに」

ベアトリスはそれだけ言うと侍女たちが菓子を運んでくるのを手伝おうと立ち上がった。

王太后自ら給仕の手伝いに行く事態にアニアが戸惑っていると、リザは正面の席で菓子を摘まみながら首を横に振った。

「気にしなくていい。私も驚いたのだが、あの方はああいう性分でいらっしゃるようだ」

「そうなのですか……？」

「知りたいのは課題のことか？　大したものではない。簡単な外交の問題がいくつかと、私が描いた絵が何なのかという問いだったのだ」

アニアは言葉が継げなかった。悪気があってのことではない、と思いたい。だけど。

それはものすごい難問ではないですか。招待する気が全くないに等しいくらいの。

最近リザは絵を描くのを新たな趣味にしている。本人が楽しそうなので周りは微笑ましく見守ってきた。ただ、彼女の描いたものは前衛的すぎて何を題材にしたのか言い当てることはかなり難しい。

しかも、今まで王宮からほとんど出ない生活をしていたリザは、実際に見たことがないものを空想で描いているのでさらに言い当てるのは困難を極める。

「……あれを解けと？」

隣で話を聞いていたリシャールが額を手のひらで押さえて呻《うめ》いている。

今まで殿下もリザの絵を何なのか言い当てられずに苦労していらしたから、令嬢方に同情していらっしゃるのかもしれない。

ティムが言っていた意味がわかったわ。わたしならリザ様がいままで描いた絵を全部見ているから、ある程度は覚えている。全くの白紙回答にはならないだろう。

リザはわずかに眉《まゆ》を寄せて、うんざりしたように肩をすくめた。

「私は全員を門前払いにするつもりはなかったぞ。せめてわからぬなりの態度を見せてくれれば正解にするつもりだった。だが、親に泣きついて父上にまで苦情を言ってくるだの、金品を持ってきてなんとかしてほしいだの、ろくでもない輩《やから》ばかりだったのだ」

「……それは……」

リザが見定めたかったのは、難問に対する対処《たいしょ》の仕方だったらしい。さすがに親の力に頼ったり金品でつけいろうというのは、あからさますぎて品が良いとは言えない。

「何故自分の頭で考えぬのだ。親に甘えて金や物で解決しようなどと、楽をするようでは王太子妃は務まらぬ。外交の問題にしても自分の考えを問うたのに書物からの丸写しだったからな。私を誤魔化せると思ったのか」

リザは金褐色《きんかっしょく》の瞳を離れた場所にいるベアトリスの背中に向けた。

「……あの方が今の生活をなさっているのも、ご自分の考えを貫《つらぬ》いたからだ。それを邪魔してまで兄上との繋ぎをさせようなどという者たちにも腹が立つ」

「そうですね……。目に余る行動が多いとは確かに思いますわ」

王宮内の権力図が春先の親アルディリア派の謀叛で大きく変化した。だから貴族たちは誰に付くのが将来有利になるかと浮き足立っている。家のため、自分たちの権勢を維持《いじ》するために。

それが悪いとは言わないけれど、周りを振り回すのはやめてほしいとアニアは思う。

リザは悪戯《いたずら》っぽい笑みを浮かべる。

「それに、せっかくのベアトリス様のお茶会なのだ。少人数で穏やかに楽しみたかったからな」

そのためにわざと招待客を来させなくしたとでも言いたげだが、アニアはリザの本音がそこにはないことを何となく感じていた。

絵のことはともかく、リザ様なりに王太子殿下の妃になりたいという令嬢方の実力を試したかったのではないかしら。大事なお兄様に下手な相手が嫁いでくるのは許せないのかも。

その兄の方はリザの過去作品について、まだ思いをはせているようだった。

「ところで、アニア。ベアトリス様とお話がしたいと言っていただろう？　この際だから色々訊いてみるといい」

「そうですね」

さすがに記憶のことは話しても信じてもらえないだろうから、祖父の思い出話を聞かせてもらえればとアニアは頷いた。

先日の光景はベアトリス様とルイ・シャルル王子だろう。せっかく国王陛下の御子《おこ》を抱いているのに、表情が暗くて幸せそうには見えなかった。

……ひっかかったのは、ベアトリスの言葉。『可哀想《かわいそう》な子たち』と言っていた。

彼女の子はルイ・シャルル一人のはず。一体誰のことを指していたのか。


戻ってきたベアトリスはアニアに祖父エドゥアールのことを懐かしそうに話してくれた。

後ろ盾《だて》を失って国では日陰者扱《あつか》いされていたベアトリスの存在を知って、先代国王ジョルジュ四世との縁談を持ち込んだのはエドゥアールだったらしい。

祖父は親アルディリア派ではなかったけれど、信用ならない隣国から来た妃への風当たりを和らげるために奔走《ほんそう》して守っていた。彼女にとって頼りになる後見人のような存在だったらしい。

十五歳差という歳の離れた婚姻《こんいん》だったが、ジョルジュ四世は足繁く彼女の元に通っていた。

程なくベアトリスが王の子を授かったとき祖父は自分のことのようにはしゃいで、生まれる前から赤子のための衣類や玩具を贈ったという。

祖父は先代国王ジョルジュ四世とは学友の仲だった。だからこそ、ジョルジュ四世とベアトリスが上手くいっていることを喜んだのだろう。

「エドゥアール殿にはもっともっと長生きしていただきたかったわ。最後にお会いしたとき、隠居同士またお茶でもご一緒にと約束しましたのに。だけど、あなたとこうして向き合っていると、彼が戻ってきたようで嬉しいわ」

「やはりわたしは祖父に似ていますか？」

「ええ。ディアーヌが城に訪ねてきて、あなたのことを教えてくれたのです。だから今日はとても楽しみにしていたの」

「……もしかして宰相夫人のディアーヌ様ですか？　叔母上が王太后様と親しくなさっているなんて存じませんでした」

アニアの祖父の養女で義理の叔母に当たるディアーヌ。現在は宰相夫人であり、夫の叙爵《じょしゃく》によりパクレット伯爵夫人という立場にある。

だが、社交の場に出てきたことは一切ないので、彼女を知る者はほとんどいない。彼女がベアトリスと面識があることを知ってアニアは驚いた。

戸惑っているとリザが説明してくれた。

「前にティムが言っていたぞ。彼女は昔、ベアトリス様の侍女をしていたことがあると」

「そうなのですか」

アニアは困惑した。貴族の娘が行儀見習いに王族に仕《つか》えることは珍しくはない。

けれど、ベアトリスがディアーヌと会えば必ず気づいたはずだ。

気づかないはずがない。彼女が自分の夫とうり二つだということに。

ベアトリスに目を向けると、アニアの戸惑いを理解しているかのように、にっこりと微笑んだ。

「ええ。私が王宮を出たときにエドゥアール殿から頼まれたのです。養女ではあるが、将来のために貴族としての教養や作法を身につけさせたいと。そして、その後わたしの元に国王陛下の使いとしてたびたび来ていたポワレ殿に見初《みそ》められたのです」

「そうなのですか。ポワレはもったいぶって奥方を表に出さないので私も会ったことがないのです」

リザはそう言って、また宰相をからかうネタができたのを喜んでいるように見えた。

アニアはそこで気がついた。

……もしかして、ディアーヌ様が先代の国王陛下とそっくりなことを知る人はほとんどいないのではないかしら？

祖父がディアーヌを養女にしたとき、祖母は隠し子ではないかと疑って離れに追いやって会おうとはしなかった。そして、祖父が亡くなると彼女と縁を切ってしまったという。祖父は祖母の気性を知っていて、そうなるよう仕向けていたとしたら？

宰相は平民上がりで妻は作法を知らないから、と公《おおやけ》の場に連れてきたことはない。もし、彼女の姿を見た者がいたら、王族と似ていることが噂になるはずだ。

巧妙《こうみょう》に、しかも確実にディアーヌと王族と王宮に出入りする者との接触を遮っているように思えてくる。唯一の例外が王太后だ。

そもそもベアトリス様にディアーヌ様を預けるなんて、お祖父様もどうかなさっているわ。夫によく似た娘なんて、お気を悪くなさるはずだもの。

先代国王は女性関係が派手だった。庶子《しょし》がいることは公然の秘密になっている。ディアーヌの歳格好は彼女の息子と近い。自分が嫁いできてからも女性と関係があったのではと思ったら、心穏やかではないはずなのに。

それとも他に理由があったのかしら？

「どうかしたのか？」

アニアが黙り込んだのに気づいてか、リシャールが小声で問いかけてきた。

……今口に出せるような話題ではないわ。それに、王太子殿下にお話しするようなことでもない。自分の家のことだし。

「いいえ。沢山お話ししたいことがあったはずなのに、思ったより緊張しているみたいで頭から抜け落ちてしまいました」

「ああ。なるほど。そういうこともあるだろうな」

王太子はアニアの言葉に頷いた。

この方にも、考えすぎたり緊張したりすることがあるのかしら。

そう言えば、初めてお会いした時冷淡な態度を取られたことがあった。後でリザ様から伺ったら、ティムがあれこれわたしのことを自慢していたので気構えたせいだったようだけれど。

これほど堂々となさっている殿下でもやはりそうした一面があるのね。

「聞きたいことがあったのだろう？　大丈夫なのか？」

「ええ……でももう、祖父のことを沢山教えていただきましたから」

ルイ・シャルル王子のことは、この席で訊《たず》ねるのは躊躇《ためら》われる。春に起きた謀叛《むほん》騒ぎの裏で暗躍《あんやく》していたことは、おそらくベアトリスの耳にも入っているはずだ。

あの時もアルディリアの王子とともにベアトリスの城を訪れていたらしい。

今も心を痛めているかもしれないと思うと、さすがに口にはできなかった。

「そうか。深刻そうにしているから、また何か見たのかと思ったが」

リシャールはどうやらアニアがあれこれ頭の中で考えていたことに気づいていたらしい。さらりとそう言ってからティーカップを手にする。

「まあ、気になることがあるのなら何か始める前に相談してくれ。できればエリザベト以外に」

「私以外？」

いつの間にかベアトリスと話していたはずのリザがこちらに顔を向けていた。

「兄上がアニアと仲良く話していると思ったら、私の悪口でも言っていたのですか？」

リシャールが飲みかけたお茶を喉に詰まらせそうになって、心配げにアニアに目を向けてきた。

「いえ。単に困ったことがあれば相談に乗ってくださるというお話でしたので」

「……何を？　兄上に相談するようなことが？」

リザが不思議そうに問いかけてくる。リシャールが苦笑いしながら答えた。

「何かがあるわけではないが、そなたたち二人が組むと、何が起きるかわからないからそう言ったのだ。特に今はそなたにとって大事な時期なのだからな」

「まあ、兄上は私のことをそんな風にお考えでしたの？」

リザが大げさに驚いた顔で口元を覆《おお》う。リシャールは困り顔で固まってしまった。

今まで色々騒動に巻き込まれたのを忘れたのかと言いたげだったが、ベアトリスの目もあるし場を読んだのだろう。

そこへ女官が入ってきた。

「メルキュール公爵様並びにマルク伯爵様がおいでです」

ジョルジュ様とティム？　アニアが意外に思っていると、リザが平然とした顔で告げた。

「招待状を出しておいたのです。ただ、少し遅れてくるようにと」

「よりにもよってジョルジュを？」

リシャールが眉を寄せた。リザが目を細めて答える。

「あら。兄上のためですのに。万が一あの課題を解くご婦人が大勢いたら、兄上が四方八方からぐるりと取り囲まれてお気の毒なことになると思ったのです。その時はジョルジュ兄上に生贄《いけにえ》……いえ、お話し相手になっていただこうと」

リシャールはその事態を想像してしまったのか、少し顔を強《こわ》ばらせる。

前々から王太子とお近づきになってあわよくば……という女性は多く、真面目な彼はそれを将来妃に迎える相手に不実だろうと嫌っていた。今回のお茶会も気は進まないがベアトリスの顔を立てて仕方なく出てきたという印象だ。

一方でリザの次兄メルキュール公爵ジョルジュは社交的で女性との会話には長《た》けている。本来このお茶会の招待客はほぼ女性だから、こうした場を盛り上げるのには向いているだろう。

確かに、女性たちが殿下に集まる状態になってもジョルジュ様がいれば生贄……いえ、いくらかの風よけになるかもしれないわ。ただ、ティムを招いたのは何故なの？　リザ様はティムが女性に囲まれてしまっても構わないのかしら？

ティムも今や若い独身男性貴族の中では出世頭《がしら》の一人、狙う女性がいるかもしれない。しかもリザの婚約者候補に入っているのに、気合いが入った独身のご令嬢が集まる場所に招くだろうか。

リザ様はティムのことを気に入っていらっしゃると思っていたけれど、独り占めしたいほどの強い感情はお持ちではないのかしら？　せっかくティムの気持ちを後押ししたのに、リザ様が望んでくださらないのなら、どうすればいいの。

アニアは小さな不安を感じた。テーブルの下で手をきつく握ってしまっていた。

不意にその手に大きな手が重なってきた。宥《なだ》めるように一瞬触れてすぐにその手は離れてしまった。

「話は聞いている。大丈夫だ。きっと上手くいく」

なにごともなかったように真っ直ぐに正面を見て、リシャールが小声で告げてきた。

「お招きありがとうございます、王太后陛下。本日もまばゆいばかりにお美しくいらっしゃる。このメルキュール公爵ジョルジュ、そのまぶしさに倒れ伏してしまいそうです。王宮に久しぶりに大輪の花が咲いて華やぎが増しておりますね」

颯爽《さっそう》と現れたジョルジュはすらすらとそう口上を述べると、流れるように無駄のない仕草で恭《うやうや》しくベアトリスの手をとった。

「まあ。あいかわらずお上手ね。美しい花なら見飽《みあ》きていらっしゃるでしょうに。それに、マルク伯爵もお久しぶりです。あなたの従妹《いとこ》とエドゥアール殿のお話をしていましたのよ」

ベアトリスはさらりとそう応じて、ジョルジュの勢いに出遅れていたティムが一礼しながら挨拶する。

「お招きありがとうございます。お話が弾《はず》んだのでしたら何よりです」

ベアトリスはティムの顔を見上げて、それから意味ありげにリザに振り返る。

「マルク伯爵。よろしければあちらの席に」

空《あ》いていたリザの隣席を指し示す。ティムは軽く一瞬だけ目を瞠《みは》ったが、リザに一礼して素直にその席に座った。

「じゃあ、私はクシー女伯爵のお隣がいいですね」

ジョルジュがすかさずそう言うと、ベアトリスはにっこりと自分の隣の席に目を向ける。

「まあ、久しぶりに会ったのですから、留学先のお話を沢山聞かせてくださいな」

有無を言わせない笑顔に、ジョルジュもさすがに逆《さか》らえなかったらしい。

その一方で、リザの隣に座ったティムは明らかに緊張しているように見えた。

……意識しているのはいいけど……意識しすぎてるみたいな。

けれど、相手は一人前の成人男性なのだから、アニアが母親のような心配をする必要はないだろう、と気を取り直した。

「どう思う？」

リシャールもまたティムが普段と違う様子だと気づいたのだろう。

「ものすごく緊張してますね。リザ様は普段と変わらないように見えますけれど」

ジョルジュは留学先で見た珍しい動物の話でベアトリスと盛り上がっていた。リザもそれに適度な相づちを打っている。

「いや、あれは笑ってはいても機嫌が悪そうに思うのだが」

そう言えば、並んで座っているのにどちらからも口を開こうとしていない。ティムにいたっては出されたお茶を黙々と飲んでいる。

ティムは王宮に戻ってからステルラの特使を案内していて、なかなかリザのところへ挨拶に行けていないと言っていた。リザの方も、ティムがどうしているのか気にしているように見えた。

つまり、婚約者候補になっていると知ってから初めて会ったということよね？

もしかしてリザ様が不機嫌そうだから、ティムはどうしていいのか迷っているの？

……リザ様は機嫌が悪いのではないわ。ティムに会えなかったから少し意地になっているのではないかしら。

二人はちゃんと話をするべきだと思うのに、こういうときに気の利《き》いたことが何一つ思い浮かばない。

このままでは盛り上がっているのはジョルジュとベアトリスの会話だけで、お開きの時間が来てしまう。

「殿下、お帰りの時に一つご協力お願いしてよろしいでしょうか？」

「ジョルジュの足止めか？　引き受けよう」

アニアの言いたいことがわかっていたのか、リシャールは頷いた。

「ありがとうございます」

とにかく、あの二人はちゃんと会話をするべきだと思う。

だけど、ジョルジュ様がいたのでは、必ず側でかきまわしてくるだろうから、素直に話をすることができない。

「そろそろ舞踏会の衣装も仕立てねばならぬからな」

独《ひと》り言《ごと》のようにリシャールはぽつりと言った。

間近に迫《せま》っているリザの婚約披露《ひろう》のための舞踏会。美しく着飾ったリザの隣に立つのは誰なのか、彼も思いをはせているのかもしれない。

「……そなたが王宮に来るきっかけも春の舞踏会だったか」

「そうですね。ドレスの採寸にリザ様をお連れするのが初仕事でしたわ」

あの時は謀叛騒ぎのおかげで散々なことになったけれど、最後にアニアも一曲だけダンスをすることができた。相手は畏《おそ》れ多《おお》くも隣にいるリシャールだった。

……殿下は今回どなたと踊るのかしら。そろそろ殿下のお相手も決まっているかもしれない。

その方をエスコートなさるのかしら。

そう思いながらリシャールに目を向けると、何かを言いかけて飲み込んだような仕草をしていた。

「ねえ、アニアちゃん。例の舞踏会は誰と行くの？　良かったら僕なんてどう？」

そこへいきなりジョルジュが介入してきた。

「ジョルジュ様ならお誘いを待っていらっしゃるお相手はいくらでもいらっしゃるでしょう？」

アニアがやんわりと答えたものの、それで大人しく引き下がる相手でもなかった。

「それは否定しない。僕だからね。だからこそ僕と並んでたら目立つよ？　舞踏会の主役になれるよ？」

「目立つつもりはありませんわ。そもそも主役はリザ様です」

なんでリザ様の婚約披露の場でわたしが主役にならなきゃならないのかしら、冗談ではないわ。

ジョルジュの発想が全く理解できない。

「ジョルジュ兄上」

リザがぽつりと口を挟《はさ》んだ。その人差し指は自分の隣にいるティムに向かっている。

「メルキュール公、あなたが誰と火遊びをしようとご自由ですが、私の従妹はやめていただきたい」

さっきまで緊張でガチガチだったティムが微笑みを浮かべて立ちあがったところだった。その背後に怒りの炎が立ち上っているかのように見える。

あ、これは駄目な笑顔だわ。

その場にいた全員がそう思ったことだろう。ジョルジュも、やだなあちょっとした冗談だよ、と言いながら慌てて引き下がった。

「申し訳ありませんが、ジョルジュ様。実はわたし、ディアーヌ様の代理でポワレ宰相と一緒に出席する予定です」

今までは貴族ではなかったので社交の場を逃げ回っていたポワレ宰相だが、今回は叙爵後ということもあって舞踏会を避けて通れなくなった。それでも絶対に奥方を表に出したくないというポワレはアニアに代理を頼んできた。事情がわかっていたのでアニアはそれを引き受けたのだった。

「え？　そうなの？　まあ、確かにポワレとだったら背丈の釣り合いはいいよね」

ジョルジュがそう言ってからアニアの隣のリシャールに意味ありげな目を向ける。

いや、どうしてそこで王太子殿下を見るの？

小柄なアニアとリシャールが並ぶと身長の差が大人と子供のようになってしまうのくらい、アニアにだってわかっている。

釣り合わないのも、ちゃんとわかっている。だから、そういう目でわたしと殿下を見ないでほしい。

リシャールが何かを堪えるように自分の額に手をあてているのが見えた。きっと余計なことを言うジョルジュに対して苛立《いらだ》っているに違いないとアニアは思った。

＊
＊
＊

ベアトリス王太后主催のお茶会は、その後新たな客人を迎えることなく和やかに終了した。

ベアトリスは久しぶりに義理の孫たちとゆっくり話せたと満足げだったので、リザは主催を手伝った立場として安堵《あんど》した。

女官からの話では、何人かの令嬢たちが強行突破を試みてきたらしいが、断られて帰って行ったという。

それも予想の範囲内だったので、部屋の外に多めに兵士を配置しておいて正解だったとリザは思った。

……多少強引だったのは認めてもいい。だが、私利のためになりふり構わない相手に思い知らせるにはあのぐらいやらなくては伝わるまい。

実際のところリザはベアトリスの城にまで押しかけた貴族たちに腹を立てていた。彼女は一時はアルディリアのためにこの国を混乱させたと疑われて投獄されていた。だから余計な疑惑を避けるために政治の場から離れて暮らしているというのに。

そうまでして彼らが自分の娘こそ王太子妃にふさわしいと言うのならと、課題を与えたり、それすらも強引に押し通そうとしたのだから、許す理由はない。

帰りに書庫に立ち寄るつもりだったリザがアニアに声をかけようとしたら、アニアとリシャールがジョルジュを連れてテラス側から部屋を出ようとしていた。

そしてティムにくるりと振り向くとはっきりとした口調で告げる。

「ティム。リザ様をお送りして差し上げて。わたしは用事があるから申し訳ないけど先に失礼するわ」

「オレからも頼む。先ほどのアナスタジアへの非礼についてはきっちりジョルジュに言い聞かせておく」

「えー？　これから僕お説教されるの？」

「むしろ何も言われないと思っていた方が問題だ。それでは、晩餐《ばんさん》の折にまた」

そう言って慌ただしく三人が出て行ったので、ティムはリザに歩み寄ってきた。さっきの怒りで緊張がとけたのかいつも通りの表情に見えた。

「では、私でよろしければお部屋までお送りさせていただけますか？」

「書庫に寄りたいのだが、時間は構わないのか？」

「大丈夫です。晩餐までに戻ればいいので」

水色の瞳を柔らかく細めてティムは微笑んだ。リザはそれを見て、やっと自分が苛立っていたことに気づいた。まるでささくれ立った気持ちが溶けていくように思えて、そっとティムの手をとった。

二人が廊下を進むと、あちこちに気合いの入ったドレスを着たご令嬢がさりげない風を装って立っているのが見えた。

「……兄上狙いだろうな。お茶会からの帰り道を狙っているのだな」

リシャールたちは庭に通じる全く別の出口から帰ったのだが、それを教える義理はない。

ティムが困ったように口元に笑みを浮かべる。

「普段からもああして殿下の通るところで待ち伏せていたご令嬢がいらっしゃいますよ」

「聞いている。そなたが囮《おとり》になったりしていたのだろう」

「そうですね。まるで飢《う》えた狼《おおかみ》に狩られる鹿にでもなった気分で、なかなかに恐ろしい体験でしたよ。脚の鍛錬《たんれん》にはなりましたが」

ティムは穏やかに言っているが、それはなかなかに大変だったのではないだろうか。

リザはずっとこの男の真意が読めない、と思っていた。ふわふわと笑っていることが多いし、それで誤魔化されているような気がしたのだ。

けれど、アニアから話を聞いていると、自分は深読みしすぎていたのかもしれない、と思った。

人当たりのいい笑顔を向けてこられても本当はこの男には嫌われているのではないかと疑っ

ていたけれど、そうではなかったのだと気づかされた。

「領地に帰っていたと聞いたが、変わったことはなかったのか？」

「そうですね。ゆっくり視察ができたので充実していました。港町では外国からの荷が増えて珍しいものが目移りしそうなほど沢山ならんでいました。珍しいお茶を手に入れたので、アニアに渡したのですが、召し上がられましたか？」

「ああ、いい香りを楽しませてもらった」

あのお茶は自分とアニアのために買って来たのか。

確かにアニアに渡しておけば、頻繁《ひんぱん》に彼女のところに出入りしているリザの口にも入るだろう。

「リザ様は婚約者候補にどなたが入っているかすでにお聞きになりましたか？」

「父上から聞いている」

候補に残っているのは四人。三人までは過去に王族の姫が降嫁《こうか》したことがある家柄の者で、四人目がティムだ。

「実は、お土産《みやげ》を直接お渡ししたかったのですが、王宮に戻って早々、他の婚約者候補の方々に言われてしまいまして」

「何を？」

「お前だけが殿下のお側《そば》にいるのだから有利に決まっている、遠慮すべきだ、だそうです」

「なんだそれは」

リザは本気で怒りたくなった。ティムが王族の側で仕えているのは、彼が努力して認められた結果だ。それなのに自分たちの都合でティムの行動に口出しするなど身勝手ではないか。

「確かに他の者たちはあまり話をしたことがない。会ったことがない者もいる。だが、そのような子供じみた僻《ひが》みを言うのならなおさら会いたくもない」

「夫君《ふくん》になるかもしれない方々ですよ？　それぞれ家格《かかく》も高い大貴族のご子息ですし」

ティムは困ったように微笑む。そうすると少し目尻が下がって頼りなさげに見える。

「そなたは他の者たちを私に薦《すす》めるつもりなのか？　それでそなたは私のところに来なかったのか？」

忙しかったのは事実だろう。けれど、ほんの少しでも顔を見せることはできたのではないか、それともそこまで会いたいと思われていないのかと悩んでいたというのに。

「リザ様……？」

他の者たちのことなど、どうでもいいのだ。ティムのことを僻んでいる輩など。

リザが知りたいのは目の前のこの優男《やさおとこ》が何を考えているか、なのだから。

「遠慮などする必要はない。何か下らぬことをそなたに言う輩がいるのなら、私が守ってやる」

リザの言葉にティムは戸惑ったような顔をした。

「そもそも、そなたは私を守れるようになりたいと申したであろう？　ならば私から離れることはできぬはずではないのか？　どうして私のところに来なかった？」

リザのことを守りたいだの、側で仕えたいから転属願を出し続けるだの言っていたくせに。

それとも私が他の男と並んでいるのをただ一生側でぼうっと眺めているつもりだったのか、この男は。そんなことをされるこちらの気持ちを少しも理解できないのだろうか。

ジョルジュ兄上のように甘ったるいことを言ってほしいわけではない。一方的に守ってもらいたいわけでもない。

……私を見てほしいだけだ。

ティムは剣術でも学問でも抜きんでているが、権力は持たない。それは私が補えばいい。自分の持つ王女の身分で守ってやればちょうどいいではないか。

だから、私を選んでほしい。王女ではなく、ただの小娘の私を。

そうしたら私もそなたを選ぶから。

「下らぬ輩に文句を言われたくらいで動揺するようでは、私を守ることはできぬぞ」

「面目《めんぼく》次第もございません」

ティムは自省するように呟いた。

「……本当に情けない」

ちょうどそこで書庫の扉の前にさしかかって、二人はどちらからともなく足を止めた。

ティムはリザの正面に回ってきて、水色の瞳でじっと見つめてきた。

「……ティム？」

「誠《まこと》に分をわきまえないことを申し上げてよろしいでしょうか。畏れながら、婚約者候補の方々は確かに家柄も良く、大きな問題を起こしたことはないご立派な方々だと存じます。けれど、リザ様の隣にあの方々が立つのを見たら、私はおそらくその場で剣を抜いて暴れると思います。アニアに言われたので全員で想像してみたのですが、それだけで思わず剣に手が伸びました」

リザはそれを聞いて少し寒気がした。ティムは普段と同じ優しげな表情で、非常に物騒なことを口にしている。

……他の候補が選ばれたらそやつの命が危ないではないか。

「あなたを一生お守りしたいと申し上げた言葉に嘘偽りはないのですが、あなたの夫君に対して冷静でいる自信がないのです。それならいっそ打ち明けて、情けを乞《こ》うべきではないかと」

それは、他の男を選ぶなら、自分を遠ざけろということなのか。それとも、自分に情けをかけてくれるなら、他の男を選ばないでほしいということなのか。

……自分を選んでくれと？　では、私を求めてくれるのか。

リザはそれに気づいて胸の中が熱くなった。

「ならば全力で情けを乞うがいい」

ティムは驚いたように水色の瞳を瞠る。それから覚悟を決めたように一礼した。

「ありがとうございます。ではまずはこれを。お渡しするつもりだったお土産です」

そう言いながらティムは小さな布張りの箱を取り出した。

「……今の私の立場で贈り物をするのはともすれば抜け駆けと思われかねませんが、土産ならよろしいかと」

受け取って蓋《ふた》を開くと大粒《おおつぶ》のトパーズの指輪が入っていた。光の加減で金色にも見える金褐色のトパーズの周りに、小さな水色の石が囲むようにあしらわれている。まるでリザを守ると主張しているように。

お互いの瞳の色をそれぞれ配置した意図は明らかで、その意味に気づいたリザがティムの顔を見上げると、ティムはわずかに頬を染めてわざとらしい咳払《せきばら》いをする。

リザはうっかりと固まってしまった。

この男、このようなものを抜かりなく用意していたということは、最初から他の者たちに遠慮するつもりなどなかったのではないのか？

「最近所領の港に良質のトパーズが入って来るようになったので、リザ様の瞳に似た色のものを選んで作らせました。所領に戻っていた間、ずっとあなたのことを考えていました。あなたを守りたいと思っている気持ちは、あなたを娶《めと》りたいと思う気持ちと同じなのかと。けれど、結局気づいたのです。私はあなたが私の妻にならなくても一生お守りしたい。それでも、あなたの夫に誰がなろうと嫉妬《しっと》と羨望《せんぼう》で冷静ではいられない。私は他の候補と同じで、あなたの隣に並びたいだけの愚《おろ》かな男だったのです」

「……そうか」

リザは手の中の指輪から、ティムに目線を映《うつ》した。自分を守ると示してくれた水色の石と同じ色がそこにある。

「どうか、この愚かな男に情けをくださるというのなら、その指輪を身につけて一緒に舞踏会に出ていただきたいのです」

確かに愚かな男だ。こちらの気持ちには気づいていなかったのだな。いや、愚かなのは私も同じかもしれない。

一向に動きを見せないから、変わり者の王女など妻にしたくないのかと気を揉《も》んでいた。会いに来ないことで、婚約者候補になったことを重荷に思っているのかと心配していた。なのに、その気持ちを自分からは伝えようとはしなかったのだから。

自分をちゃんと選んでくれていたのかと思うと、そうした葛藤《かっとう》がすべて消えていく気がした。

リザは布張りの箱を両手の中に収めると、こみ上げてきた感情を堪えて強気の笑みを浮かべた。

「……では、舞踏会のドレスはそなたの瞳の色に合わせることにしよう」

ティムの瞳が驚きに揺らいでいた。

「ティモティ・ド・バルト。生涯私の騎士であることを許す」

リザが右手を差し出す。ティムはその手を恭しく取ると膝をついて一礼した。

「……申し遅れましたが、もう一つお土産がありまして。ガルデーニャの書物をいくつか手に入れました。こちらに預けています」

その内容を聞いてリザは驚いた。リザが探していたものばかりだった。おそらくアニアが教えたのだろう。マルク領はガルデーニャの船舶がよく出入りしているから入手できたようだ。

「最初にそれを言ってくれれば迷わずそなたを選んだのに」

明らかに機嫌が急上昇したリザの言葉にティムは吹き出した。

「……何かおかしなことを言っただろうか？」

「いえ、リザ様らしい、と思っただけです。では、書物選びにお供《とも》させていただきます」

そう言って恭しくティムは書庫の扉を開いた。

5

王太后《おうたいごう》主催のお茶会の帰り道、アニアとリシャールはジョルジュと一緒に庭を横切って歩いていた。

「だから……なんでこんな寒いところ通るの？　廊下通らないの？」

ジョルジュは歩きながらそう言うが、アニアたちがこの経路を選んだのにもちゃんと理由がある。

「ベアトリス様から教えていただいたのです。あのお部屋に通じる廊下のあちこちに王太子殿下を待ち伏せているご令嬢方がいると」

「あー。そうかもねえ。さっき僕らが来るときもいたからね」

ジョルジュの言葉にリシャールが何故言わなかったと責めるように眉《まゆ》を寄せる。

「だってさー。ご令嬢方の不満解消のためのお茶会なのに、リザが出席者絞《しぼ》ろうとしたから仕方ないんじゃない？　まあ、あのお粗末な問題を自分で解決できないのはちょっとね」

「課題のことですか？」

アニアは正直あの課題についてはもう少し易《やさ》しくしても良かったのではないかと思っていた。あとで貴族たちの不満の矛先《ほこさき》がリザやベアトリスに向かうのではないかと心配になったからだ。けれどジョルジュはリザの出題内容を支持しているらしい。

「そう、リザも言っていたじゃないか。解けないなら解けないなりの回答をしてくれば認めるつもりだったと。なのに大半が家の権力か金品で解決を図ったというんだから、割と情けない話だよ」

へらへらと笑いながらジョルジュが辛辣《しんらつ》な分析を口にする。

「オルタンシアは他国との全面的な戦争がしばらくなかったせいか、貴族たちは旧態依然《きゅうたいいぜん》というか今まで通りのことをやっていればなんとかなる、みたいな日和見《ひよりみ》派が多い。二十年前の継承戦争の時も、アルディリア派と反アルディリア派が争ったと言われているけど、強硬に主張していたのは一部だけで、他の貴族たちは状況を見てあっちについたりこっちについたりとふらふらしていた。今も楽ができそうな方へ、うまみがありそうな方へと流されている。けれど国の中枢《ちゅうすう》に関わるのなら、そんな考え方は通用しない」

確かに、国を動かす人たちが日和見では国の行く末までもふらついてしまいそうだ。

「だからまあ、ご令嬢方についてはお気の毒だけど、考えを改めてもらういい機会かな？　オルタンシアの王太子妃という地位を甘く見てもらっちゃ困るよねえ」

ジョルジュは金褐《きんかっしょく》色の瞳を細めてにこりと笑う。軽薄そうな表情だが言葉は厳しい。

「で？　二人して僕を連れ出したのは、マルク伯爵とリザを二人きりにする作戦？　何か仕込んでる？」

「……わたしがけしかけました。候補に残ったのならリザ様にちゃんとお話をした方が良いと」

アニアは正直に話した。領地に戻る直前、ティムから相談されたのだ。

もし、手土産《てみやげ》と称してリザに贈り物をするのなら、何がいいのかと。

「だから、リザ様がお探しの書物を教えました。でも、もう一つ何か身につけるものを用意するようにと。指輪でも首飾りでもいいから」

「リザに宝飾品？　あまり興味はなさそうな気がするけどなあ」

「ティムはリザ様に触れることも躊躇《ためら》うほど、崇拝しているところがあるんです。その彼がリザ様の肌に触れるものを贈るというのは、意味があると思ったのですわ」

ジョルジュはなるほど、と呟いた。リシャールも納得したように頷く。

「父上は四人の候補の中から、エリザベト自身が選ぶようにと言っているそうだ。だがそれでも相手が望んでくれているという態度を見せたほうが喜ぶはずだ」

「まあそうだろうねえ。回りくどいのはリザには通じないだろうから。それで、このお茶会の帰りに勝負に出ると思ってたわけだ」

今、ステルラの特使の案内役になっていることを考えると、ティムとリザが話せる機会はさほど多くないはずだ。今日のお茶会にティムが来ることは知らなかったが、彼の緊張した様子を見てアニアは察した。きっと彼は例の贈り物を用意してきているのだと。

「そうですわ。あとは、くれぐれも書物よりも先にその宝飾品を渡すようにと念を押しました。先に書物を渡したら、リザ様はティムより書物に目を奪われてしまうでしょうから」

アニアが力説すると、リザの二人の兄は揃《そろ》って同時に吹き出した。

「笑わないでいただけます？　一生懸命考えたのに……」

「いや……アニアちゃん。君は確かにリザのことを一番わかっているよ」

「同感だ」

アニアは二人の顔を見上げて問いかけた。

「上手《うま》くいくと思います？」

その問いに二人が揃って同じ表情で頷いてくれたので、似ていないようでやはり双子なんだとアニアは不思議な気分になった。

どう考えてもリザとティムはお互いの気持ちが一致しているのに、思い込みからちぐはぐしているように思えたから、それが消えればきっと上手くいくはずだ。

庭を抜けて回廊に戻ったところでジョルジュが手をすりあわせながら言う。

「それにしても、寒いなー。そうだ、ちょっと暖まっていかない？　リシャールの部屋で」

「何をいきなり……」

リシャールが渋面で睨んできたが、ジョルジュは王族の私室がある宮殿の一角を指さす。

「どうせ晩餐《ばんさん》まで時間あるし、リシャールの色気も素《そ》っ気《け》もない部屋って見てみたくない？　だって、アニアちゃんの自宅を突撃訪問したんだから、逆もありでしょ？　文句言えないよね？」

「え……？」

なんで知っているの？

戸惑《とまど》ったアニアに、ジョルジュは満足そうな笑みを浮かべた。リシャールはわずかに眉を寄せたくらいで、あまり表情は変わらない。彼は立場上動揺を面《おもて》に出さないように振る舞うことに慣れているのかもしれない。

「いい反応だね。……それに、もしかして僕たちに話したいことがあるんじゃないの？」

アニアはそれでやっと気づいた。リザとティムを二人きりにするためにジョルジュを捕まえておくつもりだったけれど、二人はアニアが何か思い悩んでいることを気づいていたのだ。

確かに、ベアトリス様のことであれこれ考えてしまったけれど。

……自分一人で考えていても解決しないわ。王宮内の情報に詳しいジョルジュ様や、国王陛下に近い王太子殿下にならば相談してもいいだろうか。お二人はわたしがお祖父様の記憶を見ていることもご存じだからちゃんと聞いてくださるはずだし。

「よーし、じゃあ、リシャールの部屋に突撃だ」

ジョルジュが張り切って歩きだす。リシャールは大きな溜め息をついてから、アニアに目を向けてきた。

「……無理に話せとは言わぬが、どうする？」

「できれば聞いていただきたいです」

もしこれが杞憂《きゆう》ならそれでいい。けれど、そうでないのなら。

自分一人の中で収めておくには大きすぎることだった。

それに本来なら一番に話を聞いてくれるリザは、彼女の人生を決める岐路《きろ》にあるのだから、巻き込むわけにはいかない。


リシャールの私室は物が少なくて広々としているように見えた。以前に招かれたジョルジュの私室がとても派手だったのと対照的だ。

最低限の家具と、無造作に置かれた剣。飾りはほとんどないが、色調が落ち着いていて居心地は良さそうに思えた。

アニアはまず彼らにディアーヌのことを訊《たず》ねてみた。アニアの推測が正しければ、王族である彼らはディアーヌの顔を全く知らないはずだ。そのように仕組まれていたのだから。

「……ポワレの奥方？　オレは会った記憶がない」

リシャールは訝《いぶか》しげに眉を寄せる。隣にいたジョルジュも首を横に振る。

「僕も顔までは知らないよ。ポワレは絶対奥方を王宮に連れてこないんだよ」

……それは多分、ディアーヌ様の素性《すじょう》を隠すためだと思う。だけど、先代国王の庶子《しょし》が大勢いらしたのは公然の秘密のようなものだったのだから、そこまで隠す理由があったのかしら。仮に彼女の顔を見ても、うっすらと皆が察してくれただろう。

アニアは義理の叔母《おば》であるディアーヌの容姿が先代国王ジョルジュ四世に似ていることを打ち明けた。

ポワレは元宰相だったアニアの祖父の命令で先代国王の庶子たちを陰ながら援助していた。アニアがポワレにディアーヌもその一人なのかと問いかけた時、否定はしなかった。

けれど、ディアーヌを大事に守っていた祖父が彼女をベアトリスの許《もと》へ行かせたことも奇妙だ。ベアトリスの方も自分の息子と年の頃が同じで明らかに夫に似ている娘を、いくら懇意《こんい》にしていた宰相の頼みだからと受け入れるだろうか。

そして、最近見てしまった祖父の記憶。その中で、ベアトリスが口にした『可哀想《かわいそう》な子たち』という言葉。

もしかしたら、ルイ・シャルルの出生に何かあったのではないか、とアニアは疑問を抱いてしまったのだ。

下らない妄想だと、お二人が笑い飛ばしてくだされればいいのだけれど、どうしてもあの『可哀想な子たち』という言葉が頭から離れない。

「もしかして、ディアーヌ叔母様はベアトリス様の実の娘なのではないか、と思ってしまったのです」

アニアの言葉にリシャールもジョルジュも黙り込んでしまった。二人ともそれぞれ何か考えているようだったが、しばらくするとジョルジュが口を開いた。

「男女の双子というのは確かにいるよ。だけど、それならどうして片方を手放す必要があるのかわからないな。すでに王子は三人いた。だからベアトリス様の御子が王子でも王女でも問題はなかった。それに、当時は王女が一人もいなかったんだから、むしろ王子より歓迎されたかも。単にベアトリス様が身よりを亡くした夫の庶子を気の毒に思って雇い入れたのかもしれないよ?」

リシャールの方は深刻そうに眉間に深い皺を刻んでいる。

「いや。ベアトリス様は穏やかそうに見えるが、元々は気丈《きじょう》で苛烈《かれつ》な方だ。我が子が王位を主張したとき、味方をすることもなくむしろ批判したくらいだ。同情だけで受け入れるだろうか。しかも、自分が嫁いできた後に生まれた庶子かもしれないとなれば、面白くはないだろう」

「……けど、王妃の出産には立会人が多いはずだ。さすがに双子は誤魔化せないでしょ」

「そうですね。考えすぎですよね」

アニアも最初は突拍子《とっぴょうし》もないと思っていた。けれど、どうしてもあの言葉が気になっている。

可哀想な子たち。

それは誰を指しているのか。

「まあ、でも、他ならぬアニアちゃんの言うことだから、なんとか調べてあげるよ。今さら公表するようなことでもないし、参考までに、ってところかな？」

確かにジョルジュの言う通りだ。仮にベアトリスとディアーヌが実の母子であっても、今は二人とも王宮とは無縁の場所にいて、自由に会うことができている。それを周りがあれこれ言う資格はないだろう。

それでもまだ何かひっかかるのは、あのバレーの父親が殺された事件だ。何故祖父は自分にそれを見せたのだろう。

「それとも、君が深刻に悩む理由が別にあるのかい？」

ジョルジュの問いに、アニアは考え込んだ。

「そういえばね、君が調べろと言った強盗事件だけど、あれはベアトリス様の出産と同じ日だった。犯人は捕まっていない。……君は何を知ろうとしているの？」

「……え？」

あの事件の日が、ルイ・シャルル王子の生まれた日だというの？

……可哀想な子たち……ってまさか。

アニアの周囲が暗転した。ああ、これは。

『聞いたぞ、クシー伯爵。お前はアルディリアとの和議に反対しているのだそうだな』

栗色の髪の十四、五歳の少年が尊大な口調で問いかけてきた。

『国境線を東へ動かせと言われましたので。さすがにそのような要求には応じられませぬ』

『だが、たかだかほんの少しの土地ではないか。平和になるのなら構わぬのではないのか』

『ほんの少しの土地にも民はおります。それにその地を守るのはメルキュール公爵家。そうやすやすと割譲《かつじょう》に応じることはございません。さらにアルディリアがその和議を守る保証は何一つないのです』

『そなたは母上の祖国を愚弄《ぐろう》するのか？』

かんしゃくを起こしたように少年は怒鳴った。

アルディリア。母上の祖国。つまりこの少年は先代国王の第四王子ルイ・シャルルだろう。

確か、二十二年前アルディリアとの小規模な国境紛争《ふんそう》があった。その和議の席でアルディリアはメルキュール公爵領の一部を渡せと言ってきたのだ。

戦争に勝ったわけでもないのに、停戦したければ土地を寄越せというのはかなり無茶な要求で、当時のメルキュール公爵も国王もこれを拒否したと聞いた。

結局立腹したメルキュール公爵が大量の兵力を投入してアルディリア軍を追い払ったという。

これによって両国の関係はさらに冷え込んだ。

『では申し上げます。オルタンシアの歴史は隣国との争いと和議の繰り返しです。アルディリアと今まで結んだ和議とそれが破棄《はき》された事情はご存じですか？』

『……いや』

『すべてアルディリアが一方的に破棄してきたのです。一つとして例外はありません』

『そのようなことがあるわけがない。それに、今は母上がこの国におられるのだ、攻め入るような真似をするはずがないだろう』

何故彼は頑なにアルディリアを信じているのだろう。というより、オルタンシアの王子がどうしてこんな偏《かたよ》った考え方を持っているのか。本来ならもっと広い視野を持つような教育を受けるのではないのだろうか。

『過去にかの国の方が嫁いでいても攻め入ってきた例はございます。やはりあなた様の歴史の教師は少々偏った者のようですな。陛下にお伝えしておかねばなりますまい』

『何を言うか。クルスはアルディリアの国王陛下がつけてくださった優秀な男だぞ。それに周辺国のことを知るのも大事なことではないのか』

『アルディリアの歴史を学ぶことは悪いことではありません。ただ、我が国の歴史を蔑《ないがし》ろになさっているようでは困るのです。クルス・バルガスを辞めさせることができないのであれば、もう一人教師をつけさせていただくしかないでしょう』

クルス・バルガス？　今のアルディリア宰相？　それがルイ・シャルルの教師だった？

彼がアルディリアのことを信用しているのは、その人物の影響だったのだろうか。

『それがお前の本音か。やはりお前は母上の味方ではないのだな。アルディリアは信用ならないと言うのならお前は敵だ。隣国との関係こそ重要であろう』

そう言い捨てると彼は去って行った。

祖父は落胆《らくたん》したのか地面に目線を落とした。

『……敵と味方しか世の中におらぬとは……危《あや》ういお方だ』

苦々しい呟きが美しい庭の中で空疎《くうそ》に響いた。

ルイ・シャルルの危うさをお祖父様はご存じだった。

この後、先代国王が崩御、三人いた彼の兄のうち、上の二人が立て続けに亡くなる。そして、それまで全く王位と無関係だった第三王子が即位することになるが、ルイ・シャルルを推す者たちによって王位争いが表面化する。

『エドゥアール殿。またあの子が何か申しましたか？』

栗色の髪の華奢《きゃしゃ》な女性が心配げにこちらを見つめていた。背後に控《ひか》えていた侍女に離れているように手で合図すると歩み寄ってきた。

『いいえ。私が気に障《さわ》ることを申しただけです。……ですが、もうあの方に私の言葉は届かぬのかもしれません。何度教師を替えようとしても、取り巻きが勝手に遠ざけてしまう。下手に彼らを刺激するわけにもいかないので……』

『私の言葉も届かないようです。バルガスがこちらに来てから、あの子はすっかり変わってしまいました。アルディリアとこの国の架け橋になれる自分こそ、王にふさわしいと。さすがに咎《とが》めたのですが、あの子にはその意味がわからないようでした』

彼には三人の兄がいた。すでにこの頃には第一王子が王太子に選ばれていたはずだ。それを押しのけて王位を主張するのは無駄に争いを引き起こすことになる。

『それはさすがに……止めねばなりますまい』

『ええ。止めなくてはなりませんわ』

はっきりとした口調で断言する。ベアトリスは王位継承戦争の前から我が子を王位に就かせるつもりはなかったらしい。

『……可哀想に。これはすべて私の罪《つみ》です。私が高望みをしてしまったから、こんなことになってしまったのです。我が子を見捨ててしまった私は、この罪で地獄《じごく》の業火《ごうか》に幾度《いくど》も焼かれることになるのでしょう』

ベアトリスの声は消え入りそうなくらいにか細かった。

可哀想？

ベアトリスが哀《あわ》れんでいるのはルイ・シャルルなのだろうか。

『その罪をあなた様一人に負わせはしませぬよ。このクシー伯爵エドゥアールもお供《とも》いたします。たとえそこが地獄であろうと』

景色が切り替わった。建物の中だ。大理石の柱と壁に飾られた華やかな壁画。机に向かって書き物をしている青年がふと顔を上げる。

『どういう思惑《おもわく》なのか知らぬが、そなたは弟の味方をすると思っていたぞ』

リザと同じ色の金髪と金褐色の瞳の持ち主は、そう言って値踏みするような目をこちらに向ける。

『私は宰相として国の行く末を案じております。ですからあなた様の即位を支持いたします。ユベール殿下。そして、このことは王后《おうこう》陛下も望んでおられます』

相手が驚いた顔をして、それから首を傾げた。

『ルイ・シャルルはどうするのだ？　母君までこちらにつくというのは酷《こく》な話ではないのか』

『私どもはあの方を幾度もお諫《いさ》めしました。今はユベール殿下をお支えして国をまとめることが第一であって、王位争いを招くのは得策ではないと。ですが、あの方の周りを固めているのは、アルディリアが寄越した取り巻きと、あの国と繋《つな》がりのある貴族たち。甘言を弄《ろう》してあの方をそそのかしているのです。最近では母君にまで攻撃的になられて、聞く耳を持ちません』

『それは聞いている。隣国と手を携《たずさ》えて平和な国家にできるのは自分しかいないと。あの戯言《たわごと》を聞いたからこそ、私は王になる決意をしたのだ』

先代国王の崩御と前後して王太子と第二王子が立て続けに亡くなった。その結果それまで全く目立たなかった第三王子が王位に就くことになった。

おそらくこれは第四王子ルイ・シャルルが王位を主張して、王位継承戦争が始まった頃だ。当時のパクレット子爵領で内乱が起きたばかりの。

彼は椅子からゆっくりと立ちあがった。怪我をしているのか片足を引きずりながら歩み寄ると、皮肉の混じった表情でこちらを見る。

『それで？　そなたは私に何をしてくれるのだ？』

『おそらくは近いうちにアルディリアは兵を動かすでしょう。それと同時に各地で内乱が起きるはずです。その両方を抑えることは容易《たやす》くありません。ですから、殿下は国内の平定に専念していただきたい。私はメルキュール公爵領に赴《おもむ》いて、アルディリア軍を退かせますゆえ』

ユベール王子は眉を寄せてこちらを見ていた。

『どうやって？』

『上手くいったら手の内をお話しいたしましょう。私が求める報酬《ほうしゅう》はただ一つ。どうか王后陛下をこの先も保護していただきたい。あの方の身の安全さえ保証していただけるなら、幾千幾万の兵でも止めてご覧に入れましょう』

『ルイ・シャルルの助命はそれに含まれるのか？』

『それはあの方が助けるに足りるかどうか、あなた様の判断に委《ゆだ》ねたいと存じます』

そう断言する祖父は、迷いなくユベール王子を真《ま》っ直《す》ぐに見つめていた。

お祖父様はベアトリス様を助けるためにアルディリアとの停戦協定を水面下で進めていたの？

『なるほど。宰相は若い王妃の色仕掛けに骨抜きにされていると聞いていたが、どうやらそうではなかったようだな』

ユベール王子、後の現国王ユベール二世はそう言って微笑《ほほえ》む。

『一応私はこれでも妻一筋でして。……私は祖国で一人きりだった王后陛下に幸せになっていただきたくてこの国にお迎えしたのです。その約束を守りたいだけです。あなた様ならば立派な国王になって、あの方が幸せに暮らせる国を創っていただけると信じております』

『簡単に言ってくれる。……それはルイ・シャルルでは駄目なのか？』

『……あの方の資質ではないのです。あの方が国王になればこの国はアルディリアに介入されてしまう。それを憂《うれ》いております』

だから決して王位に就けてはならないのです。

祖父はそう告げると、ユベール王子の前に跪《ひざまず》いた。


今の貴族たちを見ていると、祖父の生きていた時代はどれほど苛烈だったのかとアニアは思う。

お祖父様は国のために、ベアトリス様を守るために、ルイ・シャルル王子と戦うことを選んだ。

……重い選択を迫られても、怯《ひる》まない。本当に凄い人だったのね。

だけど。

どうしてベアトリス様はあの時、あんなことをおっしゃっていたの？

『我が子を見捨ててしまった私は、この罪で地獄の業火に幾度も焼かれることになるのでしょう』

まだルイ・シャルルが側にいる時に、見捨てた、というのはおかしな言い方ではないのかしら。

この時点ですでに、ベアトリス様の子は手元にいなかった、と聞こえる。


「アナスタジア」

不意に間近で声がした。

「アニアちゃん、どうしたの？　どこか具合悪いの？」

ふと現実に引き戻された。リシャールとジョルジュが顔を覗き込んでいた。

二人の顔が近くて驚いたアニアは慌てて首を横に振った。

「いえ……大丈夫です」

「見たのか？」

リシャールがそう言ってアニアの腕を摑むと椅子に座らせた。

「急に黙り込むから何があったのかと思ったぞ」

アニアは頭の中で絡まっていた糸が次第に形を作り始めたのに気づいた。

「……可哀想な子たち」

それが誰を指しているのかやっとわかった。

祖父がアニアに何を伝えたかったのか。

「わたしは不思議に思っていたんです。どうして祖父はベアトリス様の味方をしていたのに、二十年前ルイ・シャルル王子の味方にならなかったのか」

リシャールとジョルジュの顔を見上げて、アニアははっきりと告げた。

「……ルイ・シャルル王子を国王にすることは許されなかったのです」

6

一番に目に入ったのは見慣れない天井《てんじょう》の装飾。自分の部屋ではない。

アニアはぼんやりと青い瞳を天井の模様に向けた。

ここは一体どこなの？　わたしは何をしていたの？

長い夢から覚めたような感覚で懸命に思い出そうとしているうちに、少しずつ記憶が繋《つな》がってきた。

今日は王太后《おうたいごう》ベアトリス様のお茶会に招かれて、昔話を聞かせていただいたり、おいしいお茶をふるまっていただいたりして有意義な時間を過ごした。

帰りはリシャール王太子殿下とメルキュール公爵ジョルジュ様とご一緒させていただいた。そうだわ。王太子殿下のお部屋に立ち寄ろうとジョルジュ様が言い出して、それで殿下の私室にお邪魔してお話を……。

けれどその後は靄《もや》がかかったように上手《うま》く思い出せない。話していた内容は覚えているけれど、途中から途切れている。確か、急に頭が痛くなって周囲が暗くなったような気がする。

戸惑《とまど》っていたアニアに少し離れた場所から声がかけられた。

「大丈夫ですか？　アナスタジア様。どこか痛いところはありませんか？　それとも吐き気とかめまいとか。動悸《どうき》息切れとか……」

栗色の髪を長く伸ばして瓶底《びんぞこ》のような分厚い眼鏡《めがね》をかけた男が、忙《せわ》しなく手を空中で彷徨《さまよ》わせながら落ち着きのない様子で問いかけてきた。

「……一度に訊《き》かれても……バレー？　あなたがどうして……」

そこにいたのは自分の秘書のバレーことバスチアン・ルノーと見慣れない侍女たち。

「王太子殿下からご連絡をいただいて、お迎えに参じました。急にお倒れになったと聞いて驚きのあまり狼狽《うろた》えてしまいました」

今日は午後からアニアはお茶会に出ていたので、彼は一人残って仕事をしていたはずだ。

「……じゃあ、ここはやっぱり殿下のお部屋なのね？」

見慣れないも何も、今日初めて入った部屋だ。真面目《まじめ》な武人であるリシャール王太子の人柄《ひとがら》が表れているようで、あまり装飾品を置かずに落ち着いた色調でまとめられている。

けれどわたしなどがくつろいでいていい場所ではないわ。

慌てて身を起こすと自分の状況を確認した。ドレスのスカートを直して、なんとか立ちあがる。

今はどこも痛みはないし、ふらつくようなこともなさそうだ。

どうやら自分は話の途中で倒れて長椅子に寝かされていたらしい。大量のクッションが体の下に置かれていて寝心地は良かったけれど、誰がここまでしてくれたのだろう。

「王太子殿下と公爵閣下は意識のない女性の周りに男がぞろぞろいては風評が良くないだろうと席を外されました。目が覚めたら部屋でゆっくり休ませるようにと申しつかっております」

「……すっかりお二人にご迷惑をかけてしまったわね。一生の不覚だわ」

ただでさえ無駄に心配をおかけしているというのに。

バレーの隣に控《ひか》えていた侍女に後日改めてお詫《わ》びをさせていただくと告げてから、アニアは部屋に戻ることにした。

歩いているうちに頭がしっかりしてくると、アニアは強烈な自己嫌悪に襲われた。

……なんてことかしら。大失態だわ。王太子殿下のお部屋で倒れるなんて。どうお詫びすればいいのかしら。

アニアはそこで半歩前を歩くバレーが何かしきりに呟いているのに気づいた。

「バレー……？」

「私のせいです。全部私が悪いんです。私の働きが足りないから……」

いや待って何を言っているの？　倒れたのはバレーのせいではないし、彼を責めたりしていないと思うのだけど……。

「あなたが悪いのではないわ。単にわたしの摂生《せっせい》が悪かっただけよ」

「王太子殿下は、あなた様がお疲れなのではないかと心配なさっていました。裏を返せば秘書の私が不甲斐《ふがい》ないということです。これからはもっともっと寝る間を惜しんで働かないと」

「待って待って。寝る間は惜しんではダメよ。お願いだから」

アニアは困惑した。リシャール王太子は言葉の裏に皮肉を込めるようなことをする人ではない。だからそこまで自虐的《じぎゃくてき》に深読みしないで欲しい。

確かに疲れているかもしれない。頭の中に熱が残っているような感覚がある。けれど、原因は仕事のしすぎだけではない。

「バレー、あなたまで倒れたら困るわ。だから無理はしないで」

バレーはそれを聞いて首を横に振った。

「いいえ。私はあなたのお祖父《じい》様、エドゥアール様に多大な恩があるのです。父を亡くしたあとクシー領で母と私の面倒を見てくださいました。あの方亡き今、あなたのお役に立ちたいのです。だからいくらでも仕事をください」

「バレー……」

彼が仕事をしすぎるのは、祖父への恩義からなのだろうか。アニアがそう思っていると、

「あ、私は元々仕事をしていないと落ち着かなくて手が震えそうになる性分なので、無理してるつもりは全くないですから大丈夫です。むしろご褒美《ほうび》です」

などとにこやかに断言されて呆《あき》れてしまった。彼の『仕事がないと死んじゃう病』は元々の

性質らしい。

「気持ちは嬉しいけど、それとこれとは別だから。仕事のしすぎは本当にだめよ」

彼のクシー伯爵家に対する忠誠心はともかく、限度を超えるほど働かれるのは困る。

バレーは少し不満げに見えた。

「私から見ればあなたも充分無理をなさっているように思います。夜遅くまで書き物をなさっているのを私が知らないと思っているんですか？　そんなにお仕事があるのなら私に分けてくださればいいのに」

「あれは違うのよ」

アニアは言い訳めいた気持ちになりながら答えた。アニアが寝る前に小説を書いていることをバレーは気づいていたらしい。

「……あれは趣味で書いているものだし、無理してやっていることではないのよ」

バレーが分厚い眼鏡を指で押し上げながら口を尖《とが》らせる。

「それでも夜更かしには変わりないでしょう。文官の仕事と領主の仕事、その上に王族の方々との交流や深夜までの書き物。社交シーズン前でこれでは先が思いやられます。私に仕事し過ぎとおっしゃるなら、アナスタジア様がお手本になってください。まずは、きちんと睡眠《すいみん》を取って二度と倒れないようにしていただきます。この件は王太子殿下からもご下命いただいていますから」

「……え？」

王太子殿下が？　バレーに何を言ったの？

戸惑っているとバレーは口元に笑みを浮かべた。

「殿下は『自分の手の届くところで倒れるのならなんとかしてやれるが、そうでない時は秘書であるそなたが守ってくれ』と仰《おお》せでした。それでも、殿下はあなたのなさりたいことを止めさせろとはおっしゃいませんでしたよ」

アニアは頬が熱くなった。申し訳ない気持ちと、そこまでの言葉をかけてもらえる嬉しさと。ずっと前から自覚している感情が膨《ふく》れ上《あ》がってきそうになる。

リシャールは危ないことはするな、とは言うが、アニアのすることを妨《さま》げようとはしない。貴婦人らしからぬ行動も咎《とが》めたりはしない。

わたしのことを信頼してくださっているのだとしたら、嬉しい。

「……わかったわ。これからはバレーのこと、もっともっと頼りにするわね」

アニアがそう答えると、バレーは大きく頷いた。

「お任せください。いくらでもお仕事をください。もっともっと働きますよ」

そこで目を輝かせているのがバレーらしくて、アニアは吹き出してしまった。

そして、思い出した。

倒れる前にリシャールとジョルジュに話していたことを。

バレーがクシー領で暮らすことになったのは、隣国アルディリアの陰謀《いんぼう》に巻き込まれたせいだったのだ。

＊　＊　＊

三十五年前、当時の王妃ベアトリスの出産があった夜、王都リールの下町で一つの事件が起きた。アニアの祖父エドゥアールの秘書シモン・ルノーの家に賊《ぞく》が押し入ったのだ。

おりしもシモンの妻コラリーは出産を迎えていて、賊は居合わせた産婆とシモンを殺し、意識のなかったコラリーを放置して去った。

偶然別室で産婆見習いの女性と一緒にいた赤子は事なきを得た。その赤子がバレーだ。

祖父は偶然その時シモンの家に立ち寄った。そして惨劇《さんげき》を目にすることになった。

事件の事後処理を終えて王宮にたどり着くと、すでに王妃の出産は終わっていた。

生まれたばかりの王子の顔を見た時、祖父は気づいた。

祖父は生き残った産婆見習いから、赤子が双子《ふたご》だったことを聞かされていた。強盗は赤子を一人攫《さら》って行ったのだ。そしてシモンの息子とそっくりな赤子が王宮にいる。

……ベアトリス妃の子とされている先代国王の第四王子ルイ・シャルルはシモンの息子とすり替えられたのだ。

最新話掲載中!!
嬉野 君 × 高山しのぶ
「続・金星特急 竜血の娘」
新規更新3月から!!
津守時生 ×
「三千世界の
全部無料で読める!! 毎月10日更
新WEBマガジ
小説 WING
ウィングス
グランドオープン!!
https://www.shinshokan.com/nwings/
最新話掲載中!!
縞田理理 × ねぎしきょうこ
「トロイとイーライ」
新規更新5月から!!
糸森 環 ×
「椅子職人ヴィクトール
杏の怪奇録
連
大人のための少女マンガ
2022.Jun. 6
ウィングス
2022.
4.28【Thu】
ON SALE
表紙・越田うめ／ポスター・尚 月地
予価748円(税込)／新書館
魔女の庭
休暇が終わり、再び学校生活がスタート。エルセは王女様と仲良くできるのか……!? 大人気のハートフル♡ファンタジー!!
表紙&巻頭カラー!!
越田
好評連載!!
荒川 弘「百姓貴族」
尚 月地「艶漢」
那州雪絵「八百夜」
草間さかえ「魔法のつかいかた」
岩也ぴんく「星のとりで -箱館新戦記-」
篠原烏童「ファサード」
小松松子「逢魔ヶ時行方知れず」
なるしまゆり「まれびとと親指姫」
高嶋ひろみ「山田と加瀬さん。」
ひっけ「極彩の家」
かわい千草「僕らの奏でる物語」
霜月かいり 原作：麻城ゆう+道原かつみ「JOKER REBOOT」
松尾マアタ「リラと花冠、嵐の中。」
佐々木久美子「双璧のカバリエ」
堀江蟹子「ご先祖様とアタシ」
菅野 彰 × 南野ましろ「必ずあなたの役に立つ海馬」
読み切りシリーズ
りさり
柑子マドカ「かわうそは僕の嫁」
TONO「動物たれ流し」
カラーつき!!
文善やよひ
「蟻の帝
職業事情」
ウェブで展開する、もう一つのウィングス!!
ウェブマガジン ウィングス
池田 乾／
高橋冴未／
ウンポコweb
うぐいすみ
毎月28日更新・無料Webマガジン

GS
「東の森のうめ」
KOSHIDA UME
とじこみ付録ペーパー
越田うめ
希望者みんなもらえる◆表紙イラストカード
越田うめ
カラーつき!!
兄のシルの言葉に揺れる⑧は……!?
ハラハラドキドキのNo.1執事コメディ
池田乾
「執事…スチャンの
押上美猫「ドラゴン騎士団」カレンダー
嬉野 君×高山しのぶ「金星特急」「竜血の娘」カレンダー
ウィングス、ウィングス・コミックスの詳細はこちら▶
公式Twitter▶
新書館
3月・4月発売のウィングス・コミックス
A5判／定価858円（税込）
恋多きマンガ家が綴る自身の“うまくいかない恋愛”!
ウィングス・コミックスDX
藤生
女×女のうまくいかない恋愛エッセイ
parlor 1
大好評発売中!!
B6判／①巻：定価759円（税込）②巻：定価737円（税込）
2冊同時発売中!!
駆け出し弁護士×女優（!?）のロマンス事件簿♡
ウィングス・コミックス
ヤマダコト
原作：ちあい
悩める弁護士の華麗なる助手 1 2
A5判／予価880円（税込）
4月下旬発売
ウィングス・コミックスDX
街子マドカ
かわうそは僕の嫁 2
B6判／予価990円（税込）
完結!!
4月下旬発売
ウィングス・コミックス
押上美猫
祝福の黒と破滅の白 5
ドラゴン騎士団II
B6判／予価836円（税込）
4月下旬発売
ウィングス・コミックス
獣木野生
パーム 43
TASK VIII

賊の正体はベアトリスの祖国から使わされた側近たちが雇《やと》った者だったのだろう。

ではベアトリス妃が産んだ子はどうなったのか。彼らにとってはオルタンシア王家に介入《かいにゅう》する足がかりとなるはずだったのに、わざわざすり替えたのは何故《なぜ》なのか。

そこでアニアが思い出したのは、祖父の養女でアニアの義理の叔母に当たるディアーヌ。現宰相《さいしょう》夫人でもある。

ディアーヌの面差《おもざ》しはジョルジュ四世に似ている。瞳の色は王族に多い金褐色《きんかっしょく》。そして髪の色はベアトリスと同じ栗色だ。

祖父は彼女を極力人前に出さずに育てた。貴族の娘として社交の場にも出ていない。彼女の顔を知っているのは極々限られた人だけだ。

そうやって大事に隠して育てたディアーヌを祖父は後にベアトリスの侍女にしている。

……つまり、ディアーヌ様がベアトリス様の実の御子《おこ》だからではないかしら。

すり替えられた赤子がどういう経緯《けいい》で祖父に渡ったのかはわからないけれど、それならつじつまが合う。

当時王女には王位継承権がなかった。だからベアトリス側近たちは生まれたのが女の子だったらすり替えるために生まれたばかりの赤子を攫ってきたのだ。

彼らの狙《ねら》いはベアトリスの子を利用してオルタンシア王家に王位継承争いを引き起こすことだった。そして、それは後に現実となった。

二十年前の王位争いで、アニアの祖父とベアトリス妃がルイ・シャルル王子の即位を支持しなかったのはこれが理由だ。

彼を王位に就けることは先代国王への裏切りになってしまう。

だから……彼を国王にする訳にはいかなかったのだ。

＊　＊　＊

自分の部屋に戻ると、アニアは大きく溜め息をついた。

……お祖父様はルイ・シャルル王子とそっくりに成長するのがわかっていたから、バレーと母親をクシー領に住まわせたのね。万が一にも王族の顔を知る者に会わせてはならないと。

それと同時にディアーヌ様を本邸で隠すように育てていた。

お祖父様。本当に秘密が多すぎない？

アニアは今まで祖父の記憶のおかげで助けられたこともあるけれど、今回は困惑の方が上回った。

あまりにことが大きすぎて誰かに聞いて欲しくて、そのままリシャールとジョルジュに話してしまった。

お二人に否定して欲しかったんだわ。そんなことはありえないのだと。無礼な妄想を口にしてはいけないと叱《しか》っていただきたかった。

けれど二人ともアニアの言葉を遮《さえぎ》ることはなかった。なにより様々な情報に通じているジョルジュの表情から普段の軽薄さが消えていた。

もしかしたら彼らは何らかの事情を知っていたのかもしれない。二人にとってルイ・シャルルは叔父に当たるのだ。

それを思い出すと、アニアは自分が見たものは事実だったのだと裏付けられた気がした。

……なんて酷《ひど》い。

アニアは今日、ベアトリスの主催するお茶会で彼女と初めて会ったばかりだ。

明るく微笑《ほほえ》んでアニアのことを祖父エドゥアールに似ていると喜んでくれた。

あの方が祖国の野心に巻き込まれてご自分の子を抱くこともできずにいらしたなんて。

なにより苦しいのは、このことを知っても自分に何ができるのかわからないことだ。

今更《いまさら》明らかにしたところで、すでに王位争いに負けたルイ・シャルルは隣国に亡命している。ベアトリスがご自分の子と過ごすはずだった幸せな時間もバレーの家族の平穏な暮らしも取り戻すことはできない。

お祖父様はわたしに何を伝えたかったのかしら。

ふと、アニアは机の上に一通の手紙を見つけた。

宛名もなく、中には見覚えのある文字でたった一言。

『協力に感謝する』

それを見た瞬間にアニアはさっきまでの悩みが吹き飛んだ気がした。

「リザ様だわ。ティムはちゃんと気持ちを伝えられたのね」

アニアの口元に思わず笑みが浮かんだ。

お茶会の帰りに二人で話ができたのね。お邪魔をしそうなジョルジュ様を捕まえておいた甲斐《かい》があったわ。ティムはちゃんとリザ様に求婚できたのかしら。どんな言葉で伝えたのかしら。

あの二人の気持ちが通じ合った瞬間を、できることなら隠れて見守りたかった。さすがにそんなはしたない真似はできないけれど。

……良かった。きっとティムならリザ様のことを大事にしてくれるわ。わたしの自慢の従兄ですもの。

アニアはその手紙を手の中で包み込んで、こみ上げてくる安堵《あんど》に胸が熱くなった。

その手紙を机の引き出しに入れようとして、ふと小説の執筆に使っているペンに目を留めた。

「……そうだわ。書けばいいんだわ」

ベアトリス王太后は王位継承戦争の原因となったルイ・シャルルの母ということから今でも国民の間では悪女だと思われている。しかも我が身可愛《かわい》さから我が子を見放した冷酷《れいこく》な女だと。

けれど、実際はそうではない。ルイ・シャルルを利用して陰謀《いんぼう》を企《くわだ》てたのはアルディリアから来た者たちだった。むしろ彼女はその陰謀を妨害《ぼうがい》しようと動いていたのだ。

彼女と当時の宰相だったアニアの祖父がユベール二世側についたことからどっちつかずだった貴族たちはユベール二世側に集まった。争いは一気に収束の方向に傾いたのだ。国内の争いが長引けば、国境に進軍してきていたアルディリア軍が介入してさらに事態は悪化しただろう。

子供を持ったこともないわたしにはベアトリス様のお心に寄り添うことも、お慰《なぐさ》めすることもできない。いくら想像力が逞《たくま》しいと言われていても、我が子をすり替えられる辛《つら》さなんて察することもできない。

だったら、わたしにできることは、ベアトリス様の汚名を少しでも雪《そそ》ぐことだわ。

アニアは頭の中に光が差し込んできたような気がした。

元々アニアは二十年前の王位継承戦争当時を舞台に庶民向けの恋愛小説を書く予定だった。

ベアトリスの半生を参考にして、親子ほどに歳の離れた王と真実の愛を貫《つらぬ》いた姫君の物語を書きたいと思っていた。

その話にこの赤子すり替えの話を入れて、形に残せないかしら。全てをあからさまに書くことはできないけれど、それを読んだ人が少しでもベアトリス様のことを思い出してくれたら。

お祖父様とベアトリス様の苦しみや、手段を選ばない隣国の陰謀をこのまま忘れ去られてしまうのは悲しすぎる。

……そしてベアトリス様やお祖父様の思いがルイ・シャルル王子に伝われば、自分がアルディリアに操られていたことに気づく日が来るのではないかしら。

頭の中に光が差したように、一気に言葉が浮かんできた。

机に座ってペンを握ったときには、ほんの少し前にバレーに注意されたことはすっかりアニアの頭の中から吹き飛んでいた。


その翌日、アニアは宰相の執務室に依頼された文書を届けに行った帰り、普段は通らない廊下に回り道をした。

この一角は先代国王在位当時の金をあしらった装飾が残っていて、少し曇りがちの日に薄く光が差し込むと幻想的に見えるのでアニアは気に入っていた。金や鏡を装飾に使うのは、採光のためと聞いていたけれど、明るく煌《きら》びやかな空間よりも、少しほの暗い方が細かな彫刻が綺麗に見えるように思える。

歩いているうちに前方に一人佇《たたず》んで庭を眺めている男性に気づいた。

「……クシー女伯爵か」

向こうも足音に気づいていたらしくこちらに顔を向けてきた。

「ブランシュ侯爵閣下。お体の調子はいかがですか?」

ブランシュ侯爵ウジェーヌはアニアの祖母の兄に当たる。貴族の当主としては最高齢であるが、杖に頼ることなくしっかりとした足取りでアニアに歩み寄ってきた。

「ああ、大丈夫だ。実は先ほどそなたが宰相の部屋に入るのをここから見ていたのだ。文官として働いていると聞いていたが、なかなか堂に入《い》っているようだ」

「ありがとうございます」

「先日は突然すまなかったな」

先日、というのはブランシュ侯爵の持つステルラ王の称号を継承させる話のことだろう。

「ステルラでは、王政の復活を望む人たちが騒ぎを起こしていると聞いています。どのようにお考えなのか伺《うかが》ってもよろしいでしょうか？」

ステルラで王政復活派が騒動を煽《あお》っているらしい、とアニアは聞いていた。ステルラは現在、諸侯《しょこう》たちによって構成された議会に治められている。その議会を廃《はい》し、王政に戻せという主張だ。王政復活派の裏で隣国アルディリアが手を引いている。ステルラを属国に戻すために王政を利用しようとしているのだ。

……この方がそれをご存じないはずはないわ。そして、この時期に後継を指名することの意味も。

「問題はあるまい。奴《ヤツ》らはアルディリアに乗せられて現状の自分たちの不満を議会のせいにしているだけだ。不満や反感だけで集まった烏合《うごう》の衆にまともな思想があるはずもない。だから奴らに関わるつもりもない」

ブランシュ侯爵は口元に笑みを浮かべた。

「私にできるのは二度と祖国に戻らないことだけだ。それが祖国を守ることになる」

賢明な判断でいらっしゃるわ。

彼の父はアルディィリアの言いなりになって祖国を困窮《こんきゅう》させたあげく、民を重税で苦しめた国王だと聞いている。そして、諸侯と民が協力した叛乱《はんらん》によって国を追われる結果になったのだ。

もし、この人が当時のステルラ王だったら、あのような事態にはならなかったかもしれない。

アニアがそんなことを考えていると、ブランシュ侯爵はじっとこちらを観察するような目を向けてきた。

「それにしても、そなたはエドゥアールにそっくりだな。あの男はわがまま放題の妹を妻にして苦労したであろう。だが、あの妹を可愛いだのと言っていたから、あれも少々変わり者だったのかもしれぬ」

「まあ。お祖父様とお祖母《ばあ》様は恋愛結婚だったのですか?」

それは初耳だ。むしろ冷めた関係だと想像していた。今まで見た祖父の記憶の中に祖母が現れたことがなかったのもあって、祖母とは仲が悪かったと思い込んでいた。

「最初に妹の方がエドゥアールを気に入って、こちらから縁談を持ち込んだのだ。だが、嫁《とつ》いだ後であの男は仕事が忙しくなって家に戻らぬことも多くてな。妹はそれが不満でずいぶんと夫や周囲に当たり散らしたと聞いている。そなたは知らぬだろうが」

「そうですね。祖母はわたしが幼い頃に亡くなったので……」

使用人や周りの人々からの伝え聞きだけではわからないこともあるのね。お祖母様は寂しさに耐えられなかったのかしら。だから夫への当てつけのように贅沢《ぜいたく》をしたり、息子を溺愛《できあい》して紛《まぎ》らわせていたりしたのかも。

おかげでアニアの父は甘やかされて立派な浪費家に育ってしまった。アニアは今も父の作った借金と戦っている。祖母が原因だと思っていたけれど、仕事で家庭を顧《かえり》みなかった祖父にも責任の一端はあるかもしれない。

「だが、妹は男を見る目だけはあったようだ。そなたもマルク伯爵も先が楽しみな若者だ。すまなかったな、仕事中に年寄りの話につき合わせて」

ブランシュ侯爵はゆっくりと歩き出した。そしてふと足を止めると振り返る。

「そなたも男を見る目は確かなようだな」

そう言うと今度は振り返らずに去って行った。

どういう意味かしら。もしかして、王太子殿下と噂《うわさ》になったことを誤解していらっしゃるのかしら？

アニアがそのまま立ち尽くしていると、背後から足音が近づいてきた。

「アナスタジア。体調はもういいのか？」

王太子殿下？

リシャール王太子が足早にこちらに向かってくる。

「はい。その節《せつ》は大変申し訳ございませんでした」

長身が勢いよく近づいてくる圧に押されて、アニアは慌ててリシャールに一礼する。

王太子の私室で倒れた昨日の失態は今更取《と》り繕《つくろ》うこともできない。朝一番でお詫びの品を届けさせてはいたけれど、会うことがあれば一番に謝罪しなくてはと思っていた。

けれどリシャールは険《けわ》しい顔で首を横に振る。

「良くなったのなら問題はない。それよりも……この後少し時間が取れないだろうか？」

いつもより眉間《みけん》の皺《しわ》が深い気がする。何か面倒ごとを抱《かか》えている。そんな表情に見えた。凄《すご》く深刻そうなお顔。……もしかしたら、あのことかしら？

いくら殿下が聞きたいとおっしゃったとはいえ、ルイ・シャルル王子が先代国王の子ではなかったなどと、あまりに不敬すぎるお話をしてしまった。自分の考えをぺらぺらと話したあげく倒れてご迷惑をかけたのですもの。お叱りがあって当然だわ。

そのことをあまり言い回らないようにご注意にいらしたとか？

さすがに誰が来るかわからない廊下で口にできる内容ではないから、場所を改めて話したいということだろうか。

「大丈夫ですわ。これから休憩《きゅうけい》の予定ですから。よろしければ、わたしの事務室にいらっしゃいますか？」

「そうだな」

リシャールの表情は重々しい。最近この人の顔色が少しわかるようになったと思ったのに、今日は全く読めない。

……きっと怒りを押し隠していらっしゃるのね。

まるで処刑場に引きずられるような気持ちで、アニアはリシャールの後について歩き出した。

「……そういえば、先ほどブランシュ侯と一緒にいたようだが」

「ええ。祖母のことを教えていただきました。とても興味深いお話でしたわ」

「そなたは祖母とは仲が良かったのか？」

「いいえ。祖母はわたしが祖父に似ていたのがお気に召さなかったようです」

使用人の話では祖母はアニアが生まれた時、顔を一瞥《いちべつ》しただけで触ろうともしなかったらしい。そんなことで嫌われても、髪や目の色をどうにかできる訳もない。

今はブルネットの髪も青い瞳も祖父譲《ゆず》りだと誇《ほこ》りを持っている。けれど、幼い頃はどうして自分だけ両親や兄と違うのかと思っていた。

「そうか」

「けれどそれで良かったのかもしれません。もし、わたしまで祖母に溺愛されていたら、両親たちと一緒になって散財して家を傾けていたと思いますわ。今以上に帳簿が大赤字になっていたかと思うとぞっとします」

本気の身震いをしながらのアニアの言葉にリシャールが吹き出した。

え？　今、何か笑うところがあったかしら？

そう思っていると、リシャールが足を止めた。

「バルトがそなたのことを浪費家の伯爵夫妻とは似ても似つかぬ堅実な性格をしていると言っていたのだ。王宮で雇わないと国家的な損失になると。そのことを思い出したのだ」

「……大げさすぎます」

両親が借金返済のために成金にアニアを嫁がせようと画策していた頃の話だろう。ティムがリシャールに推薦《すいせん》してくれたからアニアは王宮仕《づか》えが決まって縁談を逃れたのだ。

ティムときたら、売り込むためとはいえ誇張《こちょう》し過ぎだわ。国家的な損失とか、さすがにありえないでしょう。

「そう言ってやるな。そなたが王宮に来てくれなかったら、エリザベトは今でも書庫に住み着いていたかもしれないからな。これは結構な損失になっただろう」

「ありがとうございます。そう思っていただけるのなら嬉しいですわ」

気を遣《つか》ってくださるのはわかるけれど、注意をされるのだと思っていたアニアは少し戸惑っていた。

事務室に戻ると、バレーが休憩時間だというのにまだ仕事を続けていた。食事に行くようにと彼を追い出すと、お茶の支度《したく》だけ頼んで侍女は隣室に控《ひか》えさせた。

さあ、これでどんな深刻なお話でもお聞きする準備ができたわ。

アニアが覚悟を決めたところで、リシャールはおもむろに部屋の隅に置いていたチェス盤《ばん》を見つけて運んでくる。

「話のついでに一勝負願えるだろうか？　腕前は？」

チェスの腕前？　アニアはとりあえず確実なことを答えた。

「ティムには勝てますわ。あとは最近でしたら……宰相閣下《かっか》にも勝ちました」

リシャールはそれを聞くと首を横に振った。

「……何故王宮の中で一、二を争う弱者たちを引き合いに出すのだ。エリザベトとはどうだった？」

どうやらティムがチェスで絶望的に弱いのはリシャールも知っているらしい。ポワレ宰相もアニアには全く手応《てごた》えがなかった。彼も弱い方らしい。

誘われてリザとも何度か勝負したことはある。見たこともない手法を次々やって見せてくれるのが楽しくて、ほとんど勝てなくても彼女とチェスを打つのは好きだ。

「今は五回やったら一度ギリギリで勝てるくらいです。きっと手加減してくださっているのですわ」

そう答えると、リシャールはふっと口元に笑みを浮かべた。

「あれは手加減などしない。父上にも情け容赦《ようしゃ》なしだぞ。それなら手応えがありそうだ」

リシャールは盤上に駒《こま》を並べ始めた。黒の駒を持っているということは先手は譲ってくれるということだろうか。

リザ様、国王陛下とも真っ向勝負をなさるなんて凄いわ。

新たなリザの魅力を知って少し気分が高揚《こうよう》する。

だけど、浮かれてはダメだわ。このあと厳《きび》しいお話が待っているはずだもの。きっと緊張させないように思いやってチェスに誘ってくださったのよ。

もしかしたらこの勝負も、王宮最後の思い出にしてやろうという殿下のご配慮だったりして。

……いえ、まだクビになると決まったわけじゃないけど……。なかなか本題に入っていただけないから悪い方にばっかり頭が向いてしまうわ。

けれど、勝負が始まったらアニアの頭の中から雑念は薄れていった。

この方の打ち方はリザ様とは全く違う。

リザ様の場合ことごとく奇策を繰り出してくるけれど、こちらは完全に正攻法だわ。奇をてらうことはしない。淡々とアニアの仕掛けた手を潰《つぶ》していく。それで焦《あせ》って攻め続けたら自滅しそうな気がする。

アニアがじっと盤面を睨《にら》んでいると、リシャールがぽつりと呟いた。

「そなたは先代の国王陛下の趣味がチェスだったことを知っているか？　ご自身もかなりお強

かったそうだが、相手が陛下の顔色をうかがって勝ちを譲ろうとするのがご不満だったそうだ」

「……それは困りますね」

うっかり勝ったら国王の逆鱗《げきりん》に触れるのではないかと思ったのだろうから、その気持ちはわかる。けれど、純粋《じゅんすい》に勝負がしたかった方はそれで勝てても嬉しくないだろう。

「それで学生時代、従者の服を借りて変装して、たまたま見かけたそなたの祖父に勝負を申し込んだ。そうしたらあっという間に負かされて、あげくに『不敬でしたでしょうか？』と言われたそうだ。それがきっかけで友人になったのだとか」

「まあ……それでは正体に気づいていたということですわね」

祖父はチェスが好きだったらしい。先代国王ジョルジュ四世と祖父は学生時代からの友人だったことは聞いていたけれど、趣味がきっかけだったとは知らなかった。

とはいえ、そろそろ深刻な話が始まるのではないか、と思っているのに一向にその気配がない。

不安にかられたアニアはそっと問いかけてみた。

「あの……ところで殿下。何かお話がおありだと……」

リシャールは思い出したように顔を上げた。

「そうだった。そなたが気にしているだろうから教えておこうと思ったのだ。エリザベトが父上に謁見《えっけん》を申し込んでいる。おそらく今頃会っているはずだ。バルトを連れて」

「まあ。では陛下にご報告を？」

昨夜の手紙で予想はしていたけれど、早速リザは行動を開始したらしい。

思わず声を弾《はず》ませたアニアを見て、リシャールも満足げに笑みを浮かべた。

「そうだな。父上が逃げようとなさっていたのを止めるのが大変だった」

「……それは大変でしたわね……」

「『娘を奪われる父親の気持ちがわからないのか』などと騒いでいらしたが、オレにそんなことを言われても困る」

「きっと手を離れていくようでお寂しいのですわ」

「そうだな。エリザベトは結婚したら王都の南にある王太子領の一部を与えられるだろう。さほど遠くないとはいえ、そこに行ってしまえば毎日顔を見られる訳ではないからな」

リシャールの口調が少し弱く聞こえた。

殿下もたった一人の妹君が嫁がれるのはお寂しいのかしら。

王太子であるリシャールは王宮から離れて暮らすことはない。弟のジョルジュはすでに公爵家を継いでいる。リザもいずれは王宮を出ることになる。

「そなたは……この先やりたいことがあるのか？」

「わたしは文官の仕事を続けさせていただければと思っています。先のことはわかりませんが」

それを聞いてリシャールは安心したような笑みを浮かべた。

「そうか」

その笑みを見ていたら、アニアが王宮にこの先もいることを望んでもらえているように思えて、心臓が騒ぎ出した。

けれど、リザ様のことを教えようと話しかけていらしたのなら、さっきの深刻な表情は何だったのかしら。

「あの……殿下のお話というのは……そのことですか。難しいお顔をなさっていたので、ご心配なことがおありなのかと」

リシャールはそれを聞いた途端に何かを思い出したように口元を手のひらで覆《おお》った。

「ああ。それはだな。父上が自分にできそうにもないことを命じて来られたので困っていただけだ」

「まあ、殿下でも難しいなんて、とても大変なご命令なのですね」

どんな命令なのかアニアには想像もできない。優秀で完璧《かんぺき》な王太子と言われるこの人にできないなんて。

「そうだな……。それでそなたを見かけて、つい話しかけてしまったのだ。休憩だというのにすまなかったな」

リシャールはアニアに目を向けてきた。

どうやら自分が何か問題を起こしたのではなかったと知ってアニアはほっとした。

「いえ。わたしなどとの勝負でお気持ちが紛れるのでしたら、いつでもお受けします」

お仕事の気晴らしでも、この方に頼りにしていただけたのは嬉しい。

悩んでいらっしゃるのなら気分転換に何かして差し上げたいけれど、わたしにできることが何かあるだろうか。

アニアは考えを巡《めぐ》らせながら盤上に目を向ける。今のところはまだ勝負は見えていない。おそらくこちらが劣勢だろう。

「……では、殿下。この勝負に殿下がお勝ちになりましたら、新作小説をお見せします。書き上がったばかりで誰にも見せていないものです」

普段は書けた小説はリザに最初に渡している。けれど、この人が喜びそうなことで自分にできることなど他に思いつかない。

リシャールは驚いたように金褐色の瞳を瞠《みは》る。

「いいのか？　それではエリザベトが怒るのではないか？」

「実は昨日殿下にお話ししたことを物語に入れたので。リザ様に読んでいただくならいくらか説明が必要になるでしょう。けれど、今はお忙しいでしょうし。それにそもそも勝負に持ち込んだのはわたしですから」

それでリシャールは納得したようだった。

いつもなら、監修を兼ねてリザに一番に読んでもらっていた。ただ、赤子すり替えの件はリザにまだ話していない。ベアトリスと親密にしているリザの耳に入れてもいいのかと戸惑いもあるし、何より自分が軽々しく話していいことなのかと思ってしまう。

だから事情を知っている人に先に読んでもらった方がいいかもしれない、と思った。

「なるほど。そういうことか」

「では勝負していただけますか？」

アニアが問いかけるとリシャールはすぐに頷いた。

「わかった。受けて立とう」

王太子の目がしっかりとアニアを捕らえていた。その眼差《まなざ》しの強さにアニアはまた心臓が大きく騒ぎ出すのを自覚した。

殿下がお好きなのは小説の方なんだから、狼狽《うろた》えてはだめ。ちゃんと打たないと。

けれど、そこから急に調子を上げるようにリシャールは迷いなく駒を動かしてきた。

『……兄上は雑念が入ると弱いからな。私の敵ではない』

リザが以前そう言っていた。それは逆に雑念がなかったらとても強いという意味ではないのかしら。そして、実際強かった。

「えーと……それじゃチェスをなさっていただけなのですか」

休憩から戻ってきたバレーが何故か残念そうな顔をする。

「何？　それ以外に何を期待していたの？」

「いや、何かもうちょっとその……お二人だけで色気のあるお話と言いますか」

「そんなことある訳ないでしょう？　それは殿下に対しても失礼だわ。ちゃんと近くに侍女にもいてもらったし」

バレーは大きく溜め息を吐《つ》いた。

「……アナスタジア様、以前殿下にチェスの駒をいただいたと見せてくださいましたよね？　それはつまり殿下はあなた様と距離を縮めたいということだと思うのですが」

「距離を縮めたい？」

「そうです。何の気もない相手に長く使える立派な黒檀《こくたん》の駒を贈りものにはしませんよ？　義理で贈るのなら当たり障《さわ》りのない食べ物などにしますよ」

リシャールはジョルジュ四世と祖父が仲良くなったきっかけがチェスだったのだと話してくれた。

つまりその話と同じように仲良くなりたいという意味にも取れる。

だけど、そんなはずはない。

殿下がわたしを気にかけてくださるのは、わたしが書いた小説をお気に召してくださっているからだわ。さっきも小説の話をしたら殿下の表情が違ったもの。

「殿下はそんな回りくどいことはなさらないわ。何か意図があれば真《ま》っ直《す》ぐにおっしゃるはずよ」

「……いや、ときにはそんなこともなさるのではないですか？」

「それに殿下の婚約者もそろそろ正式に決まる頃よ。余計な深読みをして騒ぐのは、相手の方にも申し訳ないわ」

アニアはそう言いながら午後の仕事に取りかかるべく机に向かった。バレーが口をぽかんと開けて固まっているのが目に入った。

……何かおかしいことを言ったかしら？　どうしてそんなに驚かれるのかわからない。

「あの……アナスタジア様は殿下の婚約者候補ではないのですか？　もしくは寵姫《ちょうき》とか……」

「そんな話は全然聞いていないわ。そもそも伯爵家では家格が低すぎるわ。わたしの家は春の舞踏会で謀叛人《むほんにん》に加担した疑いをかけられたのよ？　それに王太子殿下は寵姫を持つおつもりはないそうよ。だからそんなことはありえないの」

同じ伯爵でもティムには瑕疵《かし》がない。リシャールの側近としての実績もある。けれどアニアは新米当主で、しかも謀叛騒ぎに巻き込まれて両親が処罰《しょばつ》されている。

「確かに伯爵家というのは最低条件ですけど……。そんなのどうにでもなるじゃないですか」

バレーの言うとおり、家格の低い家から王族に嫁《か》する場合、公爵家の養女になるなどの抜け道はある。けれど、そんな小細工を贔屓や特別扱《あつか》いを嫌うリシャールは望まないだろう。

「わたしにそんなお手間をかけるくらいなら、もっと他にふさわしい方がいらっしゃるのではないかしら？　だからありえない話はここまでよ？」

バレーはますます戸惑ったように首を傾《かし》げるが、それ以上の追及を諦《あきら》めたのか、そのまま自分の席に座る。

「いや、確かにいろいろありえないのですが……ひとまず仕事に戻らせていただきます」

7

「では予定通り、マルク伯爵ティモティ・ド・バルトを婚約者とする。婚約式は舞踏会の前日あたりで予定しているが構わぬか？」

父であるオルタンシア国王ユベール二世の問いにリザは眉《まゆ》を寄せた。

リザはティムを伴《ともな》って執務中の父に緊急の謁見《えっけん》を申し込んだ。そして、ティムを婚約者に選びたい旨《むね》を申し出た回答がこれだった。

「父上、予定通りというのは何なのですか？」

「予定という言葉が気に入らぬなら、確定と言い換えても構わぬぞ？　いやもう案内状も名前を入れて作ってしまったからな、そなたの気が変わらなくて助かった」

隣に立っていたティムは一瞬驚いた顔をしたが、すぐに諦《あきら》めたように表情を和《やわ》らげた。彼は国王の側《そば》付きも経験しているので、父の突飛な言動には慣れているのかもしれない。

けれどリザは納得がいかなかった。

「父上。明確な説明を要求します。四人の候補の中から選べとおっしゃったのは父上ではないですか。最初から決めていたというのですか？」

ティムはその候補者に入ってはいたが、他の三人は過去に王女が降嫁《こうか》した家柄《いえがら》の者や傍系《ぼうけい》王族の者たちばかり。伯爵以上が条件とされていても実際は、伯爵家と王族との婚姻《こんいん》は前例がない。妃として召し上げるのなら高位貴族の養女とすることもできるが、夫となればそうはいかない。

……ティムを候補に入れていること自体が異例なのだ。

王女としての立場を重んじるならば、その中で一番家格の高い者を選ぶのが筋だ。けれど、そんな単純なことを命じてくるような素直な父親ではないことをリザは知っていた。

どうしたって他の候補に比べるとティムの立場は弱い。伯爵と言っても最近叙爵《じょしゃく》されたばかりだし、隣国ステルラの旧王族の血筋というのも形式的なもので、彼の実家は子爵家だ。後ろ盾《だて》としては弱すぎる。

もし他の三人と家格の差があるティムを選びたいなら、納得させるだけの材料を提示しろという意味なのか。それとも、リザが万が一即位する事態になったとき、補佐できる人間として候補に入れたのか。結婚相手を私情で選ぶなという牽制《けんせい》なのか。

他にも何か裏があるかと一通り悩んだあとで、リザは彼以外を選ぶつもりがないことに気づいた。

ティムは元々リザの兄リシャールの側近なので面識がある。アニアの従兄《いとこ》ということもあって最近は親しく言葉を交わすことも増えた。何よりリザが書庫に入り浸るような風変わりな王女だということも知っている。それにリザを守りたいと言ってくれた。

けれど、臣下《しんか》として仕《つか》えるのと結婚するのは違う。もしかしたら彼はリザを伴侶としては欲していないかもしれない。もしそうならリザが彼を選ぶのは迷惑でしかない。

昨日のお茶会の後でティムが自分の気持ちを示してくれなかったら、まだ迷っていたかもしれない。

そんなここ数日の葛藤を予定通りで片付けられるのは納得がいかない。自分史上では人間関係で一番悩んだ出来事かもしれないのに。

国王は執務室の机に頬杖をついてリザの顔を見つめると、満足げに微笑《ほほえ》みかける。

「候補というのは単なる建前だ。他の貴族たちの手前、選んでいるそぶりを見せただけのことだ。王位継承者の配偶者に伯爵というのは前例がない以上、いきなりそやつに決めたら反発されるに違いないからな。だから選んだ理由も可愛《かわい》い娘のおねだりに負けたということにしておくよ」

そやつ、と指を向けられたティムは困ったような顔をしていた。リザは国王の正面に詰め寄ってもう一度問いかけた。

「……全て茶番だったと言うのですか？」

「人聞きが悪いな。他の候補者選びだって苦労したんだぞ？　ジョルジュの調査のおかげで候補に入れる者がいなくて困ったからな」

リザの次兄メルキュール公爵ジョルジュが国内貴族の独身男子の素行調査を実施《じっし》したとは聞いていた。だが候補者が残らないほどの手厳しさとは思わなかった。

「だったら最初からマルク伯爵だけで良かったではありませんか。私はそれでも……」

リザが思わずそう答えると、国王はにやにやしてティムに目を向けた。

「だ、そうだぞ？　良かったな」

ティムは口元を手で覆《おお》いながら神妙に答える。

「陛下。どうかご容赦《ようしゃ》を。今日の私はここに立っているだけで精一杯なので」

「なんだ、義父上《ちちうえ》と呼んでくれても構わぬぞ？」

「無茶をおっしゃらないでいただけますか」

ティムは焦《あせ》った様子で頬を染めた。

楽しそうな父の様子を見て彼の気持ちに前から気づいていたのではないかと、リザは思い当たった。

「まさか、全部ご存じだったのですか？　父上」

「ご存じもなにも、こやつは健気《けなげ》にも毎年エリザベト付きになりたいと転属願いを出していたのだぞ？　その提出先が誰だと思っている？　そろそろ報《むく》いてやろうという気持ちになるではないか」

父がリザとティムを結婚させることを決めたのは、春先にアルディリアの王子とリザの婚約が解消された後だったという。

将来的に王位継承権所有者が少なくなることが元々問題視されていたので、それを機にリザを国内に留める方向に転換して法整備を始めた。

オルタンシアでは王女に王位継承権はなかった。貴族の家督《かとく》相続も男子に限られていた。まず第一段階で女子に家督相続を認め、その後で当代以降の王女に王位継承権を認めることにした。

アニアがクシー女伯爵として認められたのはそのためだったのだ。

ティムは元々バルト子爵家の次男だったが、舞踏会での謀叛《むほん》騒ぎを治めた功績で爵位を与えられた。王族との婚姻は伯爵以上で過去五代以内に国内外の王族の血を引いていることが最低条件だが、ティムはステルラの元王家の家系であることからこの時点でリザの婚約者候補に入れて差し支えなくなった。そこまで父は計算していたのだろう。

……全て父上が企《たくら》んだ通りになるのは解せない。文句の付けようがない結果と言えども手の上で踊らされていたようで悔《くや》しいではないか。

リザの複雑な心の内を意に介《かい》していない様子で、国王は穏やかに笑みを浮かべる。

「もちろん私情だけで決めた訳ではないぞ。王位継承権第二位の者の配偶者選定というのは難しくてな。下手《へた》に野心を持つ者を選べば、王太子を暗殺して王位を狙《ねら》えと唆《そそのか》してくる可能性もある。実家が権勢を望んで王位争いに介入《かいにゅう》してくることもある。だから、婚約者選定には将来を見越してそういう野心を持つ者を見極める目的もあったのだ」

そのつもりならちゃんと最初から話をしておいてもらいたいのだが。そうすればもっと落ち着いて対処できたはずだ。

「おかげでずいぶんと振り回されたのですが」

リザの結婚相手を国内貴族から選ぶと発表されてから、王宮内は大騒ぎだった。

名前を売り込みたい者が次々とリザの元に面会に訪れてきて読書時間を妨害《ぼうがい》されたり、ティムに至ってはリザと親しいことが知られていたせいで、次々に剣術の試合を申し込まれて仕事にならなかった。実に迷惑だ。

そうした騒動も父上は絶対面白《おもしろ》がって眺めていたに違いない。

「恋愛には障害があった方が盛り上がるものだろう？　私も市井《しせい》の恋愛小説で学んでいるのだ。特にマダム・クレマンの本は面白いぞ？」

国王の言葉にティムが吹き出した。それもそうだろう、マダム・クレマンというのはアニアの筆名だ。

何をしれっと言ってくださるのだ。そもそもアニアの書いたものは友人特権で誰より早く読んでいるのだから今更《いまさらすす》薦められる筋合いはない。

「とにかく、今後はきちんとした説明を要求します。さもないと母上からお説教していただきます」

「……それだけは勘弁してくれ。マルク伯爵よ、そなたもとりなしてくれぬか」

国王が首を引っ込める仕草をする。ティムは穏やかに笑みを浮かべて応《こた》えた。

「申し訳ありませんが、今後私は王女殿下のお味方ですから」

「早々と裏切りおって。私の味方はいないのか……酷《ひど》くないか？」

ふてくされたように口を尖《とが》らせる父にリザが呆《あき》れていると、宰相《さいしょう》が入ってきた。

「おお、ポワレ。エリザベトの件は決まったから、予定通り進めてくれ」

「かしこまりましてございます。すぐに婚約式の案内状を発送しておきます」

味方を得たせいか、国王はわざとらしく咳払《せきばら》いをすると、真面目《まじめ》な顔を作ってリザたちに目を向ける。

「今後のことだが、新たな公爵家を創設してエリザベトを当主に据《す》える。王女の配偶者が王家に入った前例はないが王子の妃のような地位になるだろう」

「入り婿《むこ》のような形ですか？」

「そうだな。王位継承権はないが、そなたの職務の補佐をする権限は与えられる。王族のみの行事にも出席できる……というあたりだろう」

「職務……？」

リザは気持ちが高揚《こうよう》するのを抑えられなかった。王子と同じ政治的な立場を得るということは、職務も与えられるということだ。

「まあ、職務についてはひとまずリシャールに習うといい。そなたなら問題なくこなせるだろう。王家が入り婿を迎えるのは王妃の祖国では珍しくないそうだから、細かいことはそれを参考にする。ポワレはとりあえずその方向で審議の準備を。草案作りは任せる」

「はい。では本日の会議までに準備いたします」

ポワレは落ち着いて応じると、部屋を出て行った。

なるほど予定通り、か。

どうやらポワレ宰相も父の意向を知っていたらしいとリザは察した。

「ところで、エリザベトよ。もう一つ重要案件が残っているのだが」

不意に国王が腕組みをしていつになく真剣な表情になる。

何か政治的に重要な問題が持ち上がったのかとリザが顔を上げると、ユベール二世は重々しく告げた。

「昨日のお茶会のあと、リシャールがクシー女伯爵を私室に招いたと聞いたのだが、進展があったと思うか？」

リザは思わずティムに目を向けた。ティムも知らなかったらしく首を横に振る。

確かにベアトリス主催のお茶会の後、リシャールとアニアは自分たちとは別の方向から退出した。

その後そんな興味深い出来事があったとは、とリザは思ったが、ティムが控《ひか》えめに口を開いた。

「我々が退出するとき、アニアは殿下とメルキュール公爵と三人でいました。殿下が軽率にアニアだけを私室に招くとは思えませんし、メルキュール公爵もその場にいらしたのではないでしょうか。おそらく陛下がお考えのようなことには至らないかと思われます」

一方の父はわざとらしい溜め息をついた。

「やはりそなたでもそう思うか。……口説《くど》いてこいと言っておいたのだがな」

話が見えなくて戸惑ったリザだったが、もしや、と思い当たることがあった。

リシャールの婚約者はまだ決まっていない。将来の王妃ということもあって、選定については非公式に進められているのだろうと思っていた。相手方の権力や門閥《もんばつ》などを配慮《はいりょ》して表沙汰《おもてざた》にはしにくいはずだから。

そんな立場のリシャールにアニアを『口説いてこい』とはどういうことだ。

妃に迎えるというのならまともな手順で話を持って行くはずだろう。意味がわからない。

「陛下。私の従妹《いとこ》をおかしなことに巻き込まないでいただきたいのですが」

ティムがさすがにその発言にゆらりと怒りを纏《まと》った笑みを浮かべる。アニアがことあるごとに実の兄より兄らしいと言うほどに、ティムはアニアに対して過保護なのだ。

「兄上のお相手選びなら、すでに選考がなされているのではないのですか」

「違う。逆だ」

父の目が鋭く細められた。時折見せる施政者としての表情だ。

「クシー女伯爵アナスタジアの相手を早く決めねばならない。王族か、それに準じる相手を」

一貴族の結婚を国王がそこまで急がせるのも、さらに相手にまで介入するのも希《まれ》なことだ。

「ステルラの件もある。なにより彼女の見るエドゥアールの記憶を外に漏らす訳にはいかない。だから昨夜、リシャールに念押ししておいた。彼女を舞踏会までに口説き落とせと。できないなら、王命で彼女をジョルジュと結婚させると言っておいた」

「待ってください。アニアはジョルジュ兄上との結婚は望んでいないはずです」

アニアは以前ジョルジュから求婚されたことがあるが、断っている。

「彼女は伯爵家の当主だ。家と民を守るために王命には従うだろう」

リザは拳《こぶし》を握りしめた。

父がそう考えるのも無理はない。アニアは先代国王の治世で宰相を務めた祖父の記憶を見ることができる。けれど、彼女はその記憶が重要機密かどうか判断ができない。その危うさがあるから、王家に近い者に嫁《とつ》がせることで守らなくてはならないのだろう。

だが、アニアの気持ちはどうなるのだ。彼女がジョルジュ兄上の求婚を断ったのは領地経営に専念したいからだ。メルキュール公爵家の財力なら彼女の家が抱《かか》える借金も完済できるだろうが、自分で帳簿を黒字にするのだと意気込んでいた彼女がそれを望むだろうか。

それにアニアはリシャール兄上のことを好ましく思っているはずだ。

表に出さないようにつとめているけれど、あの青い大きな瞳がリシャールに向けられるとき、ほんの少し熱を帯びているように見える。

ただ、彼女は傍観者《ぼうかんしゃ》のように物事を見る癖《くせ》がある。だから自分が王太子妃になるということは考えてもいないのだろう。自分が物語の主役になるつもりがないかのように。

ちょっと兄上と目が合っただけで見初《みそ》められたとうぬぼれる女性たちとは真逆なのだ。そうした女性ばかりを見てきた兄上に、アニアの気持ちを察することはできるだろうか。

リザは隣にいる男が口を閉ざしているのも気になった。彼の大事な従妹の話だが、王命を持ち出されてはどうすることもできないからだろうか。

「……わかりました」

だったら兄上を何とかするしかない。自分の声が思ったより低く響いたことにリザは驚いた。

「兄上には、さっさと当たって砕《くだ》けていただきましょう」

「……エリザベトよ。リシャールのような大男が当たったら、アナスタジアは吹き飛んでしまうぞ?」

「私の友人を侮《あなど》らないでいただきたい。兄上ごときに吹き飛ばされるような弱い女性ではありません。そもそも兄上はぶつかる甲斐性《かいしょう》もないではありませんか」

国王はリザの勢いに気圧《けお》されたように強《こわ》ばった笑みを浮かべたが、気を取り直すように咳払いをする。

「彼女がリシャールの求婚を受けるならすぐに王太子妃に迎え入れる。断るならばジョルジュとの縁談を進める。彼女からの回答期限は舞踏会が終わるまで。それ以上は待たぬと伝えてくれ」

「……わかりました。兄上にそうお伝えします」

リザはあたかも勝負を申し込まれたような気分で父にそう答えた。


「ティムはアニアがジョルジュ兄上と結婚するのは反対なのか？」

謁見を終えて部屋に戻る途中、リザは問いかけた。ティムは言いにくそうに額に手をあてた。

「陛下のご命令とあれば反対はできないでしょう。……けれど、あの方はアニアがやることを反対するどころか煽《あお》りかねない気がするので、彼女を守るには不向きではないかと」

確かに。アニアは想像力豊かで行動力もある。思い立ったら始めてしまう。

ただ、時には危ういことや、してはならないこともあるだろう。それをちゃんと諫《いさ》めるかどうかで考えるとジョルジュは真逆だ。それに乗っかって騒ぎを大きくしかねない。

「正直に言えば王太子妃にもさせたくはないんです」

「何故だ？　責任が伴うからか？」

ティムは真顔で答えた。

「そうです。王太子妃、ひいては王妃になるなんて心配にもなります。私にとっては腹を痛めた娘同然ですから」

「……いや、そなたがどう腹を痛めても娘は生まれないと思うのだが」

いつの間にアニアが娘になったのだ。この男の過保護ぶりではアニアが誰に嫁ごうと反対しそうな気がしてきた。

ティムはリザの表情を見て、首を横に振った。

「私は誰が相手であれ、反対はしません。ただ、アニアが選んだ男ならと願っています」

それで思い出した。王宮に上がる前、アニアは親が作った借金返済のために成金に嫁がされるところだった。

彼からすればアニアの嫁ぎ先が制限されること自体がその時の心境に重なるのかもしれない。だからこそ彼女が望む相手と結婚するのなら寛容《かんよう》するということなのか。

「まあ、つまらない男だったら反対する前に潰《つぶ》すつもりですけど」

……前言撤回《てっかい》だ。全然寛容ではない。

「……そなた、本当に父親になったら娘に嫌われるぞ」

リザはぽつりと思いついたことを口にした。すると、ティムは水色の瞳を見開いて慌てたように頬を染めた。

「どうかしたのか？」

「いえ、子供がリザ様に似ていたら……と想像してしまって」

ティムはふわふわとした笑みを向けてきた。リザは顔に血が上《のぼ》るのを自覚した。

「……気が早いぞ」

リザが睨《にら》むとティムはきっちりと背筋を伸ばした。

「失礼しました。少々浮かれておりました」

「そのようだな。それに私に似るとは限らぬのだから、その想像は間違いだ」

リザはそれだけ一息で告げるとティムから顔を背《そむ》けた。

「……とにかく、兄上に会いに行く」

なんとなくティムがまだ笑いを堪《こら》えている気がしたが、それを確かめるのもしゃくだったのでリザはそのまま歩き出した。


リシャールは自分の執務室で仕事をしていた。

机に向かっていたリシャールはリザたちに気づくと素早く立ちあがった。

「二人してわざわざ挨拶《あいさつ》に来てくれたのか？」

リシャールはリザとティムを見て用件を察したのだろう。

「ええ。先ほど父上にご報告したので、兄上にもと」

「そうか。無事に決まったのなら良かった。二人ともおめでとう」

リシャールの言葉にティムは恭《うやうや》しく一礼する。リザもにこやかに応じる。

「ありがとうございます。兄上の先を越してしまって申し訳ありません」

「そうだな。次はオレだとあちこちから言われるのだろうな」

リザは予想外に穏やかな様子に疑念を抱《いだ》いた。

父からアニアを口説くように命令されて、さぞかし悩んでいるだろうと予想していたのだが。妙に兄上の機嫌が良さそうに見える。何かあったのだろうか？

「昨日はお茶会のあと、どうなさったのですか？」

「ああ、ジョルジュが寒いと騒ぐからオレの部屋で少し話をしたくらいだ」

「アニアも一緒に？」

「そうだが。誰かから聞いたのか？」

「アニアと進展があったのか父上が気になさってました。あったのですか？」

リザが首を傾《かし》げながらそう答えると、リシャールは溜め息をついた。

「あるわけないだろう。父上が何かおっしゃっていたのか？」

リザは肩をすくめた。

「父上からの伝言です。舞踏会が終わるまでは待つと。間に合わなかったらアニアとジョルジュ兄上との縁談を進めるそうです。王命ならば二人とも従うしかないでしょう。……それでいいのですか？」

リザの問いにリシャールはふいと顔を背けた。

「いいも悪いもないだろう。話がそれだけなら……」

そこでティムが穏やかに問いかけた。

「殿下。あなたが我が従妹をお望みでないのなら、国王陛下からお話があった段階で断っていらしたはずです。すでにお心は決まっているのではありませんか？」

リシャールはティムに鋭い目を向ける。けれどティムは意に介さないように笑みを浮かべている。

「迷うのはご自分が望めば無理が通るお立場だからですか？　確かにそうでしょう。だからこそ陛下はおっしゃったのではありませんか？　無理強《じ》いしたくないなら相手の気持ちを確かめるようにと」

ティムの言葉にリシャールはさらに眉間《みけん》の皺《しわ》を深くする。

「……気持ち？」

「相手が何を考えているか、確かめもせずにわかる人なんていません。それを知るためにはまず彼女と話す機会を多く持ってください」

「……そんなことでいいのか？」

リシャールは金褐色《きんかっしょく》の目を瞠《みは》る。

「そもそも会話のない相手をどうやって理解するのですか」

一介の文官であるアニアと王太子が個人的な会話を持つこと自体、よほど互いが望まないと起こりえない。口説く以前の問題だ。

「だが、オレはジョルジュのように気《き》の利いた世辞や、洒落《しゃれ》た会話はできないぞ」

「必要ありません。兄上がいきなり機知《エスプリ》に富んだ言い回しとか、詩的な比喩《ひゆ》を使ったりなさったら気持ち悪いです。正直に思うことを伝えればいいんです」

それを聞いたリシャールは思いもしなかったと言わんばかりに問い返してきた。

「……そうなのか？」

救いを求めるようにティムに顔を向ける。ティムは静かに微笑みながら頷いた。

「背伸びして格好をつけるよりも、多少不慣れでも正直なほうが好ましいでしょう」

リシャールは本気で驚いているように見えた。大げさに見えるほどはっきり動揺している。

もしかしてリシャール兄上は、女性を口説くにはジョルジュ兄上のような装飾過多の甘ったるい文句を並べ立てなくてはならないと思っていらしたのではないか？

「そうなのか……。だが、一つだけ聞いてもいいか？」

リシャールはリザとティムを交互に見てから少し不満そうに問いかけてきた。

「人の心の内はわからないはずだろう？　どうしてオレが一度も口にしていないのに、そなたたちも父上も、オレがアナスタジアのことを気にかけているのを知っているのだ？」

「……なんとなく？」

リザはアニアの口ぶりを真似て答えた。ティムが我慢できなかったのか盛大に吹き出してしまい、リシャールはまだ納得していないようだが、それ以上追及しなかった。

……そもそも他の女性を寄りつかせないくせに、アニアにだけはご自分から話しかけておいて、どうして知られないと思っていたのか。

……とは口にできるはずもなかった。本人はあれでも隠していたつもりなのだろうから。

二人は執務室を出たあとでお互い顔を見合わせた。

「手強《てごわ》いですね」

「……もう一押し必要かもしれぬな」


リザの私室に戻って二人揃って一息ついたところで女官がやってきて、ベアトリス王太后《おうたいごう》の来訪を告げてきた。

「お茶会も終わったので、そろそろ私は城へ帰ることにしました。あなた方のご婚約も決まったことですし、いい頃合いでしょう。それから、例の舞踏会には出席することにしました。お披露目《ひろめ》を楽しみにしています」

ベアトリス王太后はどうやらリザの婚約者が決まるのを見届けようと王宮に滞在していたらしい。リザの隣に控えているティムにも目を向けて優しく微笑みかけた。

「ありがとうございます。お名残惜《なごりお》しいですが、またお会いできるのを楽しみにしています」

あまり王宮の公式行事に出てこないベアトリスが、リザのために舞踏会に出てくれることは嬉しかった。

そこへ今度はメルキュール公爵ジョルジュが訪ねてきたと女官が伝えてきた。

「あら、もうそんな時間かしら。城まで送ってもらう約束をしていたのです」

ベアトリスがそう言うと、ちょうど部屋に入ってきたジョルジュが大げさに一礼した。

「麗《うるわ》しきベアトリス様をお送りする光栄に浴した、幸運な男でございます。浮かれて早く来てしまいましたので、まだまだお急ぎの必要はございません」

「……ジョルジュ兄上の馬車で気疲れなさらないとよろしいのですが」

口の滑《なめ》らかさに定評のあるジョルジュと同じ馬車で移動など、リザは耐えられそうもない。

けれど、ベアトリスは柔らかい笑みを浮かべる。

「そんなことはありませんわ。陛下のお若い頃を思い出して懐かしい気持ちになります」

彼女の言う陛下とは、夫であった先代国王ジョルジュ四世のことだ。

ああそうか、ジョルジュ兄上はお祖父様の名前をいただいた上に、面差《おもざ》しも似ているらしい。

リザは祖父のことは伝聞でしか知らないが、アニアが以前そう言っていた。

確かにベアトリスはジョルジュと話すのが苦にならないようで、お茶会でも話が弾《はず》んでいた。

ジョルジュは嬉しそうに目を細める。

「僕の魅力をわかってくださるのはベアトリス様だけです」

「その魅力は非常に人を選ぶようですね」

リザが皮肉で返すと、ジョルジュは自慢げに笑う。

「わかる人にはわかるってことだよ」

「そういえば兄上の仕事はもうよろしいのですか？」

ジョルジュはティムと一緒にステルラからの客人を案内していたはずだ。今日はティムがその仕事を外れているのに忙しくないのだろうか。

「今はお客人たちはブランシュ侯と話し合い中だよ。一応我が国はこの件は傍観の立場だから」

「ステルラの内政事情ですか」

「そういうこと。今の情勢ではステルラ王が帰国されたら困る。アルディリアの手に落ちても困る……ってことかな」

リザは漠然とした不安を感じた。

今ステルラでは王政復活を主張している一派が勢力を増やしている。王政に戻って長く友邦であったアルディリアとの関係を改善するべき、という主張だ。

その裏にはアルディリアと、亡命中の王弟ルイ・シャルルが絡んでいる。

「大丈夫ですよ。王政派はただの寄せ集めの集団に過ぎませんから」

ティムがそっとリザに囁く。

「……そうだな」

ジョルジュが二人の方をじっと見てから、思い出したように手を打ち鳴らした。

「そうだった。リザ、婚約が内定したそうだね。いやー、マルク伯爵は可愛げがないくらい叩いてもホコリ一つ出ない立派な人物だから良かったね」

「どれだけ叩いたんですか……」

おそらくジョルジュは他の貴族の子弟たち同様にティムの身辺も調べたのだろう。ティムも笑顔がいくらか引き攣《つ》っている。

「いいよねー。みんな幸せで。リシャールも何やら上機嫌だったし。僕も幸せが欲しいよ」

リザはそれを聞いて思い出した。確かに、リシャールは落ち着いていて機嫌が良さそうだった。

「リシャールの上機嫌の理由知りたくない？　知りたいよね？」

「……というより、兄上が言い触らしたいだけでしょう」

「それがさ、さっきリシャールがアニアちゃんの事務室に行ってたらしいんだよ。秘書を追い出して二人きりで事務室で何やってたと思う？　チェスの勝負だってさ。おかしくない？」

「おかしいのはそんなことをご存じな兄上です」

リザは冷淡に返したが、おそらくそれは彼の配下の諜報《ちょうほう》部隊《蜘蛛《くも》》の仕事だろう。王族には専属で付けられていると聞いていた。リザにも付けられているはずだが、彼らの気配がわかったことは今まで一度しかない。

というより、私たちが言うより前にリシャール兄上はアニアに会っていたのではないか。何の話をしていたのかは知らないが、思ったよりあの二人は親密なのではないか？

「いいじゃん。アニアちゃんのこと心配してるだけだよー？」

「あらあら。あなたはクシー女伯爵のことがお気に入りなのですか？」

ベアトリスが意外そうに問いかけてきた。ジョルジュははっきりと目を輝かせる。

「彼女、根性があって面白いんですよ。だけど、一度振られていますからね。野暮《やぼ》なことはしませんよ」

そう答えてから、ふっと真顔になった。一瞬だけだが、リザはそれを見て嫌な予感がした。

「……兄上。また何か企んでますね？」

「いや、僕が企まなくても、そのうち面白いことになるかも」

ジョルジュは薄っぺらい笑みを浮かべる。

「雨降って地固まる、って言うじゃない？」

「……本当に固まるのですか？　またアニアを危険な目に遭《あ》わせるのなら……」

リザの視界の端でティムが黙って剣の柄《つか》に手を伸ばしているのが見えた。ジョルジュは慌てた様子で首を横に振る。

「いやいやいやいや。大丈夫だよ。今回はちゃんと介入させるから」

以前アニアが国外逃亡を図った貴族に連れ去られそうになったとき、彼女に付けられていた

《蜘蛛》はそれに介入しなかった。メルキュール公爵家はあくまで王家を守る存在であり、それ以外に対しては傍観という立場だったから。

だめだ、悪い展開しか思い浮かばない。この人が面白いと言い出したらろくなことにならない。

リザはジョルジュがベアトリスと出ていくと、すぐに女官を呼んでアニアの所在を調べさせた。けれど、彼女は秘書を連れて王宮の外に出たということしかわからなかった。

「私も調べてきましょうか？」

ティムがそう問いかけてきたが、彼もそろそろ仕事に戻らなくてはならないだろう。

「大丈夫だ。今日はお茶の時間を共にする約束をしている。何も連絡がないのなら大げさに心配するほどではない」

何も言わずに約束を違《たが》えるようなアニアではない。だから大丈夫だ。

リザはかすかな不安を押し込めようと内心でそう繰り返した。

「お隣に座っても？」

不意にティムがリザの隣に腰掛ける。

「……ティム？」

仕事に戻らなくてもいいのかと言いかけて、彼の水色の瞳を見た。

「もう少しだけお側にいます。だから、安心してください」

穏やかな笑みにリザは握りしめていた指をゆっくりと解いた。

隣に誰かが寄り添ってくれるだけで、さっきまでの焦りが薄れていくような気がした。

「ジョルジュ様に仕返しするときは、ご協力しますからね」

そう言われてリザは、ふっと口元を緩めた。

8

　リシャールとチェスの勝負をしたあとで、アニアはバレーを連れて王都の大通りを歩いていた。

　リザとティムの婚約祝いを手配しようと思い立って、午後の仕事を早めに切り上げて王宮を出てきたのだ。

　馬車は帰りの時間を告げて帰らせたけれど、護衛は目立たないように少し離れてついてきている。昼間のこの時間なら表通りは比較的治安がいいし人通りも多い。それでも危険がないとは言い切れない。

　ふと半歩前を歩いていたバレーが足を止めた。

「このあたりなんです。もう建物は残っていないようで」

　バレーはぐるりと美しく整えられた通りを見回した。

「もしかして、ご両親が暮らしていたお家？」

「ええ。二十年前の戦争で被害を受けて建て直されたそうです。あっけないものですね」

思い出の欠片《かけら》もない場所に思い入れはないのか、バレーはさっさと歩き出した。

「あなたには親族はもういないの？」

「……アルディィリアにいるとは聞いています」

「アルディィリアに？」

確かにバレーの肌の色は少し赤みがある。オルタンシア東部からアルディィリアにかけてそうした肌色の人が多い。

「私の母方の祖父はアルディィリアからの移民だそうですから」

「そうなのね。きっとご苦労なさったのでしょうね」

アルディィリアはオルタンシアの隣国で、あまり良い関係ではない。むしろ現在は険悪だ。アルディィリアに親族が居《い》ても簡単に会いには行けないだろう。

「まあ、一度も会ったことのない身内より、クシー領で得た友人知人のほうがよほど大切ですから、ご安心ください」

「あなたは大事な領民の一人ですもの。信じているわ」

アニアがそう言うと、バレーは嬉しそうに大きく頷いた。

目当ての商店で二人への贈りものを無事に手配できた。

バレーは買い物の間戸惑《とまど》ったような顔をしていたので店を出る前にアニアは問いかけた。

「何か言いたいことがあるのかしら？」

「王女殿下へのご婚約のお祝いが書物でよろしいのですか？　もっと可愛《かわい》らしいものがよろしいのでは？」

アニアはリザが好みそうな書物を注文していた。ティムには新しい剣帯と短剣を贈ることにした。装丁はティムの髪色に似た赤銅色《しゃくどういろ》の革にした。紋章を彫り入れてもらうよう注文したので装丁が仕上がるころには届けられるだろう。

「一番喜んでいただけるものにしただけよ。問題ないわ」

装飾品やドレスのような身につけるものは婚約者が選ぶべきだと思うし、新居の調度などはおそらく父親である陛下が気合いを入れていらっしゃるはずだもの。

だから、アニアは何か他に手元に置けるような婚約の記念になるものを贈りたいと思った。

「……まあ、書庫に足繁《しげ》くいらっしゃるからそうだろうとは思いましたが」

バレーもなんとなくリザの性格を把握《はあく》したのだろう。諦《あきら》めたようにそれ以上言わなかった。

ふと見ると、バレーは何やら包みを抱《かか》えていた。待ち時間に彼も買い物をしていたらしい。

「何か買ってきたの？」

バレーは大きく頷いた。

「ええ。やっと手に入りましたよ。マダム・クレマンの『かまきり伯爵《マント》の陰謀《いんぼう》』。今凄《すご》く流行《はや》っているらしくて。王宮の書庫にはこういう庶民向けの本は置いてないのでしょうね」

アニアはなんとか笑顔を取《と》り繕《つくろ》った。

「……そうね。さすがにそういう本は置いていないわ」

確かに庶民向けの紙表紙の書物は王宮には置いていない。けれどティムが貴族向けに作ったその作品の特装本はバレーが仕事をしている机の背後にあるのだとは言えなかった。

「これを書いた人は貴族だと思うんですよね。春のランド伯爵の事件を元にしているという噂《うわさ》ですし、舞踏会の場面も居合わせていたように詳細《しょうさい》なんですよね。けど、貴族名鑑にはクレマンという家名はなかったし……」

「調べたの？」

「ええ。知りたいと思いません？　きっと社交界の華《はな》みたいな色っぽい貴婦人なんでしょうね」

バレーは満面の笑みで答える。期待を裏切るのが申し訳ないので、さすがに自分だと名乗り出ることはできなかった。

商店を出たところで正面に一台の馬車が停められていた。

待ち構えていたように扉が開いて、降りてきたのは三十代半《なか》ばのがっしりした体格の男性。

「シェーヌ侯爵……」

「これはこれは、クシー女伯爵。今日はお買い物ですか？」

「ええ。友人への贈りものの手配に」

ティムとリザの婚約が内定したことはすでに王宮内で噂になっており、近日中に国王から正式発表されると聞いていた。

シェーヌ侯爵はアニアの又従兄《またいとこ》に当たる。侯爵は再三アニアに彼の弟をリザへ売り込んで欲しいと言ってきていた。それから会っていなかった。

おそらくリザ様の婚約の話は彼の耳にも入っているのではないかしら。

けれど、相手は気落ちしている様子もなく、むしろ楽しげに見えた。

「そうですか。実は折り入ってあなたに相談があるのでお待ちしていたのです」

待っていた？　と言うことは王宮を出たところから見張られていたのだろうか。今日の予定は思いつきで決めたから誰かが事前に知っていたはずがない。

「相談……？」

次の瞬間にシェーヌ侯爵の手がアニアの腕を摑《つか》んだ。そのまま馬車に押し込もうとする。

「アナスタジア様」

バレーと護衛たちが駆け寄ろうとするのが見えたが、馬車の周囲に控《ひか》えていた男たちが彼らを取り囲んだ。

「何のつもりですか」

「大人しく来ていたければ、彼らにも何もしませんよ。親族同士お話をしたいだけです」

彼らにも。つまり、ここで騒ぎにしたらバレーたちに危害を加えるということか。アニアは抵抗を諦めて馬車に乗り込んだ。

「わたしに何をしろというのです？」

がくんと大きな揺れが来た。馬車が動き出したのだ。

シェーヌ侯爵は満足げに笑っている。

「ひとまず我が家においでいただく。話はそれからでもいいでしょう」

「勝手なことをおっしゃらないでいただけますか。わたしが王宮に戻らなければすぐに騒ぎになりますわ」

シェーヌ侯爵は苦々しい表情で舌打ちした。

「文官一人が姿を消したからといって、そんな騒ぎになる訳がないだろう」

「お茶の約束をしている方がいます。連絡もなしに反故《ほご》にできないお相手だと申し上げればおわかりでしょうか？　その方が動けばただでは済みません。わたしも親族を告発したくありませんから、強引なやり方はおすすめしませんわ」

はったりではない。今日はリザの部屋でお茶をすることになっている。だから、それまでに買い物を済ませて戻るつもりだった。

シェーヌ侯爵は大きく息を吐いた。

「……やれやれ。なかなか狡猾《こうかつ》なお嬢様だ。クシー家に君のようなご令嬢がいるとは全く知らなかった」

「褒《ほ》め言葉ではありませんよね？　それは」

意のままにならないからといって、狡猾だのと言われて喜ぶ人はいない。アニアは馬車が屋敷の敷地内に入っていくのに気づいた。

「マティアスとは会ったことがあったかな？　一時王都で働いていたのだけれど」

「いいえ。お会いしたことはありませんわ。マルク伯爵なら存知上げているかもしれません」

「なるほど、君はあの男と繋《つな》がっていたのか。バルト家と君の家は絶縁状態だと思っていたのだが」

「確かに家同士は不仲でしたけれど、従兄妹《いとこ》として交流は続けていましたから」

ティムは家同士の関係が悪化してもアニアのことを気にかけてくれていた。アニアが困ったときには助けてくれた。

クシー家が借金で傾いていると知ってさっさと逃げたシェーヌ侯爵よりも信頼して当たり前ではないかと思う。

「ならば、王女殿下の婚約者が決まったことも知っているのだな？　これでマティアスの婿入《むこい》り先を探さなくてはならなくなった」

マティアスは先代シェーヌ侯爵の末の息子だ。長子が家督《かとく》を継いだら他の兄弟たちはそれぞれ独立するのが普通だが、マティアスはまだ残っている。歳格好はティムと変わらない。おそらくは持て余されているのではないだろうか。

「それは大変ですわね」

「どうだろう？　マティアスを君の婿にするつもりはないかね？　もちろん見返りはする。君の家の借金返済を手伝おうではないか。悪い話ではないだろう？　元々君の父親は借金のために君をろくでもない金持ちに嫁《とつ》がせるつもりだったのだから、今も困っているのではないのかね？」

　足元を見るかのような笑みを見て、アニアはやはりこの人は信用できないと思った。

「お断りします。それに陛下がこのようなお話を認めてくださるとは思えません」

　貴族の結婚は王の裁可が必要だ。ほとんど形式的なものだとはいえ、国王ユベール二世はアニアの結婚相手はよほどの者でないと認めないと言っていた。おそらく介入《かいにゅう》してくることだろう。

　皮肉なことにマティアスの身辺はリザの婚約者候補になった時点で調査されている。

「本人たちの意思があれば、認めるしかないのではないかな。先に既成事実を作ってから裁可を求めるという方法もある。それに、君が連れていた従者たちのことはどうする？」

　彼らの命を盾《たて》に頷かせようというのだろうか。アニアは相手に向き直った。

「相手を脅《おど》さないと結婚してもらえないなんてマティアス様は残念な方ですわね。わたしはご自分で求婚することもできない殿方と結婚するつもりはありません。……もしそれであなたが彼らに危害を加えるのなら、後でそれ相応の仕返しをさせていただきます」

　アニアは膝の上に置いた手をきつく握りしめる。

本当は誰かが自分のせいで傷つけられるのは嫌だ。けれど、アニアが頷いたところで彼らを無事返してくれる保証はない。そこまでこの人を信じられない。だから抵抗する。

「そうすれば、わたしが誰の孫なのか、思い知ることになるでしょう」

祖父譲《ゆず》りと言われた青い瞳で相手を睨《にら》むと、シェーヌ侯爵はわずかに動揺を見せた。

「……いや、まさか。そんなはずはない」

自分に言い聞かせるように小さく呟いたのが聞こえた。シェーヌ侯爵は祖父のことを知っているはずだ。祖父に似ているアニアを見て、思いだしたのかもしれない。

馬車が停まる。差し伸べられたシェーヌ侯爵の手を無視してアニアは馬車を降りた。見覚えのない館だが、あちこちに飾られている紋章からしてシェーヌ侯爵家の本邸だろう。

出迎えに一人立っている男を見て、シェーヌ侯爵は眉《まゆ》を寄せた。

「……どういうことだ？　貴様は呼んでおらぬぞ。家令はどうした？」

相手は冷ややかな笑みを浮かべてシェーヌ侯爵を無視するかのようにアニアを見た。

アニアは驚愕《きょうがく》に凍りついた。栗色の髪と赤みがかった肌。ただ、その険《けわ》しい雰囲気は商人にはとても見えない。

どうしてこの人がここに……。

その男が手で合図した瞬間、物陰に隠れていた男たちが剣を構えて向かってきた。

「全員捕らえろ。そのご令嬢は別だ。丁重《ていちょう》に扱《あつか》え」

「貴様、たかだか商人風情《ふぜい》が、このようなことをしてただで済むと思っているのか」

「その商人風情に利用されるような愚《おろ》かしい貴族に言われたくないものだな」

「何だと？」

シェーヌ侯爵が男に向かって叫ぶ。どうやらこの男と繋がりがあるらしいが、素性《すじょう》までは知らないらしい。

……商人？　そういえば先日王太子殿下が言ってらした。

『ステルラの諸侯《しょこう》たちと頻繁《ひんぱん》に会っているということだ。アルディリア出身の商人という肩書きで』

もしかしたら彼はシェーヌ侯爵に対してもその肩書きを使って接近してきたのかもしれない。

彼の領地はステルラとアルディリア両国に接している。ステルラにいるはずの彼が接触してきてもおかしくはない。

オルタンシア先代国王の第四王子。現国王ユベール二世の腹違いの弟ルイ・シャルル。

王位継承戦争に敗れたあとも、亡命先から虎視眈々《こしたんたん》と王位を狙《ねら》っている人物は、アニアを見て尊大な笑みを浮かべる。

「久しぶりと言うべきかな？　穴熊エドゥアールの孫娘。今度は田舎者《いなかもの》のふりをしても欺《だま》されないよ」

……シェーヌ侯爵よりもこの人の方がきっと手強《てごわ》い。

そして、ここにこの人が現れるというのなら、きっと狙いはアニア自身なのだろう。

以前、ジョルジュが言っていた。アルディリアの女王がアニアに興味を持っているという噂。それを思い出した。

……やっとわかった。わたしがアルディリアに興味を持たれる理由はきっと、ステルラ絡みだわ。


「ようこそ。今は女官ではなく、クシー女伯爵なのかな？」

余裕の表情で椅子に座っている男。その両側には剣を下げた護衛らしき男たちが付き従っている。どうやら彼らは主《あるじ》が不在中にこの侯爵邸を制圧して、我が物顔で使っているらしい。

栗色の髪と均整の取れた逞《たくま》しい体つき、アルディリアに多い少し赤みがかった肌色。そして一見穏やかそうではあるが油断ならない目をしている。

アニアはこの人に直接会ったことがある。春先の舞踏会にアルディリア王子の随員《ずいいん》に紛《まぎ》れていた。そして、そこでアルディリアの王子を暗殺してその罪《つみ》をオルタンシアに着せようと企《たくら》んでいた。

幸い事前に得た情報で企みは止めることができたが、このことを明らかにして他国の使者を捕らえればアルディリアにこちらを非難する口実を与えることになる。だから彼をアルディリアに戻すしかなかった。

その後隣国は新国王としてソニア女王が立ち、ガルデーニャ王国との国境戦争を始めたりしていたが、彼の消息はアニアの耳には入ってこなかった。つい最近までは。

どうしてこの人がここにいるの。ステルラで何かしていると聞いていたのに。

それに、シェーヌ侯爵家は親アルディリア派ではない。ルイ・シャルルに関われば謀叛《むほん》の疑いをかけられかねない。そんな危険を冒すとは思えない。シェーヌ侯爵はルイ・シャルルの顔を知らなかったのではないだろうか。

アニアはふらつかないように膝に力を込めて、相手を睨んだ。

「あなたには二度とお会いすることはないと思っておりましたわ」

アニアはそう答えながら、頭の中には全く別のことが浮かんでいた。

それとも、会う必要があったのかもしれない。お祖父《じい》様がわたしに残した記憶の意味を知るためには。

「侯爵はどちらに？」

「お部屋で休んでいただいているよ。今はお加減が悪いそうだ」

彼らは先刻この人の部下たちに捕らえられてアニアの従者たちと一緒にどこかに連れて行かれた。

おそらくシェーヌ侯爵は持て余していた末の弟の婿入り先にアニアを狙ってきただけなのだろう。元々そのつもりで再三アニアの所に来ていたのかもしれない。相手は小娘と侮《あなど》って脅せば何とかなるとでも思ったのだろう。

彼らの思惑《おもわく》はルイ・シャルルにとって好都合だった。シェーヌ侯爵を利用すればアニアを誘い出すなり連れ出すなりできるはずだから。そして、アニアに何かあったとしてもその容疑はシェーヌ侯爵に降りかかる。

「お加減が悪くもなりますわ。お家をあなた方に占拠《せんきょ》されてしまっていては」

この家の使用人たちも捕らえられてどこかに閉じ込められているらしい。周りは彼の部下らしい男たちが見張っている。こうなると脱出は簡単ではないだろう。

アニアは冷静に観察しながら問いかけた。

「ところで、今日はあなたのことを何とお呼びすればいいのですか？」

前にアニアが会ったとき、彼はマルティン・バルガスと名乗っていた。アルディリア宰相《さいしょう》の息子という肩書きで。バルガス宰相は昔、彼の教育係としてオルタンシアにいたことがある。その繋がりだろう。

彼は他にもいくつかの身分と偽名を使って陰謀《いんぼう》を巡《めぐ》らせていたらしい。

オルタンシア国王の座を狙っている彼はアルディリアにとって都合のいい存在だ。彼がいる限りいつでもオルタンシアに騒動の種を蒔《ま》くことができるし、使えないならば切り捨てることもできる。

だからこそ、彼自ら率先して動いているのだろう。

すでにユベール二世の即位から二十年が経ち国内が安定しているのに、王位を主張するのは執念でしかない。

アニアの推察通りなら、この人が本物の王子ではないことをアルディリア側は知っている。赤子のすり替えを行ったのはアルディリア人の取り巻きたちだったのだから。

そして、彼らは自分たちに都合がいい思想をルイ・シャルルに植え付け、王位を狙うように唆《そそのか》した。

お祖父様とベアトリス様はそれを止めようとしたけれど、ルイ・シャルル王子は自分を肯定して甘い言葉を告げてくれる相手に傾いてしまったのだろう。

……お祖父様の言葉も届かなかったのに、わたしにできることがあるのかしら。

けれど、お祖父様の望みがそこにあるのなら、まだこの人に屈《くっ》する訳にはいかない。

「どうとでも呼んでくれたまえ。今日は君と取り引きをしたくてね」

「取り引き？」

「近いうちにブランシュ侯が亡くなる。君に次の『ステルラ王』になってもらいたい」

「……どういうことですの？」

「ブランシュ侯は数年前から病を患《わずら》っているそうだ。侍医の話ではあと三月も持たないと。だからこそ称号を譲りたいと言い出したのだろう。何なら刺客を送りつけてそれを早めてもいい」

「なんてことを……」

ブランシュ侯は高齢ではあるが、王宮で見かけたときはどこかを悪くしているようには見えなかった。誰かの手を借りなくても自分で歩いていたし、顔色も良かった。それでもどこかに病を抱えていたのだろうか。

「君にはこのままステルラに向かってもらう。ブランシュ侯が亡くなると同時にステルラの新女王として王政の復活を宣言するんだ」

アニアはあまりのことに言葉が出なかった。ステルラの新女王？ 自分が？

ありえない。そんなことができる訳がない。ステルラの王は祖国に戻ってはいけないとブランシュ侯爵は言っていた。

今のステルラの政治体制は暴虐《ぼうぎゃく》な国王に抵抗して、あの国の諸侯たちが作り上げたものだ。今更《いまさら》追放された王族が理由もなく帰国して王政を復活させては彼らの努力を台無しにする。

アルディリアが復活させたいのは、属国として都合のいいステルラ王国だ。そのために傀儡《かいらい》として利用できる王を立てたいと思っているのだろう。

つまり、ステルラ王が帰国することはあの国の人たちには利益がない。

「取り引きとおっしゃったけれど、それではわたしには何も利がありません。取り引きとは呼べないのでは？」

それにもしアニアがこの話に乗れば、オルタンシアとステルラが結んできた関係は破綻する。オルタンシアはステルラがアルディリアの支配を受けないように同盟を結んで援助してきたのだ。

アルディリアに都合がいい王政復活に加担すれば、クシー伯爵家は完全にオルタンシア王家への逆賊《ぎゃくぞく》になる。アニアが守りたかった領地と領民も見捨てることになる。せっかくリザとの婚約が決まったティムにも累《るい》が及ぶかもしれない。

……何もいいことはないのに、何故《なぜ》取り引きだというの。言葉の意味を取り違えているわ。

「君はオルタンシアの王妃になりたいのだろう？　私に協力すればそれを叶《かな》えてやれる」

さも確実なことのように語る男にアニアは怒りを隠しきれなかった。

「王妃？　わたしがいつそのようなことを申しましたか？」

「君は王太子に上手《うま》く取り入っているそうじゃないか。まず王女に近づいて、次は王太子。意外に野心家だと感心したのだがね。だが、もし私の手を取るというのなら、ステルラ女王の座とオルタンシア王妃の座を両方手に入れられる」

王妃？　つまり、この人がこの先オルタンシア国王になるときには妃《きさき》にしてやるってこと？　誰がそんなことを望んだというの？

この人がわたしを狙ってきた理由がわかってきた。ステルラ王の継承者候補の中に独身女性は一人しかいないからだ。この人はステルラ女王の夫におさまって、アルディリアが無視できない立場を手に入れるつもりなのだ。

そして、アルディリアはステルラの港を手に入れて、いずれそれを足がかりにオルタンシアに戦争を仕掛けてくるだろう。最終的にはオルタンシアを支配下に置いてルイ・シャルルを王に据《す》えるのが狙いだろうか。

祖国とステルラをアルディリアの属国にしてしまうつもり？　そうまでして王位に就きたいというの？　この人の目は一体どこに向いているの？

「所詮《しょせん》アルディリアの属国になった上でということでしょう？　そんな地位のどこが利益だと言うのですか？　わたしは今の国王陛下の御代《みよ》が平穏に続くことを望んでいます。誰も彼もが野心家だというのは偏見《へんけん》ではありませんか？」

ルイ・シャルルはアニアの言葉に眉をつり上げた。

「なるほど。まあ、君が拒否するのも想定済みだ。要はこの国からクシー女伯爵が出たことが証拠に残ればいいのだから」

つまり、国境を越えるまでは生かしておくということ？　その後は人前に出さないか替え玉を使うとでも？

確かにステルラの人たちはアニアの顔など知らないのだからどうにでもなるだろう。そして替え玉の夫としてステルラを牛耳るつもりだということね。

最初から取り引きでもなんでもないわ。単に自分の目的のためにアニアを捕らえて利用しようとしているだけのことだ。紳士的な態度なのは自分の立場が上だと思っているから。

「そうまでして、王になりたいのですか？　あなたの起こした戦争にどれだけの人が巻き込まれたことか。それをまたステルラで引き起こそうというのですか？」

「愚問《ぐもん》だな。王族に生まれたからには王になる覚悟は必要だろう。兄がいたからといって、彼らがふさわしくないのならそれを正すのも王族としての義務だ」

「……ふさわしくないと誰が決めるのですか」

「君は私の兄たちが次々亡くなったのは、知っているかね。残った三番目の兄も落馬事故で足を悪くなさった。天が彼らは王にふさわしくないと告げていたかのように」

先代国王ジョルジュ四世が病に倒れたころ、当時の王太子と第二王子が亡くなっている。それぞれ事故死と病死とされているが、状況から暗殺であった可能性も否定できない。

第三王子、現国王ユベール二世も同じ頃事故に遭っている。馬が突然暴れたというが、馬に薬物が使われていたと報告されていた。確かに祖父の記憶の中でも当時ユベール二世は足を引きずっていた。かなりの重傷だったのだろう。

おそらくアルディリアはルイ・シャルルを担《かつ》ぎ上《あ》げるために彼の兄たちを害そうとしたのだ。

王位というものがそれほど良いものなのかどうかアニアにはわからない。けれど、多くの民の生活を守り、国を繁栄させる責任を負うのは楽ではないはずだ。

なのに彼は自分が王になるのが正しいと言うだけで、そうした責務を口にはしない。

「……では自分には資格があるから王になるとおっしゃるの？　それが目標だと？」

「この国の王になること以上になんの目標が必要だと言うのかね？」

……目標？　では王になって何をするというの？

ユベール二世も王太子リシャールも自分が統治者としてあるべき姿を考えているように思えた。

祖父の記憶の中でユベール二世は、ルイ・シャルルのアルディリアに阿《おもね》る考え方を耳にして即位することを決意したと言っていた。

隣国に傾倒する彼が即位すればオルタンシアがどうなるのか。それを考えたのだろう。

王になることと王であり続けることは違う。この人はその先まで考えているのだろうか。

単に自分の敵を全部やっつけるという子供じみた動機ならば、危ういとしか言いようがない。

敵か味方かというものの見方しかできないと、祖父が記憶の中で言っていた。おそらく彼は苦言を呈する人たちを敵だと見なしてしまったのだろう。

「あなたが王位に就くのを天が認めているなど、それこそ傲慢《ごうまん》ではありませんの？　あなたは国を混乱させ、民に大きな被害を出しただけです。それに、あなたが隣国に逃《のが》れた後も王太后様は国民から悪女の誹《そし》りを受けています。まだこれ以上の騒乱を持ち込んであの方を悲しませるのですか？」

「……悲しむ？　わかったようなことを言わないで欲しいな。これは母のためでもあるのだ。

周りは私が父に似ていないから、母の不義を疑っていた。私が立派な国王になって父の子であると示せば母の汚名を雪《すす》ぐことができるではないか。なのに、母は私に王位を望むなと言い続けていた」

ルイ・シャルルは自分が父に似ていないことで、母を疑う声があったことを知っていたらしい。それさえも取り巻きたちは上手く利用して彼に暗示をかけたようだ。母のためにも王位を狙うべきだと。

そうやって巧妙に彼の自尊心を持ち上げて、疑念を詭弁《きべん》で覆《おお》い隠《かく》して、彼を唆してきたのだろうか。長い間そう教えられてきた彼の考えを変えることは難しいにちがいない。

「やはり君を見ているとあの不遜《ふそん》な穴熊を思い出す。奴《ヤツ》は私が何を言っても否定してきた。君もまた同じということか。残念だ。まあいい、眠っている間にステルラに着くから、君は何の心配もしなくていいよ」

ルイ・シャルルはそう言いながら部下に指示するためにか背後に目を向けた。

「君はいい加減大人になった方が良いと思うね。僕は」

唐突にのんびりとした声が響いた。その声の主《ぬし》が誰なのかアニアは気づいた。同時にルイ・シャルルの背後に控えていた二人の護衛のうち一人がもう一人を引き倒した。

そのはずみで男が被《かぶ》っていた鬘《かつら》が落ちて、長い栗色の髪が見えた。

え？　バレーよね？　バレーってこんなに速く動けたの？

そのまま剣を抜いてルイ・シャルルに向けるまでの流れが別人のように全く無駄がない。

「何者だ？」

「初めまして、でいいのかな？　ニコラ。僕は君の兄だ」

堂々とした口調で、彼は空《あ》いていた手で前髪をかきあげる。その顔にルイ・シャルルが驚いたように顔を強《こわ》ばらせた。二人の顔と背丈はほぼ同じ、バレーの方が細いがこうして見ると紛《まぎ》れもなく一対の双子《ふたご》だと確信できる。

バレーは知っていたの？　双子の兄弟の存在を。それが誰なのかも。

「兄だと？　ふざけるな。私は……」

バレーは激昂《げっこう》するルイ・シャルルにやんわりと問いかけた。

「この顔を見ても信じられない？　僕と君は同じ日に生まれた双子の兄弟だ。君に会うのはきっと初めてだけれど。母は君にニコラと名付けて、一日たりとも忘れたことはなかったよ」

「一体何を言っている？」

ルイ・シャルルは動揺したようだったが、事態が飲み込めない様子で問いかけてきた。

「私はルイ・シャルルだ。父は先代国王ジョルジュ四世だ。貴様のような者は知らぬ」

「だから初めましてと言ってるじゃないか。君は生まれた日に賊《ぞく》に攫《さら》われたからね」

「攫われた？」

「賊は僕らの父と居合わせた産婆を殺して君を攫って行った。だけど彼らは知らなかったんだよ。僕らが双子だったってことを。そして、僕らの父親が当時の宰相エドゥアール・ド・クシーに仕《つか》えていたことを。エドゥアール様は全く違う場所で同じ顔の赤子を見て全てを理解した。

赤子を攫った者たちは王妃の産んだ子と君をすり替えたのだと。そして、同じ日に王妃に付けられていた《蜘蛛《くも》》が女の赤子を保護している。その子が本物の王の御子《おこ》だ」

ルイ・シャルルはじっとバレーを見据えていた。おそらく彼は全く自分と同じ顔をした男の存在を理解できなくて困惑している。バレーの言葉を否定するには彼らは似すぎている。

けれど、それを認めることはオルタンシア王子であることを否定することになる。

「……すり替えた？　何故そのようなことをする必要がある？」

バレーはアニアに目を向けた。アニアはルイ・シャルルに向き直ってはっきりと告げた。

「御子が女の子だったからです。当時、王女には王位継承権がありませんでした。そして、ベアトリス様は出産後の状態が良くなかったと聞いています。ベアトリス様の御子を利用してオルタンシア王家に影響力を持ちたい人々にはどうしても王子が必要だったのです」

バレーはにこりと口元に笑みを浮かべる。アニアがルイ・シャルルとバレーの関係に気づいていることを察していたのだろう。

「ある意味、その件で君には何の罪《つみ》もないよ。とはいえ、僕の大事な主人にふざけたことを言うのなら容赦《ようしゃ》はしない。ステルラ女王？　君の妃？　冗談じゃない。彼女の人生には君は必要ない。むしろ君よりも凄《すご》い人だからね」

ルイ・シャルルの自尊心を煽《あお》るようにバレーは言う。その手慣れた様子にアニアは違和感を抱《いだ》く。

こんな彼を見たことはなかった。バレーは一体何者なの？

そうだ。彼はさらっと《蜘蛛》という言葉を口にした。それはメルキュール公爵家が抱えている諜報《ちょうほう》専門の部隊だ。だが、貴族の間で密《ひそ》やかに噂になることはあっても市井《しせい》に知られてはいない。

彼はずっとクシー領にいたはずだ。それなのにさっき見せた身のこなしも専門の訓練を受けたような熟練感があった。自分が知っていたのは彼のほんの一部でしかなかったということだろうか。

扉の外の気配が慌ただしくなった。

「……貴様。何をした？」

「僕が一人で動いていると思っていたのかな？　彼女には護衛が他にも付けられていたんだ。見える護衛も見えない護衛もね。シェーヌ侯爵が動いた段階でこの館は囲まれているよ。すでに他の部屋も掌握《しょうあく》されている頃だろうね。大人しく捕まってくれるとありがたいね」

「無礼な。それが王子に対する態度か」

ルイ・シャルルは立ちあがって剣に手を伸ばそうとした。アニアは思わず目の前にあった茶器をルイ・シャルルの顔めがけて投げた。額に当たったそれに一瞬注意が逸《そ》れる。

同時にバレーが動いた。素早く抜き放った剣先がルイ・シャルルの手を斬《き》りつけた。取り落とした剣を足で蹴って遠ざけると、大きく息を吐いた。

「助かりましたよ。さすが我が主人」

そう言ってからルイ・シャルルの前にかがみ込んで襟首《えりくび》を摑む。

「だから、大人しくして欲しいって言ったのに。本当に君は大人になれてないね。隣国の力を借りてでも王になりたいとか、それって本当に天啓を受けた王なのかい？」

その問いにルイ・シャルルは戸惑ったように動かなくなった。

目の前にある同じ顔が彼の自信を揺らがせているのだろうか。

「自分に対する苦言からは目をそらし、都合のいいことしか信じない。それで誰を守れるの？　僕は君に会うつもりはなかったんだけど、僕の大事な主人に手を出したのは許せないからあえて言わせてもらう。君には王になる資質もないし、そして正統性もない」

バレーの最後の言葉は冷え冷えとした鋭い刃《やいば》のように厳《きび》しく響いた。

ルイ・シャルルは諦めたように椅子に座り込んだ。

「……本当に私はすり替えられたのか？　何故知っていたのに、エドゥアールは公表しなかったのだ？　そうすれば……」

アニアは動揺しているルイ・シャルルにそっと語りかけた。

「……できなかったのです。祖父がそのことを知った時、すでに王子誕生と触れ回られていた。そのあとで真実を公表すれば、ベアトリス様もあなたも王と民を謀《たばか》ったと罪に問われたでしょう。それにうかつに怪しむそぶりを見せれば、あなたを攫った者たちはあなたを切り捨てよう

とするかもしれない。祖父とベアトリス様はあなたを守ろうとしたのです」

祖父はすり替えられたルイ・シャルルを守ると共に、陰でベアトリスの実子ディアーヌを養女として、世間から隠して育てた。

二人は全てを知っていて周囲を欺《あざむ》いた。ベアトリスが言っていた罪とは、我が子を手元に取り戻すことを諦めてアルディリアの嘘を認めてしまったことだろう。

『可哀想《かわいそう》な子たち』

それはアルディリアの陰謀に巻き込まれたルイ・シャルルとディアーヌ、そして家族を奪われたバレーのことだろう。

二十年前ユベール二世即位を支持したとき、祖父はどれほど苦い思いをしたのだろう。国のためにルイ・シャルルを突き放すしかなくなったのだから。

「……祖父は後悔していたと思います。あなたを最後まで守れなかったことを」

きっと病に倒れた祖父は全ての秘密をベアトリス一人に負わせることを憂《うれ》いながら亡くなったのだろう。口に出すことも書き残すこともできない秘密。

ルイ・シャルルはアニアを見て、怪訝《けげん》な表情になった。

「……君は、生前のエドゥアールを知っているのか？　そんな年齢には見えないが」

「祖父に会ったことはありません。詳細《しょうさい》は伏せますが祖父の考えに触れる機会があったので、事情を知ることができました。祖父はずっとあなたのことを気にかけていたそうです」

バレーに目を向けると、普段通りのふわふわした笑みを浮かべて頷いていた。

「エドゥアール様は領地に戻られても、ルイ・シャルル様は環境の違う異国でご苦労なさっていないかと心配していた。自分は敵になるしかなかった。きっと恨《うら》まれているだろうと。人を守り通すというのは軽く約束するものではない、とも。君がもっと周りの者の言葉に耳を傾けていれば、誰が自分を本当に想ってくれているのか見極めることができれば、結果は違ったのかもしれないけれど、もう取り返しはつかないんだよ」

バレーがゆっくりと剣を収めた。

ルイ・シャルルは俯《うつむ》いて痛みを堪《こら》えるように顔を歪めていた。嘘だと言い続けるには目の前のバレーと自分が似すぎている。その顔を睨んで何か言いかけては口を閉ざした。

……この人にとって、先代国王の子ということが拠《よ》り所《どころ》だったはず。簡単にはこちらの言い分を受け入れてはもらえないかもしれない。

そう思うとアニアは何も言えなかった。

やがてふっとルイ・シャルルの身体から力が抜けたように、肩が下がった。

「……私はもっと母上やエドゥアールの言葉を聞いておくべきだったのだな。私は甘言を弄《ろう》する者たちの言葉しか聞かなかった。資格もないのに王になると言い張ってきた。母上にも自分は不義の子ではないかと何度も責めるようなことを言ってしまった。私はただの道化者ではないか」

すでに抵抗する気力もない様子で額に手をあててそう呟く。

……全てがこの人の罪ではないのに。全てが自分を責めるように感じているのかもしれない。

アニアはかける言葉が見つからなかった。

慌ただしい足音とともに扉が開いて数人の兵士が駆け込んできた。その中に見覚えのある二人の長身を見つけてアニアは驚いた。

王太子殿下とティム？

「アナスタジア。無事か？」

「はい……大丈夫ですわ。バレーが守ってくれましたから」

リシャールは頷くと座り込んだままのルイ・シャルルの前に膝をついた。

「叔父上《おじうえ》。国王陛下がお待ちです。王宮に同行願えますか」

「……私をまだ叔父と呼ぶのか。この男を雇っていたのなら、全て知っているのだろう」

ルイ・シャルルがバレーに目を向ける。それを聞いてリシャールが眉を寄せた。

「誰が何を知っていようとあなたが叔父であることは変わりないでしょう」

リシャールはアニアたちに目を向けてからはっきりと告げた。

「あなたの罪は王子という立場にありながら、幾度《いくど》も国内に騒乱を持ち込んだこと。そして、今回のクシー女伯爵に対する誘拐未遂《ゆうかいみすい》だ。他にも余罪はあるが、王族として罪を償《つぐな》っていただきたい」

身分を偽《いつわ》っていたことへの罪は問わない、という意味だろう。このまま王子として彼は裁かれるのだ。

ルイ・シャルルもまたそれを理解したのか、重々しく頷いた。

「……好きにするがいい」

その顔は一気に老け込んだように生気を失い、疲れ果てたように見えた。

隣国の思惑に翻弄《ほんろう》されて人生を歪められた彼は、意地のように王位を求め続けていたのだろうか。けれど、もうその必要がなくなってしまったのだ。

連行されていくルイ・シャルルの背中を見送っていると、祖父の記憶の中で見た若き日のベアトリス王太后の悲しげな表情がアニアの頭の中に蘇《よみがえ》る。

「アニア。顔色が良くないよ？　大丈夫かい？」

ティムがそう言いながらちらりとバレーに目を向ける。バレーはもそもそと分厚い眼鏡《めがね》を出してきて、いつも通りの雰囲気に戻っている。

「……彼のことは先刻ジョルジュ様から聞いたんだけど、心配だったよ。だってバレーだよ？」

アニアは思わず吹き出した。そして、バレーの正体を理解した。

彼はメルキュール公爵家の抱える諜報部隊《蜘蛛》の関係者なのだろう。けれど、彼らは原則人前に姿を出すことはないと聞いていたので違和感がある。

アニアは領地に居た頃から、彼の変人ぶりを知っていた。あんなに目立つ《蜘蛛》がいていいのだろうか。

「王宮に戻ろうか。馬車を用意してあるから」

そう言ってティムが案内してくれた先に、馬車が横付けされていて、その傍らにリシャールが腕組みをして待ち構えていた。

「君は王太子殿下と一緒に先に帰っておいて。僕はルイ・シャルル王子の護送とかいろいろあるから。他の兵士たちの手前、二人きりというのもアレだからバレーも一緒に乗っていいよ」

アニアの背後にいたバレーが首を絞《し》められたような奇声を上げていた。

＊　＊　＊

「アニアが誘拐未遂？　何故早く教えてくださらなかったのですか」

リザはジョルジュに詰め寄った。ジョルジュはのほほんとした口調で答える。

「いやー、こっちも大変だったんだよ。知らせを聞いてリシャールとマルク伯があっという間に飛び出して行くからその後始末というか。全部押しつけていくんだから酷《ひど》くない？　でも、おかげで早く解決したみたいだから、ね？」

「語尾を可愛くして誤魔化そうとしても許しません。どうして叔父上が国内にいたのです？ステルラにいるという話だったではありませんか」

午後のお茶を一緒にと約束をしていたアニアがいつになっても現れなかった。確認させたら街に出かけたまま戻っていないという。それ以上の情報がないままやきもきしていたら、ジョルジュがふらりとやってきて、アニアのために用意した茶菓子を摘まみながら事情を説明してくれた。

シェーヌ侯爵とルイ・シャルル王子が共謀《きょうぼう》してアニアを誘拐しようとしたという。

しかも共謀してはいても、シェーヌ侯爵はアニアと弟のマティアスを強引に結婚させようと考えていて、ルイ・シャルルは彼女をステルラ王にして王政を復活させようと企んでいたらしいので意気投合していた訳ではないらしい。

どっちに転んでもアニアにとって余計なお世話でしかない。

だが、ジョルジュがつけた《蜘蛛》からの報告に居合わせたリシャールとティムが即座に飛び出して彼女を保護したという。ほどなく王宮に戻ってくるらしい。

「商人を装ってシェーヌ領の特産品を取り引きしたいと近づいていたらしい。侯爵は正体を知らずに引き入れたみたいだね。代替わりしたばかりだし春の舞踏会にも来ていなかったから。侯爵のもくろみは叔父上が唆したのかもしれないね。そうすればアニアちゃんに接触できるだろう？」

ジョルジュはそこで侍女を別室に下がらせた。

「それからこれはこの場限りってことで話しておくね」

前置きのあとで聞かされたルイ・シャルル王子の出生の経緯《けいい》。

「……叔父上がアニアの秘書と双子？」

ルイ・シャルルは先代国王の血を引いていない。彼は誘拐されてベアトリスの子とすり替えられていたという。確かにあの秘書は他人のそら似というには似すぎていたが、まさか本当に双子だったとは。

アニアは祖父の記憶からそれに気づいてジョルジュたちに打ち明けていたという。

「本物のベアトリス様の御子はうちの者が秘密裏に保護した。けれどその後の消息は掴んでいなかった。お祖父様は誰にも内緒で養女に出したんだ。人を介せば必ず情報が漏れると思っていたんだろうね。全部の情報を結びつけたのはアニアちゃんだけだったよ。うちが情報で負けるとはねえ……。彼女はたびたび祖父の記憶を見るとは聞いていたけれど、その情報から真実を見つけ出す力もある。ますます興味を引かれたよ。ぜひメルキュール公爵家に欲しい人材だね」

ジョルジュは以前単なる好奇心からアニアに求婚していたが、どうやら彼女の能力を知って本気で興味を持ち始めたらしい。

「父上から何か聞いておいでですか？」

「ん？　僕と結婚させるって話？　けど、無理強いしたらリザに恨まれそうだし、リシャールの婚期が遅れたら僕のせいみたいに言われそうだし。完全に悪役じゃない？」

「ジョルジュ兄上は悪役がとてもお似合いだと思います」

リザは心の底からそう言った。

「ひっどーい。僕はこんなに純粋《じゅんすい》なのに」

兄の辞書には腹黒と純粋は同義語だと書かれているのだろうか。

「そういえば、何故叔父上はブランシュ侯ではなくいきなりアニアを狙ったのですか？」

当代のステルラ王が生存しているなら、いくらアニアを連れて行っても王位は主張できない。

そもそもジョルジュが何か面白いことになると言っていたのが気になった。

ジョルジュは誤魔化すように笑みを浮かべた。

「それは、うっかりブランシュ侯重病説を信じちゃったんじゃないかな？」

「つまり、その噂をばらまいたのは兄上なんですね？　やっぱり悪役じゃないですか」

ジョルジュはルイ・シャルルが食いつきそうな噂をステルラ側に流していたらしい。

今回アニアに何かあれば部下に介入させる、と言っていたのはルイ・シャルルがブランシュ侯の後継者であるティムもしくはアニアに接触してくることを見越していたからだろう。

いくら護衛をつけているとはいえ、意図的に彼女を危険な目に遭わせたのは許しがたい。

「ひーどーい。ただの出来心なのにー」

ジョルジュはそう言ってわざとらしく涙を拭《ぬぐ》うふりをしてからくるりとリザに向き直った。

「そういえば、リザ。婚約のお祝いに何か欲しいものある？」

「いきなり話を変えてきましたね。……でしたら、リシャール兄上の背中を思いっきり蹴飛《けと》ばしてきてください」

「何それ、僕に死ねと？」

「意味はおわかりでしょう？　ジョルジュ兄上はこのまま悪役を貫《つらぬ》いてくださいませ」

ジョルジュはしょうがないなあ、と口を尖らせる。

「わかったよ。他ならぬ可愛い妹の頼みだし。でも、もし僕がリシャールにぶっ飛ばされたら、お墓にはちゃんと白い薔薇《ばら》をお供《そな》えしてよね？」

そう言ってジョルジュはへらへら笑いながら去って行った。

＊　＊　＊

シェーヌ侯爵邸から王宮に戻る馬車の中で、アニアはいつも通りの分厚い眼鏡をかけた秘書の顔を改めて観察した。彼にはアニアが知らなかった一面があったらしい。

ルイ・シャルルに向けた辛辣《しんらつ》な言葉と、見事な体術と剣術には驚かされた。バレーはメルキユール公爵家の諜報専門の部隊の一人なのだという。

「……それにしても、あなたがクシー家につけられた《蜘蛛》だなんて」

箒《ほうき》のような栗色の髪の男は照れくさそうにえへらと笑う。

アニアの隣にはバレーが、正面にはリシャールが座っていた。ティムはルイ・シャルルたちを護送するために別の馬車に乗っている。

「正確には《地蜘蛛》と呼ばれているそうです。命令がない限りその土地に住み着いて完全に溶け込んでいるので《蜘蛛》という名前さえ最近まで知らなくて。メルキュール公爵家との関係も領地を出る前に上司に初めて聞かされたくらいなんです」

「……それ、ここでそんなに軽く話してもいいの？」

「王太子殿下は即位なさったら《蜘蛛》を掌握《しょうあく》するお立場ですし、公爵閣下《かっか》のお話ではアナスタジア様はいずれ知ることになるから話していいと。ついでに今後もあなた様の側《そば》で働く許しもいただきました」

いずれ知ることになる？　もしかしてお祖父様が知っていたから？

彼ら《地蜘蛛》はメルキュール公爵家の配下ではあるが別動隊で、普段は各地に住み着いて普通に生活している。自分で後継者を見つけて育てる権限も認められているらしい。彼の場合徴税官の上司がそれに当たり、彼がしょっちゅう職場に泊まり込んでいたのは修行のためだったのだとか。

「殿下はご存じだったのですか？」

「そなたが倒れたとき、ジョルジュからその男がメルキュール公爵家の配下だと聞かされた。姿を隠さない《蜘蛛》がいるとはオレも知らなかった」

リシャールがそう説明してくれた。

「バレーとは幼い頃から顔見知りだったので、そんなことは思いもしませんでした」

バレーは恐縮したように頭を下げた。

「実はエドゥアール様が亡くなった直後に上司から誘われまして。引き換えに知りたいことを何でも一つだけ教えてもらえると聞いて」

「もしかして、その時双子の弟のことを？」

「ええ。母が攫われた弟のことをずっと気にかけていたので生死くらいわかればという軽い気持ちで。教えてもらった事実には驚きました。そして、エドゥアール様がどうして私たち親子を領地に連れてきたのかも理解しました」

「それではずっと前から全部知っていたのね」

つまりメルキュール公爵家はルイ・シャルルが先代国王の実の子ではないことも、その証拠になるバレーの存在も以前から把握《はあく》していた。だからジョルジュがあんなに大騒ぎして彼の顔を確かめに来たのかとアニアは納得した。

「私はそのことを知ってから、故意に顔を隠すようにしていました。いくら離れて暮らしていても、自分の姿はきっと弟と似ているだろうと」

それで彼は髪を伸ばして眼鏡をかけていたのだろう。クシー領にいたころはさらに髭《ひげ》も伸ばしていた。

「でも、まさか会えるとは思いませんでした。あんまり似てるんでびっくりしすぎて危うく笑いそうでしたよ」

バレーが軽い口調で説明するのを聞いて、リシャールは額に手をあてて困惑した顔をした。

「……オレは《蜘蛛》というのはもう少し厳格《げんかく》な雰囲気かと思っていたんだが……」

「そもそも大元がジョルジュ様ですから」

アニアがそう口にすると、リシャールはさらに眉を寄せた。

「確かに並《なみ》の神経では務まらないのだろうな」

バレーが恐縮したように首を引っ込める仕草をした。

リシャールは今度はアニアに目を向けてきた。

「アナスタジア。本当にどこも痛めていないか？」

「大丈夫です」

自分についていてくれていた護衛の者たちも無事だったと聞いて、アニアは安堵《あんど》した。

「けれど、殿下とティムはお仕事大丈夫なのですか？」

「ああ、ジョルジュに任せてきた。ステルラで王政復活派の者たちが暴動を起こして捕らえられたらしくてその対応を話していたところだった」

「ステルラで……？」

アニアは奇妙に思った。ルイ・シャルルはブランシュ侯が余命わずかだと聞いて、ブランシュ侯が亡くなると同時にアニアに王位を主張させると言っていた。その上で王政復活を目指すと。

まだブランシュ侯が生きているのに先に暴動を起こしてしまうのは早すぎないだろうか。

「叔父上がオルタンシアに戻ってきたのをこちらは摑んでいた。まずステルラ王となる者を手に入れてその後一斉《いっせい》に蜂起《ほうき》して王政を復活させるつもりだったのだろう。だからまとまる前に一派の中の血気盛んな連中を煽って暴動を起こさせて戦力を潰《つぶ》しておけばいい……とジョルジュがいろいろ工作していた」

「……ジョルジュ様は煽るのお得意ですものね……」

アニアがそう言うとリシャールも頷いた。

「その報告を受けていたところにそなたが巻き込まれたという知らせが来たのでな」

「お手間をとらせてしまって申し訳ありません」

「いや、元はと言えばジョルジュが流した噂が原因だ。それに、バルト一人に任せておくと相手を全滅させかねない勢いだったので、オレも思わず飛び出してしまった。今頃ジョルジュがふてくされているかもしれないな。自業自得だが」

リシャールがそこまで言うところをみると、ティムはかなり怒っていたのだろう。

「わたしからもお詫《わ》びしますわ。事情を存じなかったとはいえ、うっかりと街に出てしまって」

商人を王宮に呼ぶこともできたのに、うかつだったとアニアは俯いた。

「いや。無事だったのだからそれでいい。しかし、前から不思議だったのだが、バルトの過保護ぶりは度を超してないか？」

リシャールはそう言いながら苦笑いする。

「元々は妹が欲しかったからだと言ってました。……昔からああだったわね？」

アニアが確認するためにバレーに問いかけると、何故か彼は険《けわ》しい顔をする。

「ティモティ様は先代様たちの所業に腹を立てていたんですよ。彼らは幼いあなたを所領に一人放置して王都で遊び歩いていましたからね。それならいっそ連れて帰って自分の妹にするとおっしゃってました」

リシャールが理解できないというように眉を寄せる。

「一人……？」

「一人ではありませんわ。六歳のときから領地で育ったのですけれど、家令と乳母《うば》がずっと側にいましたから。困っていたら領民たちが何かと助けてくれましたし、ティムも来てくれました。その合間にはいろいろ妄想《もうそう》していれば退屈しませんでした」

リシャールはますます困ったように眉間《みけん》に皺《しわ》を寄せた。

「六歳の子供を他人の中に放置……？　それはバルトでなくても怒っていいところだろう」

「怒ろうにもその相手は王都にいましたから伝えようもありませんし。気にしてはいませんわ」

貴族は子育ては乳母任せという人が一般的らしいけれど、それでも領地に子供だけを放置というのはさすがに例があまりないらしい。

両親は祖父に似たアニアを自分たちから遠ざけて満足したのだろう。手紙を送ったこともあったが、返事をもらえた記憶もない。だから何を言っても相手に届かないことがわかっていた。そのうち何も言わなくてもいいという気持ちになった。

「なるほど。それは過保護にもなるだろうな」

「え？」

アニアは意味がわからなくてリシャールとバレーの顔を交互に見た。バレーが苦笑いしながら答えた。

「アナスタジア様はもっと甘やかされるべきなんですよ。ティモティ様はいつもそう言ってました」

「甘やかされるって……。ティムはわたしをダメ人間にするつもりなの？」

甘やかされたあげく浪費三昧《ざんまい》して欺《だま》されて謀叛《むほん》の疑いを被《かぶ》せられた人間が身内にいるのだもの。自分までそうなる訳にはいかない。

「だって、アナスタジア様は致命的に人に甘えるのが下手《へた》じゃないですか。ずいぶん前から仕事が増えすぎていたのに私を呼びつけたのは最近ですし。あなたの周りにいる人たちは頼られるのを待っているんですよ？　そうですよね？　殿下」

待って。殿下に話を振らないで。

アニアが焦っていると、正面にあった金褐色《きんかっしょく》の瞳がわずかに細められた。

「そうだな、オレも頼ってくれて構わない。ダメ人間なら見慣れているからな」

「そんな……畏《おそ》れ多いです」

重荷をいくつも抱えているこの方に、頼ったり甘えたりなんてできるはずがない。

そう言おうとした時、馬車が停まった。王宮に着いたのだ。

「難しく構えることはない。……例えば」

素早く先に馬車を降りたリシャールが自然に手を差し伸べてきた。

「差し出された手を取ることから始めるのではどうだ?」

アニアがためらいがちに自分の手を重ねるとリシャールがそれでいいと言いたげに満足げに微笑《ほほえ》んでくれた。


亡命中の王子ルイ・シャルルが帰国していて、ステルラ王国に政変を起こすために暗躍《あんやく》していたことが伝わると王宮内は一気に騒がしくなった。

騒動の翌日、アニアは宰相の執務室に呼ばれて事情説明をすることになった。

そこには何故かちゃっかりと国王ユベール二世がいて、お茶を飲みながらくつろいでいた。

「私のことは気にしなくていいぞ」

そうは言われても、と思ったアニアだったが、宰相も諦めたような表情になっていたので黙っておくことにした。

アニアが事件の経緯を説明すると、国王が確認するように問いかけてきた。

「ルイ・シャルルはブランシュ侯の死期が近いと考えて、そなたに接触したのだな」

「はい。……あの、ブランシュ侯はそんなにお加減が悪いのですか？」

アニアの問いにユベール二世は溜め息をついた。

「ブランシュ侯が重病というのは、ジョルジュが流した嘘だ」

「そうなんですね……」

アニアはブランシュ侯からもし機会があれば祖父母のことをもっと聞いてみたいと思っていたから、重病ではないと聞いて安心した。

「ルイ・シャルルをステルラの王政復活派たちと分断させる目的だったようだが。まったく。ジョルジュのやることは相変わらず杜撰《ずさん》だな」

「……いえ、結果的には上手くいったのですから」

「あれも焦っていたのかもしれないな。こんな杜撰な手に引っかかるとは。ここ最近国内であれを支持していた者たちが捕らえられているから影響力がなくなってきている。利用価値が低くなればアルディリアにも見限られるだろうから」

アルディリアにとってルイ・シャルルはオルタンシアを混乱させるための手駒《てごま》。その影響力がなくなれば居場所を失う。だから手柄《てがら》をあげなくてはならないとステルラで暗躍していたのだろうか。

彼もまた陰謀に振り回された被害者なのだ。

「アナスタジア？」

「……ルイ・シャルル王子はこれからどうなるのですか？」

国王は少し残念そうに表情を曇らせた。

「出自のことはあれに罪がある訳ではない。今も私にとっては弟だ。だが、騒乱を招いた分は償《つぐな》ってもらわねばならん。終生幽囚《ゆうしゅう》の身で終わることになるだろう」

ユベール二世には二人の兄がいたがすでに亡くなっている。庶子は多くいても、王宮で一緒に育った兄弟はもうルイ・シャルルしか残っていない。

「どのような処罰《しょばつ》であれ、本人もそれを受け入れると言っていた。長く野心を持ち続けることは楽ではない。それを諦めることもな。そうして自分が野心のために今まで傷つけたり犠牲《ぎせい》にした人々のことを考えさせねばならない。長い時間をかけて」

周囲から担《かつ》がれ求められるままに野心と謀略の中で生きてきた彼には、それがいいのかもしれない。

ふとユベール二世の金褐色の瞳がアニアに向けられた。

「そなたには愚弟《ぐてい》がまた迷惑をかけてしまったな。だが、こういうことが起きる度に私はそなたが王宮に来たのはエドゥアールの企みではないかと疑ってしまう。あやつなら死んでも何かやりそうだからな」

神ならぬ身であの世から人を操ったりするのは難しいのではないかしら。けれど、全く面識のないわたしが祖父の記憶を見てきたのは、確かに不思議だし説明がつけられない。

「これがもし祖父の采配《さいはい》なら、感謝したいです。もし王宮に上がらせていただけなかったら、今頃わたしは両親の決めた相手に嫁いでいたでしょう。自分で働きながら好きなことをするのも許されなかったはずです」

アニアの世界はたった一年で大きく変わった。クシー領で暮らしていた自分が王宮で国王とこうして会話を許されているなど、いかに想像力逞しいアニアでも思いもよらなかった。

自分の将来は思うようにはならないのだと諦めかけていたのに。

ユベール二世は柔《やわ》らかく微笑んだ。

「エドゥアールは抱え込んだ秘密や小細工を誰にも託《たく》すことができなかったのだろうな。そなたのおかげで隠していたものが次々に明らかになっていくのを、今頃父上と笑って見ているに違いない」

「……そうですね」

祖父と先代国王ジョルジュ四世は今頃チェスの真剣勝負などしながら楽しく過ごしているのではないだろうか。

そんなことを想像していたら、ユベール二世が穏やかに話しかけてきた。

「そなたはあやつのように抱え込むな。持てない荷物があれば、ぐるりと周りを見るといい。きっとそなたの荷物を持ちたくてうずうずと待ち構えている者がいるはずだからな」

アニアは微笑んだ。

「はい、肝《きも》に銘《めい》じますわ」

いろいろ抱え込んでしまうのは、祖父に似てしまったのかもしれない。

だけど、わたしには手を差し伸べてくれる頼りになる人たちがいる。ティムやリザ様、そして。

『そうだな、オレも頼ってくれて構わない。ダメ人間なら見慣れているからな』

ふと膝の上に置いた自分の手を見て、それを握ってくれた大きな逞しい手の持ち主を思い出した。

伸ばした手を摑んでくれる人がいることはとても幸せで恵まれているのではないのかしら。

アニアがそんな感慨《かんがい》にふけっていると、ユベール二世がいつの間にかポワレ宰相に絡んでいた。

「ところで、ポワレよ。奥方をいつ連れてきてくれるのだ?」

「そ……それはいずれ……本人に相談しておきますので」

「そなたやアナスタジアや王太后が会っているのに、私だけが妹に会えぬのは不公平ではないか。一度王宮に連れてこい。いや、今日でもいいぞ。むしろそなたの家に押しかけるぞ」

「それはお許しを。妻にも心の準備というものがあるでしょう」

ポワレは国王に詰め寄られて泣きそうになっている。

もしかして、国王陛下がここにいらっしゃったのはこれが目的なのかしら。けれど、あまりに急《せ》かされてはさすがにお気の毒だわ。ディアーヌ様のお気持ちも汲《く》んで差し上げないと。

アニアはそっと国王に進言した。

「陛下。お気持ちはわかりますが、ここは余裕のあるところをお見せくださいませ。ディアーヌ様にお会いになるのでしたら第一印象が大事ですわ」

「……そうだな。確かに急ぎ過ぎるのは良くないな」

「例えば、陛下が日々真剣に職務に励んでいらっしゃると耳にすれば、さぞディアーヌ様はお喜びになるでしょう。立派な兄君だと誇《ほこ》りにお思いになるはずです」

国王はいそいそと立ちあがって上着を羽織った。

「その通りだ、まずは兄として威厳のあるところを見せねばな」

そう言って部屋を出て行く国王を見送ってから、アニアはポアレ宰相と顔を見合わせて頷き合った。……当分この手が使える、ということで。

9

舞踏会が近づくにつれて、リザの周囲は慌ただしさが増していた。

ティムとリザのお披露目《ひろめ》なのだからとドレスを新調することにしていたアニアだったが、室内の雰囲気にすでに圧倒されていた。

ついでに一緒に仕立ててもらわないかと誘われて採寸に来たものの、王女の婚約式とそのお披露目とあって、仕立屋や生地を扱《あつか》う商人たちも気合いの入り方が違う。

色とりどりの生地やレースなどが持ち込まれて、リザの部屋はさながら大通りの大店《おおだな》のようになっていた。

リザは舞踏会のドレスにはティムの瞳の色に合わせて淡い水色の生地を選ぶと言っていた。

パートナーと色調や雰囲気を合わせたりするのは婚約者や夫婦の場合が多い。

「婚約式の衣装と舞踏会、それからその後いくつか晩餐会《ばんさんかい》があるらしいので何着も作らねばならんらしい……一着でまとめればいいだろうに」

「主役でいらっしゃるのですから当然ですわ」

「……主役はティムに任せたいのだがな」

リザはそう言いながらも大人しく採寸に応じている。

「アニアはどのようなドレスにするつもりだ？」

今回アニアはポワレ宰相《さいしょう》と一緒に出席することになっている。夫人の代理なのでそこまで派手な出しゃばったものでなくていい。

「あまり奇抜《きばつ》でないものでいいと思います。宰相閣下《かっか》を引き立てるお役目ですし」

「では、この色などどうだ？」

リザが示したのは暁《あかつき》の空のような濃紺の生地。銀糸が織り込まれていてまるで明け方の空に残る星々のようだ。おそらくダンスをしたら銀糸が煌《きら》めいてさらに映《は》えるだろう。

「……綺麗ですね」

「ポワレの夜会服は紺色だと聞いたから、これなら良いのではないか？」

「ではこれに決めます」

控《ひか》えめな色だけれど、必要以上に目立つ必要はないし。そう思ったアニアは素直に頷いた。

「そういえば、春の舞踏会のときは兄上としか踊っていないだろう？　今回は色々と誘われるのではないか？　誰かと約束はしていないのか？」

「いえ。宰相閣下からは全く踊れないから一緒に壁の花をしようと誘われていますわ」

何もなければ従兄《いとこ》のティムが誘ってくれただろうけれど、今回彼はリザと並んで主役なのだから他に相手はいない。

「どういう誘いなんだ。あやつのどこが花なのだ。……では約束はないのだな？」

リザが重ねて問うので、アニアは戸惑った。

「何かあるのですか？」

「今回の舞踏会は王太子妃の座を狙《ねら》うご令嬢と私の婚約者候補から外れた殿方が大勢参加予定らしい。なるべく無難な相手を決めておいた方がいい。妙な輩《やから》にアニアが誘われていたらティムが主役の立場を忘れて暴れそうだからな」

確かに。アニアに対して過保護なティムならやりかねない。しかも今回主役なのだから、そんなことになっては困る。自分にそこまで誘いがあるかどうかはわからないとしても、主役が暴れるのは大変よろしくない。

「では、ティムが暴れない程度の相手を手配しておこう」

「ありがとうございます」

ドレスの注文が終わって商人たちが去ると、室内は一気に静かになった。

アニアはそこで持ってきた小説の原稿をリザに手渡した。リシャールがあらかじめ読んで丁重《ていちょう》な感想を添えて返してくれた。綺麗な箱に入れて侍従が持ってきてくれたので恐縮してしまった。

「前に言っていた女性を主人公にした新作だな。丁度いい。このところ忙しくて読み物に飢《う》えていたところだ」

リザはそう言って嬉しそうに受け取ってくれた。けれど、数枚めくってからすぐに元に戻す。

「リザ様？」

「いや。このあとも予定があるのでな。夜にでもゆっくり読ませてもらおう」

リザは意味ありげに微笑むと、何かを思いだしたように話題を変えた。

「そういえば、最近父上が大人しく仕事をしていて、側近たちが天変地異の前触れかと怯《おび》えているらしいぞ。リシャール兄上も警戒して王宮内の警備の見直しをすると言っていらした」

国王陛下が真面目《まじめ》にお仕事をなさっているのはいいことなのに、周りが困惑するとかおかしくないだろうか。原因はアニアの言葉ではないかと思えて、少し責任を感じてしまう。

「実は……陛下はディアーヌ様を王宮に招待したいとお考えなのですわ。それで……」

事情を説明するとリザは声を上げて笑い出した。

「傑作《けっさく》だ。当分父上はポワレに逆《さか》らえないな」

「そんなことになっているとは存じませんでした。王太子殿下にまでご迷惑をおかけしていたなんて」

リザはそこで少し声を落とした。

「アニアは最近兄上に会っていないのか？」

ルイ・シャルル王子を捕縛《ほばく》した日から、リシャールと話をする機会はなかった。

「ええ。お忙しいのでしょうし」

それを聞いたリザは少し不満げに口を引き結んだ。

「アニアはリシャール兄上と話していて楽しいか？」

……楽しい？

アニアは戸惑《とまど》った。

リシャール王太子は饒舌《じょうぜつ》な人ではない。けれど口数は多くなくても優しい人だということは伝わる。アニアが突拍子もないことを言っても根気強く聞いてくれる。

彼との会話はアニアにとっては心地良い。それを楽しいと表現していいのだろうか。

「楽しいというより、嬉しいという言葉が近いでしょうか」

多忙な人だとわかっているから、話ができる機会は貴重なのだとアニアも知っている。だから話せるだけで嬉しいと思う。

リザの目が少し細められる。

「それを兄上に言ってやってくれぬか？」

アニアはそう言われて自分の言葉を思い出していた。

あなたとお話ししていると嬉しくなります？

それは相手への好意が相当あからさまに含まれている。さすがに言えない。

頬が熱くなった。

「兄上は女性に対して洒落《しゃれ》たことが言えないと気にしているようなのでな。アニアがそう言ってやれば喜ぶだろう」

女性に対して？　つまり親密にお話をしたいお相手がいらっしゃるということかしら。

王太子妃の座を狙うご令嬢たちが舞踏会に参加するとリザが言っていた。確かにリザの相手が決まれば次はリシャールだと皆思うだろう。

今までリシャールの隣に妃が並ぶ未来を想像できなかったアニアだったが、もうじきそれが現実になるのだと思うと、さざ波が立つように心が落ち着かない。

「殿下にはきっとお似合いの方が現れます。わたしがそのようなことを申し上げなくても大丈夫ですわ」

リザは気が抜けたように小さく息を吐いた。

「お似合い、ね。ジョルジュ兄上の『貴族ご令嬢の愉快な素行一覧表、特別付録アニアちゃんを苛《いじ》めたご令嬢一覧つき』が父上に提出されたからおそらく大変なことになっているだろうな」

「……何ですか？　それは」

アニアは思わず問いかけた。王太子妃選定のために事前にお相手の素行調査をするのは予想範囲内だけれど、それに自分が絡んでいるのはなにごとなのか。

「以前アニアがリシャール兄上のお気に入りだと噂《うわさ》になったときに嫌がらせをされていたんだろう？　ジョルジュ兄上はそれを全部調べ上げていたらしい。他にも令嬢同士の足の引っ張り合いで陰湿なもめごとを起こしたりした者もいるとかで、夜一人で読まないほうがいい内容だそうだ」

「逆に読んでみたい気もしますけど……」

小説のネタになりそうだとアニアは思ったが、リザがやめておけというそぶりで首を横に振る。

「私も見せてもらえなかった。あのジョルジュ兄上が、『さすがの僕もしばらく女性不信になりそうだったよ』と言っていたくらいだ」

ちょっと噂になっただけのアニアに嫌がらせをするような人たちなら、他にも目立とうと振る舞った令嬢に攻撃していそうな気がする。女性同士の陰湿な世界は殿方にはお見せしないほうがいいのかも。

「兄上のお相手が誰も残らないかもしれないな。その時はアニア、兄上を頼むぞ」

リザはそう言ってにこやかにアニアの肩に手を置いた。

さすがにそんなことにはならないわ。ジョルジュ様の情報網《もう》にかからない立派な貴族令嬢はきっといらっしゃるはずだし。

つまり、リシャール王太子の婚約者が決まるのは時間の問題だろう。

……頼ってくれていい、と言ってくださったのは本当に嬉しかった。

けれど、自分が頼っていい相手ではないことも、アニアにはわかっていた。

＊　＊　＊

王太子リシャールは困惑したように固まっていた。

「誤魔化しても無駄です。兄上。たった一つの真実は私が見抜きましたから」

リザはリシャールの執務室に入るなり、びしりと人差し指を兄に突きつけた。

「いきなり訪ねてきたと思ったら……何のことだ？」

仕事の書類を置くとリシャールはリザに問いかけてきた。リザは眉《まゆ》をつり上げた。

「まだとぼけるのですか？　アニアの新作小説の原稿を、私より先に読みましたね？」

リシャールの隣に控えていたティムが盛大に吹き出した。

「……何故《なぜ》知っている？」

リシャールは戸惑ったように問い返してきた。

リザは持ってきた小説の原稿を拡げて見せた。

「先ほどアニアから受け取ったのですが、ここに違う色のインクの痕跡《こんせき》があります。これは兄上が愛用しているインクですね？　つまり兄上は先にあの小説を読んで、礼状的なものを挿《はさ》んで返したのです。違いますか？」

アニアはいつも小説が書けたら一番に自分に読ませてくれていた。けれど今回は違和感があった。それに気づいて兄を問い詰めに来たのだった。

何でちゃっかりとアニアの小説だけは先に持って行くのか。今回は女性を主人公にした新作だと聞いて楽しみにしていたのに。許しがたい。

以前リザが訪ねた時上機嫌だった理由もそれでわかった。きっと新作を読ませてもらって浮かれていたのだろう。そのくせ彼女に気持ちが伝えられないなどと片腹痛い。

「……その通りだ。だが、ちゃんと理由がある。あの小説の内容はまだそなたに話していない事実を題材にしたものだったからだ」

確かに赤子のすり替えなど、リザが最近聞かされたルイ・シャルル王子の出生にまつわる事件に似た話が含まれていた。あくまで架空のものとして上手《うま》く取り込まれていたが、わかる人にはわかる内容だった。

ティムがやっと笑いを収めて宥《なだ》めるように言った。

「渡したのはアニアなんですから、あまり殿下をお責めにならなくても」

「アニアに悪気があるはずがない。だが、いくら事情があったとしても、この私の悔《くや》しさが消えるわけではないのだ」

リザが一息にそう言うとティムはまだ戸惑っているリシャールに目を向けた。

「通訳しますと、アニアの一番は自分だ、ということですね」

リザは否定しようと口を開きかけたが、ティムの言葉で自分の怒りの根元が理解できた気がした。

そうか、アニアが兄上の求婚を受けてしまったら、アニアの一番は私ではなくなってしまうかもしれない。それが不安で悔しかったのか。

リザは自分が子供じみた駄々をこねたように思えて、もう一つの本題に入ることにした。

「ところで兄上。父上との約束はどうなりました？　お仕事を言い訳になさっていませんか？」

リシャールは溜め息をついた。目の前の書類の山を恨《うら》めしそうに一瞥《いちべつ》する。

「……わかっている」

そこでリザはティムに目配せした。

「ところで、兄上は舞踏会ではベアトリス様をエスコートなさるのですよね？」

リザの問いに、リシャールは頷いた。

「他にどなたもお誘いになっていませんよね？」

重ねて問いかけたティムをリシャールがいぶかしげに見る。

「そなたたちは何が言いたいのだ？」

「それがですね、殿下があの舞踏会で王太子妃候補筆頭の某侯爵家のご令嬢をエスコートするという噂がまことしやかに流れているんですよ」

ティムは笑みを全く崩さずにリシャールに告げた。

「まーさーか。そんなことはなさいませんよね？　殿下」

「する訳がないだろう」

リシャールは本気で驚いているようだった。ティムは穏やかに微笑む。

「それを聞いて安心しました。私もそろそろ我慢の限界ですから」

安心したと笑みを浮かべてはいるが彼の背後に分厚い氷の壁がそびえ立っているように冷たい空気が漂《ただよ》っている。暖炉《だんろ》の火が消えているのかと思えるほどに。

……そうか、この男も怒っていたのか。普通にしていたから全然気づかなかった。

実際、あの噂は侯爵家側から故意に流された可能性が高い。それでも不快なことには変わらない。リシャールは自分にまつわる噂には無頓着《むとんちゃく》だから意識していないのだろう。

「舞踏会はそなたたちが主役なのだ。オレが必要以上に目立って邪魔をしてどうする」

「アニア相手でしたら邪魔をするくらい積極的になっていただいても構いませんが」

「だから……邪魔をする気はないと……」

そこでティムがリシャールの前に歩み出た。

「殿下。よろしいでしょうか？」

「何だ？」

「先ほど申し上げたようにアニアの一番はリザ様に決まっているのですから、どう頑張っても殿下は二番以下にしかなれません。あまり深く考えなくてよろしいかと」

リシャールは一瞬微妙な顔をしてから息を吐いて、苦笑いを浮かべる。

「そうか。どう頑張っても二番か」

ティムは笑みを深くする。

「あ、でも私が二番ですから、三番以下ですね」

「そうか……。だがせめてバルトには勝ちたいものだな」

リシャールは少し不満そうにティムに目を向ける。

「いつでも迎え撃ちますよ」

ティムが水色の瞳を細めてにこやかに応じる。どうやらティムもアニアをそう簡単に譲《ゆず》るつもりはないらしい。

＊　＊　＊

社交シーズンの最初に行われる国王主催の舞踏会、しかも第一王女エリザベトの婚約披露も兼ねたもの、とあって多くの出席者がつめかけていた。王宮へ向かう馬車が列をなし、華《はな》やかに着飾った人々が次々に会場へ向かっていく。

普段なら最新流行のドレスを見て、小説のネタにしようとか妄想《もうそう》してはしゃいでしまったかもしれないのに、今夜はそんな気分になれなかった。

せっかくの舞踏会。しかもリザとティムの婚約お披露目が行われるというのに、こんなに気持ちが沈《しず》んでいていいのだろうか、とアニアは思った。

彼らの前ではせめてちゃんと笑いたいとは思っている。

このところ貴族たちの間では、王太子がこの舞踏会で婚約者を決めるという噂が流れている。中にはどこぞの令嬢で決定しているというものもあった。

もしリシャール王太子が婚約者候補のご令嬢たちと踊るとしたら自分は冷静に見ていられるだろうか。それが心配だ。感情を顔に出さないようにするのが苦手だから。

今日のアニアの役目はパクレット伯爵ことポワレ宰相の夫人代理。目立たず最低限の社交を心がけなくてはならない。

会場で待ち合わせていた宰相はアニアを見て満足そうな笑みを浮かべた。

「アナスタジア様。今日のドレスもたいそうお似合いですな。私のお相手などさせて申し訳ない」

「お誘いいただいてありがとうございます。奥方様の代理としてしっかり務めさせていただきます」

そう挨拶《あいさつ》してから宰相の服装を見たアニアは戸惑った。今日の濃紺のドレスは宰相の夜会服に合わせて仕立てたはずなのに、彼の服装は深い緑で統一されていて揃《そろ》っている要素がない。

今日になって衣装を替えたのだろうか。

……人前でダンスをする訳ではないし、わたしは夫人の代役に過ぎないから、大丈夫だとは思うけれど。リザ様がわざわざ色を指定してきたのは何故なのかしら。

違和感をおぼえながらも、アニアはポワレに並んで会場へ歩き出した。

「オルタンシア王国国王ユベール二世陛下、マリー・テレーズ王后《おうこう》陛下、ベアトリス王太后《おうたいごう》陛下、リシャール王太子殿下のおなりでございます」

その声とともに招待客たちは一斉に同じ方向に目を向けた。

リシャール王太子はベアトリス王太后をエスコートして入場してきた。逞《たくま》しい長身に濃紺の礼装用の軍服を纏《まと》っているのを見て、アニアは自分のドレスのスカートに目を向けた。

……偶然、よね？　殿下の礼装がこのドレスとよく似た色のような気がするのだけれど。

一方、ベアトリス王太后のドレスは落ち着いた深い紫色。彼女によく似合っているが、王太子の服とは揃っていない。

「王太子殿下の今日のお相手は王太后様なのか」

「では、今日の婚約者お披露目は王女殿下だけなのだな」

囁く声の中には、それならまだ自分の娘にも機会がある、というものも混じっていた。

「うちの娘と一曲お願いできるだろうか」

アニアは少し離れた場所から貴族たちがざわめくのを聞いて、これでいいんだと自分に言い聞かせた。自分の役目はあの人の隣にいることではないから。

だけど、彼らがリザたちへのお祝いより王太子に取り入る算段ばかりしているのは面白《おもしろ》くない。

「本日は皆に報告がある。マルク伯爵ティモティ・ド・バルトと我が娘エリザベト王女の婚約が整った。ひとまず今宵《こよい》は皆で楽しんで、彼らを祝ってもらいたい」

ユベール二世の隣にリザとティムが歩み出て一礼する。それを見てアニアは一気に感情が上向いた。

リザのドレスは淡い水色でティムはもう少し濃い青。リザの指にはティムが贈った指輪がある。

思った通り二人はお似合いだわ。でもティムは場慣れしていないから少し緊張しているみたい。リザ様がリードしているように見える。

大勢の人々が彼らの周りに集まって挨拶をしているのを見ながらアニアは口元に笑みを浮かべた。

「我らも主役にご挨拶に行きますかな」

隣にいたポワレが覚悟を決めたように大きく息を吐いた。こうした場には滅多《めった》に出てこない宰相はさっさと挨拶を済ませて退出したいように見えた。

確かに、こんな華やかで人の多い場所にいるより仕事をしていた方が気持ちは楽だもの。お気持ちはわかるわ。

順番が巡《めぐ》ってきて、ポワレとアニアが歩み出ると、明らかにティムは安心したように微笑んだ。

「本日はおめでとうございます。心よりお祝いを申し上げます」

ポワレの言葉に合わせてアニアもスカートを摘まんで一礼した。リザが扇《おうぎ》を拡げて優雅に微笑む。けれどポワレに向けた言葉はいつも通りのリザだった。

「宰相。私の友人を独《ひと》り占《じ》めしているのですから、今日のお役目はわかっていますね？」

「心得ております。虫除《むしょ》けとして励《はげ》ませていただきます」

ポワレはにこやかに答える。傍《はた》から見れば談笑しているようにしか思えない。

アニアがティムに目を向けるとティムは俯《うつむ》いて笑いを堪《こら》えていた。

「お幸せにね」

そっと告げると、水色の瞳を見開いてから穏やかに頷いた。

アニアにとってティムは優しくて優秀な自慢の従兄だから、きっとリザを幸せにしてくれる。

そう確信してアニアは二人に微笑みかけた。

胸の奥で小さな寂寥感《せきりょうかん》がチクリと刺さったような気がしたけれどそれを押し隠して。

挨拶が落ち着くと音楽が始まる。本日の主役であるリザとティム、そして国王夫妻が中央に来てダンスが始まった。

アニアがリシャールの方に目を向けると、彼はダンスに加わることなくベアトリス王太后と何か話している。数人の令嬢方がじりじりと近づこうとしているが、王太后の邪魔をしないように機会を窺《うかが》っているようだった。

殿下に先日助けていただいたお礼を申し上げたかったけれど、これは諦《あきら》めたほうが良さそうだわ。今夜は三人目の主役のようなお立場だもの。

アニアに近づいてきた殿方もいたが、ポワレが目線で追い払ってくれた。宰相ともなれば内政の長、それを押しのけて話しかける度胸がある人はそうそういない。

いないと思っていたら、例外の人物がこちらに向かってきた。

「アニアちゃん、こんなところにいたんだ」

鮮やかな赤い上着を纏ったジョルジュが真っ直《す》ぐに駆け寄ってくる。

「今日のドレス、君によく似合っているよ。冬の夜空みたいだ」

「ありがとうございます。ジョルジュ様も華やかで素敵ですわ」

「リザから君に他の男を近づけるなって言われているんだ。一曲お相手願えるかな？」

ジョルジュはポワレに目配せすると手を差し伸べてきた。リザが配慮《はいりょ》してくれたというのなら、その手を拒《こば》む理由がない。アニアは一礼して歩み出た。

「わかりました。よろしくお願いします」

黙っていれば貴公子、というジョルジュはダンスも上手かった。久しぶりでうっかり足を踏んでしまうのではないかと思っていたアニアだったが、相手が上手いと心理的に余裕ができて踊りやすいことに気づく。

春の舞踏会でリシャールと踊ったときも身長差が大きいのに相手の技量のおかげなのか楽しく踊ることができたことをふと思い出した。

「わかる？」

ダンスの最中にジョルジュが顔を寄せて耳打ちしてきた。

「え？」

「めっちゃ睨《にら》んできてる」

ジョルジュが目線で示した先にリシャールがいた。確かに一瞬目が合ったような。

「今日はベアトリス様の相手をするから踊らない、ってご令嬢方を牽制《けんせい》してるからね。僕らが楽しそうにしてるのが悔《くや》しいんじゃない？」

「そうなんですね」

アニアはほっとした。それならリシャールが他のご令嬢と踊っているのを見なくて済む。

やがて最初の曲が終わる。ポワレのところに戻ろうとしたアニアの手を、ジョルジュが引いた。

「もうちょっとつきあってくれる？　飲み物を取ってくるから場所を変えて話そう？」

その笑顔がいつも通りだったので、アニアは頷いた。

ジョルジュは会場の隅に椅子をどこからともなく持ってきてくれた。そこは飾られた大きな彫刻の陰になっていて誰もいなかった。主役のいる方向からも離れているから注目する人もいない。

「このへんなら物陰になってて人も少ないから椅子を置いても怒られないんだ」

「なんだか手慣れてますね。もしかして以前にも誰かを誘っていらしたのでは?」

こういう人目につきにくい場所で愛を語らうとか、ありそうな気がする。

「いや、それは内緒で。仕事柄《がら》僕は人を観察するのが癖《くせ》になってるから、こういういい感じに隠れるところを探すの得意なんだよ」

ジョルジュは自分の分の椅子を持ってくると小声でそっと告げてきた。

「事後承諾《しょうだく》になるんだけど、マダム・クレマンの新刊を叔父上《おじうえ》に差し入れしたんだ」

「え? まさか新刊ってアレですか?」

アニアがベアトリスの半生を参考に書いた小説をルイ・シャルルに?

「そうそう。書物の差し入れは許されてるから他の本にこっそり混ぜておいた」

さすがにそれはどうなのか。追い打ちをかけて頑《かたく》なになってしまったらと心配になった。

ルイ・シャルルは王位継承権を返上して生涯幽閉されることになった。場所はアルディリアが彼を害する可能性もあるからと公表されなかった。

彼の素性《すじょう》は今後も明らかにされることはない。彼は先代国王の第四王子として貴人用の牢《ろう》で一生を過ごすことになる。

「あの人自分だけが不幸だと言いたげに塞《ふさ》ぎ込《こ》んでるから、ちょっと荒療治するべきじゃないかと思って」

荒療治に人の書いた本を使わないで欲しい。

「……きっと庶民向けの小説なんてお読みにならないでしょう」

「そうでもなさそうだよ？　牢の番人に続きはないのかと問われたそうだから。書物を楽しめる程度の落ち着きが出たのならいいことじゃないかな。あの人はリシャール寄りで頭が固いというか頑固なところがあるから、架空の物語とか読んだことなかったんじゃない？　そういう心の余裕は誰しも必要だよね？」

ジョルジュはリザに似た表情で悪戯《いたずら》っぽく笑う。

「そうですね。書物は世界を拡げてくれますから。あの方の慰《なぐさ》めになると思います」

アニアは自分が書いたものが役に立ったとうぬぼれる気はなかったけれど、書物が救いになることはあると知っている。

領地で暮らしていたとき、アニアに想像の翼を与えてくれたのは祖父の書斎の書物たちだった。書庫で閉じこもっていたリザと親しくなるきっかけも書物だった。

だから、ルイ・シャルルにも何か気持ちが動くきっかけになればいい。

彼は自分が抱《いだ》いてきた王位への妄執《もうしゅう》から解放されただろうか。虜囚《りょしゅう》となったことで彼の新しい人生は始まったばかりだ。

ジョルジュは頷いてから金褐《きんかっしょく》色の瞳でアニアを見つめてきた。

「ところで、今日はちょっと元気ないね？　リザと従兄が婚約して寂しくなっちゃった？」

「……そうかもしれません」

きっとリザたちに挨拶に行ったとき、この人はどこかで見ていたのだろう。

「それに、リシャールが誰かと婚約するかもしれないって聞いて、不安になってない？」

アニアは思わずジョルジュの顔を見返した。否定したいのに言葉が出ない。嫌かと聞かれれば仕方のないことだと言えるのに、不安かと言われたらどう答えればいいのかわからなくなった。

「それは……」

アニアが口ごもったのを見て、ジョルジュは小さく笑みを浮かべた。

「ちょっとだけ動かないでくれる？　怖がるようなことはしないから、むしろ怖い目に遭《あ》うのは僕だから」

唐突にジョルジュはそう言ってアニアに手を伸ばしてきた。

「ジョルジュ様？」

いきなり近づいてきたジョルジュにアニアは戸惑った。相手は成人男性なのだ。腕を捕まれたら逃げようがない。彼の口調に害意は感じなかったけれど身体が強《こわ》ばる。

「じっとしてて。……そのまま」

引き寄せられそうになった途端、相手の身体が不意に消え失《う》せた。

え？

アニアは目を疑った。

ジョルジュの代わりに目の前に立っているのは、さっきまで離れたところで王太后と談笑していたはずの王太子だった。その傍《かたわ》らにジョルジュが尻餅《しりもち》をついたままへたり込んでいる。

「ジョルジュ。アナスタジアに何をしようとしていた？」

リシャールの声は静かだが怒りが込められている。ジョルジュはアニアに向かってほらね、と唇を動かしてから立ちあがる。

「何って？　お話ししてただけじゃないか。いきなり酷《ひど》くない？」

「物陰でこそこそする必要はないだろう。さっきも彼女に触れていた」

「別にいいじゃん。アニアちゃんも僕も婚約者がいないんだから僕らの勝手でしょ？」

アニアは先刻のジョルジュの言葉を思い出していた。

……むしろ怖い目に遭うのは僕だから。

まさか殿下が近くにいるのを知っていて？

「あの……殿下。違います。ジョルジュ様は殿下をからかうためにわざと……」

リシャールが驚いた顔をしてジョルジュに目を向ける。

「何だと？　どういうつもりだ？」

「そんな野暮《やぼ》なこと聞かないでよね。じゃあ、あとは任せたよ」

子供のように明るい笑みを浮かべるとジョルジュはさっさと走り去って行った。

「……あの……殿下？」

リシャールは手のひらで顔を覆《おお》っている。けれどその頬がわずかに赤く見えた。きっとジョルジュの悪ふざけに欺《だま》されたのでばつが悪いと思っているのだろう。

勘違いしたとはいえ、助けに来てくださったのだから、そんなに恥じ入る必要はないのに。

「あの……おかけになります？」

ジョルジュが残して行った椅子を示すと、リシャールはやっと少し落ち着いたように頷いた。

並んで椅子に腰掛けると、リシャールは額に手をあてて大きく息を吐いた。

「……恥ずかしいところを見せた。てっきりジョルジュがそなたに不埒《ふらち》なことをしているのかと思ったのだ」

「いえ、ジョルジュ様が紛《まぎ》らわしいことをなさるからですわ」

「そなたの前であまり乱暴な真似を見せたくはなかったのだが……またやってしまった」

リシャールはまだ先ほどの動揺が収まらないようにじっと床を睨んでいる。

「周りが言うほどオレはできた人間ではない。そなたに対しては最初から態度を間違えていたくらいだ」

初めて会った時、リシャールはアニアに対して無愛想な態度を見せた。後で単に緊張していたせいだとわかったけれど、あの時は驚いた。

「そうでした。最初殿下のことをとっても怖い方だと思ってしまいましたわ」

リシャールは完璧《かんぺき》であろうと努力したからこそ完璧な王太子だと言われるようになったのだとアニアは思っていた。最初から何もかもできる人なんているはずがない。

自分に厳《きび》しく日々の鍛錬《たんれん》を欠かさない。近づいてくる女性たちとは距離を取って、浮《うわ》ついた行動に出ないよう身を慎《つつし》んでいた。それほどに自分を律している人をアニアは他に知らない。

「春の舞踏会の時もそうだ。オレが考えなしにダンスに誘ったせいで、そなたが嫌がらせを受けることになった」

「あれは誤解をする人が悪いのですわ。殿下の責任ではありません」

「……だが……最後の一曲を踊る意味がわかっていたのか？」

……最後の一曲を踊るのは、夫婦や婚約者同士、そして本命の恋人。あの時アニアはそのことをうっかり失念していたのだけれど、覚えていたとしても差し出された手を取っただろうと思う。

「殿下が善意で誘ってくださったのですから、お断りする理由がありませんもの」

「あれはオレがそなたと踊りたかっただけだ。……オレがそんなわがままを通そうとしたから、変な噂が立って困らせてしまった」

「はい？」

それはわがままなの？　舞踏会で踊りたかったことが？

この人は確かにこの国の王太子という重責を抱えている。だからといって自分のしたいことや欲しいものに手を伸ばすことは、わがままではないような気がする。

「オレが迷惑をかけたのだから、そなたを守らなくてはならないと思った。だが、それからもオレは後手に回るばかりで守りきれなかった。自分には役目がある。それを投げ捨ててでも誰かを守れるほど器用でも万能でもない。……自分が不甲斐《ふがい》なくて悔しかった」

「そんなことはありませんわ。殿下のお役目の大切さはわかっています」

アニアは首を横に振った。

いくら何でも自分を守るためにこの人が職務を投げてしまうなんてあってはならないことだ。そうまでして守ってもらったらむしろどうしていいのかわからなくなる。

「そう言ってくれるのはありがたいが、オレが自分を許せないんだ」

穏やかに話すリシャールは、きっと幾度《いくど》となく自分を責めたのだろう、とアニアは思った。

そうまでして丁寧に守りたいと思ってくださっていたのかしら。だけどわたしがやったことで招いた危険はわたしの責任だわ。それではいけないのかしら。

「殿下。それは無茶ですわ」

「……無茶？」

リシャールが驚いたようにアニアの顔を見た。

「だってわたしには自由に動ける足がありますし、あれやこれや考えを巡らせる頭がついています。殿下の思うようには大人しくしていません。勝手にあちこち行って、転んだり変なところに頭を突っ込んだりするでしょう。それは殿下の責任ではありませんわ。ご自分の責任ではないことで、ご自分を責めないでください。全てのことに責任が取れる人なんていません。そんなのは無茶です」

ただでさえこの人は王太子として周囲の期待に応《こた》えようとしているのに、その上で取らなくていい責任まで感じていたら身が持たない。

できることなら手助けができるようになりたいけれど、今のわたしでは文官としても臣下《しんか》としても力不足だわ。でも、少しでも荷物を軽くして差し上げたい。

「今まで殿下はわたしを何度も助けてくださいました。充分守っていただいています。というより普段から殿下は、何かあれば相談して欲しいとか、一人で勝手に動かないで欲しいと言ってくださいましたのにそれを聞かなかったのはわたしです。むしろ悪いのは全てわたしです。それは譲《ゆず》れません。ですから、責任は殿下には差し上げません。だって殿下は責任の取り過ぎですから」

アニアが一気にそう告げると、リシャールは堪《こら》えきれない様子で笑い出した。

「責任を譲らないと言われたのは初めてだ。責任の取り過ぎか……そうか」

「笑わないでください……自分でも変なことを言っているってわかっているんです」

また暴走してしまった気がして頬が熱くなる。すると不意に目の前にリシャールの手が差し出された。

「……殿下?」

「ここからでも音楽は聞こえるだろう。少し狭《せま》いが一曲お相手願えるだろうか?」

「……わたしでよろしければ」

この人と踊りたいと待ち構えている令嬢方が大勢いるだろう。だけど、今ここにいるのはアニアだけだ。

今だけなら、許されるだろうか。アニアはその手を取った。

かすかに聞こえてくる音楽に合わせて、ステップを踏み始める。

「前にそなたが訊《たず》ねたことがあっただろう? 自分の心を抑《おさ》えつけることができるのかと」

ああ、確か殿下が自分は将来迎える妃を大事にしたいから、今は浮ついた恋愛はしないとおっしゃったからだわ。自分の心をそんな風に抑えてしまえるのが信じられなかった。

「正直に言えば、できなかった。おそらくあの時の舞踏会でそなたをダンスに誘ったときにはもう、できていなかった」

「殿下……?」

思わずリシャールの顔を見上げる。彼の金褐色の瞳がこちらに向けられているのと重なって、胸の鼓動が速度を上げる。

「オレは勝手に相手を選ぶことは許されていない。それでもそなたが誰かと踊るのを見たくなかった。だからあの時口実をつけて誰かに誘われる前にと声をかけたのだ」

アニアが言葉の意味を頭の中で浮かべると、戸惑いと同時に混乱が押し寄せてきた。

あの時誘ってくださったのはティムに頼まれた訳ではなかったの？　殿下のご意志？

驚いてステップが止まってしまう。リシャールも足を止める。

「だが、その先に進むつもりはなかった。ただでさえ忙しいそなたには王太子妃という立場は重荷でしかないだろうと思った。それでもそなたを目の前にするとそんな理屈を忘れてしまう。そなたの幸せを考えれば、オレが関わることは益《えき》にはならないとわかっていても」

「そんな。わたしは殿下には感謝しています。不利益など感じたことはありませんわ」

何度も困っている時に助けていただいた。その度に申し訳なくてありがたくて嬉しくて舞い上がりそうな気持ちになった。それが不利益だなんてありえない。

「……そうか。もっと早くそなたの気持ちを聞けば良かったのだな。ずっとオレが自分のわがままを押しつけているような気がしていた。父上からそなたの嫁ぎ先を王族か元王族に限る必要があると言われたが、それでもオレが手を伸ばしていいのかと迷っていた。だが、もう腹を括《くく》った」

「殿下？」

アニアの前にリシャールは長身を屈《かが》めて膝をついた。普段は背丈の差で遠くにある顔が間近に来て、アニアは動けなくなった。鋭い瞳が自分を捕らえるようにじっとこちらに向けられている。

「……アナスタジア。オレはそなたを妃に迎えたい。断っても咎《とが》めるつもりはないから、返事をくれないか」

手の込んだ装飾のない、真っ直ぐな言葉。この人らしい、とアニアは思った。

「そなたが歳をとって子や孫に自慢話を聞かせるとき、オレを傍《かたわ》らに居させて欲しい。一緒にそなたの話を聞きたいのだ」

涙が出そう。どうしてあんなことを覚えていらっしゃるの。

アニアが以前リシャールに話した将来の夢のようなもの。王宮であった思い出を子や孫に何度も自慢して、もう飽《あ》きたと言われるまで聞かせる、というたわいない話。

自分は肉親とそんな風に過ごしたことがなかったから、そんなささやかな光景に憧《あこが》れていた。

……その時にこの人が傍らにいてくださるなら、それはどれほど幸せなことだろう。

飾りもなく率直な言葉は自分が書いた恋愛小説の中の求婚よりも遙《はる》かに心に響いた。

この人の申し出を受ければ、この先自分の人生は大きく変わっていくだろう。この人の隣に立つことは楽なことではない。学ばなくてはならないことも沢山ある。自分に務まるのかという不安も。

それでも、できるならこの人の沢山の荷物を抱えた腕を側《そば》で支えて差し上げたい。一つでもその荷物を受け取って軽くして差し上げたい。

アニアは真っ直ぐにリシャールの目線を受け止めた。

「わたしでよろしければ、どうかお側に置いてくださいませ。……きっと、何度も何度も同じ話をお聞かせしてしまいますけれど……」

そう言い淀《よど》んで俯きそうになると、リシャールはアニアの頬に手を添えた。そのまま顔が近づいてきてもう片方の頬に唇が触れた。

「それこそ望むところだ」

耳元で囁かれると、心臓の音がさらに騒がしくなる。

漏れ聞こえてくる音楽がワルツに変わった。それはリシャールと初めて踊った時に流れていたものと同じ曲だった。

「……アナスタジア」

リシャールが手を差し伸べてきた。

「もう一曲踊ってくれないか？」

アニアはその大きな手に自分の手を重ねて、頷いた。

そのまま手を引かれて、ホールの中程まで連れ出された。周囲がなにごとかとざわついているのが耳に入ってくる。

え？　踊るって、人前で？　けれど、今回は、いいの……かしら？

アニアは混乱しながらリシャールを追いかけた。

本日の主役であるリザとティムがすっかり足を止めてこちらを見ている。

さすがに心の準備ができていない。そう思って遙か上にあるリシャールの顔を見上げると、金褐色の瞳が少し和《やわ》らげられた。

「どうせなら、後々自慢できるように堂々と踊ってもいいだろう」

これは現実なのかしら。

一年前、両親に言われるままに嫁がされる将来しかなかった自分が、王太子殿下のお相手を務めているなんて。

いつか王太子殿下がお妃を迎えたら自分は遠くからそれを眺めて祝福するのだと思っていたのに。自分が殿下の隣に並ぶことになるなんて。

目が覚めたら全て自分の妄想だったりしないだろうか。

けれど支えてくれる腕の強さに、触れる手の温かさ。それは本当だから。

ああ本当に。きっと今夜のことは一生忘れない。

将来周りがいくら引いても飽きたと言われても何度も何度も繰り返し自慢するだろう。

10

外は冬景色が続いているのに、そこは別世界だった。

ベアトリス王太后《おうたいごう》の居城にある温室は、彼女が丹精した花が咲き乱れていた。中でもひときわ目立つ真っ赤な大輪の薔薇《ばら》が大きく花開いている。

「この薔薇は先代の国王陛下にいただいたものです。これが咲いたからぜひ見て欲しかったの」

ベアトリスはリザとアニアを温室に招き入れるとそう話してくれた。

「二人とも忙しいのでしょうけれど、今日は来てくれて嬉しいわ」

「私は大した準備はないので大丈夫です」

リザはそう言ってアニアに目を向けた。

確かにリザは結婚しても当面王女の身分のままなのでほとんど生活は変わらない。領地経営については兄やティムに教わっていると聞いた。

「わたしも今は少し落ち着いてきましたから」

アニアの周辺はにわかに慌ただしくなった。

あの舞踏会の後、正式な文書が送られてきてアニアは王太子妃に内定した。

伯爵家からの王太子妃では家格としてどうかという声も上がったが、メルキュール公爵家とブランシュ侯爵家がアニアの後見を申し出てくれた。ポワレ宰相《さいしょう》のパクレット侯爵家とティムの実家バルト子爵家も支持を表明してくれた。

婚約式は一ヵ月後に予定されている。

今はその準備と妃教育を受けながら日々の仕事をこなしている。バレーを呼び寄せておいて良かったとつくづく思ったアニアだった。彼がいなかったら今頃倒れていたかもしれない。

「無理は禁物《きんもつ》ですよ。あなた方はまだまだ先が長いのですから」

ベアトリスは紅茶を淹《い》れながら穏やかに微笑《ほほえ》んだ。

「まあ、私たちよりも王宮の侍従たちの方が大変なのではないかと。何しろ一年の間に王族の結婚が続くとなれば。面倒だから一緒にしてしまえばいいと提案したら、それでは民が潤《うるお》わないからだめだと言われたのです」

アニアもリザの考えは合理的だと思ったけれど、王族の結婚はいわばお祭り騒ぎで経済的な効果を考えると必要な無駄なのだと聞いて、政治の難しさを思い知った。

「その上国王陛下まで便乗なさってこの際だから自分が譲位《じょうい》して即位式もすればとおっしゃって、宰相始め諸侯方を呆《あき》れさせていらしたのもどうかと思いました」

ベアトリスはそれを聞いて声を上げて笑っていた。

「陛下は相変わらず周りを困らせていらっしゃるようですね」

リザがベアトリスの後ろにずっと静かに控《ひか》えている女性をちらりと見てから口元に笑みを浮かべる。

「宰相を怒らせたらディアーヌ様に会わせてもらえないと思っているようですから、大丈夫でしょう」

栗色の髪と金褐色《きんかっしょく》の瞳を持つその女性はリザの言葉に困ったような表情を浮かべた。ベアトリスが彼女を手招きして呼び寄せる。

「紹介が遅れましたね。彼女はポワレ宰相の妻ディアーヌです」

ディアーヌは優雅に一礼すると、リザとアニアに微笑みかけてきた。

「王女殿下とクシー女伯爵閣下には夫がお世話になっております。この度はお二方揃ってご婚約が整われましたこと、お祝い申し上げます」

アニアはディアーヌとは会ったことがあるし手紙のやりとりもしていたが、リザは今回が初対面だ。けれど彼女の面差《おもざ》しを見て誰なのか察していたらしい。

「父上より先にお目にかかれるとは光栄です」

リザは満足げに微笑んだ。

「陛下がどのように期待なさっていらっしゃるのか存じ上げませんけれど、実際にお目にかかったらさぞがっかりなさると思います」

ユベール二世は妹が欲しかったらしい。けれど、何故《なぜ》か庶子《しょし》を含めても先代国王の子は男子ばかりなのだ。彼女に会ってがっかりすることはないだろう。それにディアーヌは社交の経験がなくても作法などの問題は見受けられないから大丈夫だとアニアは思った。

お祖父《じい》様はいつ彼女が王女と知られてもいいようにと考えていたのかもしれないわ。所作や教養は付け焼き刃で身につくものではないのだもの。

「あら。あなたはどこに出しても大丈夫。陛下を失望させるはずなどありません」

ベアトリスはそう言ってから、侍女が運んできたワゴンから菓子を並べる。ディアーヌもごく自然にそれを手伝っている。

その様子が幸せそうで、アニアは思わず笑みが浮かんだ。

「今日は女性だけのお茶会ですから、気楽にお話をしましょうね」

ベアトリスはそう言って楽しげに微笑む。

そこからリザとアニアの結婚準備の話になった。

リザは王女の身分は残るが、結婚後は王宮から独立して新しくフェストン公爵家を興《おこ》すことになっている。領地は南部の街道沿いにある元王太子領の一部が割譲《かつじょう》される。

ティムの領地とリザに与えられる領地は隣接していて、将来的にリザが王位を継がないならマルク領を併合《へいごう》して公爵領にすることもできる。

それを聞いたベアトリスは納得したように頷いた。

「東の要をメルキュール公爵、南の要をフェストン新公爵とマルク伯爵、北をポワレ宰相のパクレット伯爵、西を王太子妃となるクシー女伯爵。全て王家に関わる方々が押さえることになるのですね。安泰ではありませんか」

今後は周辺国との関係はしばらく穏やかになるだろうと王宮では考えられている。

ステルラで政変を起こそうとしていたアルディリアはルイ・シャルルと王政復活派が捕らえられたことですぐに手を引いたらしい。

今回の件で何かオルタンシアに干渉《かんしょう》してくれれば、ルイ・シャルルを背後で操っていたことを公言するようなものだから、当面は何も言ってくることはないはずだ。さらにルイ・シャルルからアルディリアの行っている陰謀《いんぼう》がオルタンシア側に伝わったのではないかと警戒しているだろう。

「今までは何かと外に目が行きがちでしたが、この先は内政に力を入れることになるでしょう」

リザはアルディリアの名前を出さずにそう答えた。ベアトリスの祖国であるし、そのアルディリアの手先のように動いていたルイ・シャルルは彼女の息子なのだから。

「そうですね。平和が続くことが望ましいです」

ベアトリスは大きく頷いた。祖国とオルタンシアの間で苦労してきた彼女のその言葉には重みが感じられた。

「息子がしたことを思えば私が言えることではありませんけれど、民のためにもそれが一番良いのです」

リザは首を横に振った。

「ベアトリス様が争いを望まれなかったことは私たちもわかっています。そういえば、叔父上《おじうえ》にお会いになったそうですね」

「ええ。皮肉なことにあの子が幽閉されたおかげでやっと穏やかに昔話ができるようになりました。すっかり落ち着いていて安心しました」

「そうですか」

あの方も、ベアトリス様とお会いする気持ちになったのね。

アニアの書いた小説を彼に差し入れたと聞いて、さらに事態を悪化させていないか不安になっていたのでそれを聞いて安心した。

ベアトリスがふと思いだしたようにリザとアニアを見た。

「そうでした。あなた方は書物に詳《くわ》しいと聞いています。マダム・クレマンという方をご存じ？ルイ・シャルルが持っていた本の著者なのですが、昔の王宮内での些細《ささい》な出来事まで書いてあるので年配の方だと思うのですけれど、貴族の方で思い当たる人がいなくて……」

リザは一瞬アニアに目を向けたが、にこやかに答えた。

「それは興味深い。どのような人物なのでしょうね」

アニアも慌てて頷いた。ベアトリスはわずかに目を細めて、意味ありげに微笑んでいた。

「ルイ・シャルルはその本を読んでエドゥアールが生きているのではないかと疑っていました。もっと話をしておくのだったと後悔しているそうです」

もしかしたらベアトリスはマダム・クレマンの正体に気づいているのかもしれない。そう思ったけれどアニアは曖昧《あいまい》に微笑むだけにした。

「祖父が聞いたら喜ぶと思いますわ。殿下のことをずっと心配していたそうですから」

自分は祖父の気持ちを間接的に伝えることができただろうか。一度も会ったことのない祖父が今のアニアには一番身近な肉親に思えていた。

ルイ・シャルル王子はきっと大丈夫。ベアトリス様とお話ができるようになったのだから、ご自分の罪と向き合ってくれるだろう。ディアーヌ様もお幸せそうだし。

これでお祖父様の心配ごとを少しでも減らすことができたかしら。

アニアは穏やかな日差しに目を細めた。


「そういえば王太子殿下のご婚約が決まって、他のご令嬢の結婚も次々決まっているようですね。王太子殿下が妃の他に寵姫《ちょうき》を迎えることはないと公言なさったから、諦《あきら》めるしかなかったとか」

ベアトリスが思い出したように話題を切り替えた。

彼女はこの城からほとんど出ないにも拘《かかわ》らず、思ったよりも王宮の出来事に詳しいようだった。近頃ジョルジュがたびたび訪れて話し相手になっているという。

ただ、ジョルジュのことなのでゴシップなども面白《おもしろ》おかしく伝えているらしい。

婚約が決まった直後、リシャールは寵姫を迎えることはないと貴族たちに伝えた。さらにアニアに嫌がらせをしていた令嬢たちの名前を知っていると突きつけた。

「元々兄上はそう言っていらしたのですが、話の通じないご令嬢が多かったようです。けれど、この先兄上に近づく者は減るでしょうね」

ティムから聞いただけでも、待ち伏せしているご令嬢があちこちにいたという。重要な職務の時は背丈《せたけ》が似ているティムが囮《おとり》をしていたこともあったとか。

「本当に殿下は真面目《まじめ》でいらっしゃるのですね。妃一人だけを大事にしたいなんて殿方の鑑《かがみ》です。まるで恋愛小説のようですね」

「そうですね。我が国の歴史上愛人も寵姫も持たなかった王は前例がないので、ぜひ実現していただきたいものです」

それを聞いてアニアは複雑な気持ちになる。

ベアトリスの夫もリザの父も愛人を持っている。中には貴族たちの反感をそらすために愛人を迎えるしかなかった例もあるので、それを不誠実だと一概《いちがい》に言えないこともある。

リシャールの気持ちは嬉しいけれど、その覚悟もしたほうがいいのかもしれないと考えてしまう。

するとリザが突然口元に笑みを浮かべる。

「それに、ジョルジュ兄上の話では、リシャール兄上が妃を冷遇《れいぐう》したら王位継承権第二位の者が夫婦で怒り狂って謀叛《むほん》を起こしかねないだろうと。一体誰のことでしょうね」

アニアは思わず顔が引き攣《つ》りそうになった。リザの婚約と同時にジョルジュは王位継承権を返上した。現在の王位継承権第二位は目の前にいる彼女なのだ。

「あらあら、物騒なお話ですこと」

ベアトリスも笑っている。

「ちなみに、ジョルジュ兄上は『そのときには僕も謀叛に協力するよ?』とおっしゃってました」

いや、そんな理由で謀叛を起こさないで欲しい。さすがにそれは問題発言ではないかと慌ててしまった。

「大丈夫です。その話をしていたとき、父上もリシャール兄上もいらっしゃいましたから」

リザはあっさりとつけ加えた。けれどそれはそれでどうなのか。本人の前で謀叛の計画をするジョルジュの強心臓に呆《あき》れてしまった。

どんどん話が大きくなってない?

ティムとリザは確かにアニアのことを心配してくれているから、何かあったら行動を起こすだろうとは思うけれどさすがに謀叛はない。やめて欲しい。

「国の平和のためにも、兄上には心してアニアを幸せにしていただかねばなりませんから」

リザは悪戯《いたずら》っぽく笑う。ベアトリスも笑いながら頷いている。

「……きっと大丈夫だと思います。わたしは殿下のお手を煩《わずら》わせなくても、勝手に幸せになりますから」

だって、今この場にいることだけでも、わたしにとっては幸せなことだもの。

「だからどうか、謀叛はやめてください」

リザはアニアの言葉に目を瞠《みは》って、穏やかに微笑んだ。

「わかった。だが、いつでもできるように準備はしておくから、兄上が何かしでかしたら言うのだぞ？」

いつでもって……リザ様、それは解決になってません。

アニアはそう思ったが、本気なら口に出して謀叛をすると予告するはずもないので、それ以上言わなかった。


お茶会の後、馬車の支度《したく》待ちの間にリザが問いかけてきた。

「マダム・クレマンの執筆活動は結婚後も続けるのだろう？」

「はい。殿下も続けて欲しいとおっしゃってますし」

「兄上は小説の続きが読みたいという下心満載だな。……しかし、そなたも色々とやることが多いな」

「そうですね。まずは領地経営で目指せ黒字ですけれど」

クシー伯爵家の借金を返済して、さらに領地を発展させること。グリアン王国との人的交流を軌道《きどう》にのせること。

妃教育もこなさなくてはならないし、それ以外にも学びたいことはある。

「あんまり根《こん》を詰めるな。そなたのことだから理想の王太子妃像を作ってしまって、自分の首を絞《し》めているのではないか?」

「……確かにそうですね」

リザの指摘通りアニアは今までリシャールにふさわしい王太子妃をあれこれ想像していたからか、自分がそうならなくてはと気負っていたかもしれない。

「それに、今まで祖父の記憶に助けてもらっていましたけれど、これからは自分で考える力をつけなくてはと焦《あせ》っていたのかもしれません」

アニアは漠然と、祖父はルイ・シャルル王子とベアトリス王太后、そしてディアーヌとバレー、守ろうとしていた彼らの行く末を気にしていたのだろうと思っていた。

彼らが落ち着いて暮らせるようになれば、もう満足してアニアに記憶を見せることはなくなるかもしれない。

だからいつまでも祖父を頼りにしている訳にはいかないと考えていた。

「なるほど。だが兄上のような面倒な完璧《かんぺき》志向の石頭は二人も要《い》らぬからな。もう少し力を抜いていいと思うぞ」

「それはさすがに失礼ですわ……」

リザは何か不快なことを思い出したように顔を顰《しか》める。

「リシャール兄上は頭が固すぎる。こちらは領地経営は素人《しろうと》だというのにあれやこれや細かい間違いまで口うるさいからな」

「それはリザ様を心配なさっているからではないでしょうか」

リシャールは王太子の職務以外にリザに領地経営を教えている。今まではリザが王位継承権を持たない王女だったせいか比較的自由に過ごしていたが、状況が変わってリザも領地の管理をしなくてはならなくなった。

……殿下は心配だと細かいことまであれこれ指摘なさるから、リザ様にはそれが窮屈《きゅうくつ》に感じられるのね。

「口うるさいとは心外だな」

不意にこの場にいないはずの人の声がして驚いた。開いていた扉からリシャールが入ってきたところだった。

「殿下……」

「あら？　兄上自らお迎えにいらしたのですか？　中においでになればよろしかったのに」

リザはまったく動じていない。

「バルトも一緒だ。今日は女性だけの会だと言っていただろう？」

リシャールはリザに答えたあとで、アニアに目を向けた。

「……ゆっくりお話はできたのか？」

「はい。温室も見事でしたし、お話も楽しかったです」

アニアが笑みを返すと、リザが背後から顔を覗かせた。

「ディアーヌ様にもお会いしました。とても素敵な方でした」

リシャールはそれを聞いて複雑な表情を浮かべる。

「……エリザベト。くれぐれも父上には黙っておいてくれ。何を始めるかわからないからな」

「そうですね。確実に宰相閣下《かっか》に圧力がかかりそうです」

「圧力か。宰相がどこまでぺしゃんこになるか見てみたい気も……」

「やめてくれ。宰相だけではなく警備担当者が振り回されるのだぞ」

国王はディアーヌに会うのを楽しみにしているから、それを聞いたら大人しくしてはいないだろう。リシャールには胃の痛い話だ。

「馬車の準備が整ったそうですよ……あれ？」

そこへやってきたティムがリシャールの表情を見て首を傾《かし》げる。

「何かあったのですか？」

リザがティムに歩み寄って小声で話しかけた。

「……なるほど。では私たちは先に馬車に行きますから、殿下は落ち着いてからおいでください。アニア、殿下のことを頼むね」

落ち着かないといけないほど取り乱していらっしゃる訳ではないのに。

アニアが戸惑《とまど》っているとリザとティムはさっさと出て行ってしまった。

「殿下……どうなさいますか？」

「いや、そこまで狼狽《うろた》えてはいないぞ。父上の言動が予測できるものなら誰も苦労しないからな。今から心配しても仕方ないだろう」

リシャールは二人が出て行った方向に目を向ける。

「もっとも、あの二人が何か親密な話がしたくて先に行っただけかもしれないな」

「でしたらカタツムリのようにゆっくり歩いたほうが良いのでしょうか？」

さほど距離がある訳ではないのでアニアがそう問いかけると、リシャールは首を横に振る。

「そこまで気を遣《つか》う必要はないだろう。……ところで、そなたに一つ大事なことを言いたいのだが」

「殿下……？」

アニアは思わずリシャールの顔を見上げた。いくらか緊張しているように見える。

大事な話って、何かわたし粗相《そそう》をしたかしら。それとも何か大きな間違いをしてしまっていたかしら？

アニアがあれこれ考えているとリシャールがぽつりと告げた。

「その殿下というのはやめてくれ」

……はい？

アニアは予想もしなかった申し出に驚いて固まってしまった。

「公《おおやけ》の場は仕方ない。だが、いずれ家族になるのだから堅苦しい呼び方はどうかと思ったのだ」

婚約が決まってからもアニアが以前と同じように殿下と呼んでいたのは、リシャールにはよそよそしいと思われていたのだろうか。

「では……どのようにお呼びすればよろしいでしょうか」

「オレは家族からも愛称で呼ばれたことがないから、名前でいい」

「では……リシャール様……？」

思わず口にしてから、アニアは頬が熱くなるのを自覚した。

あまり表情に出さないリシャールが満足げに微笑んでくれたのを見て、アニアは自分からも歩み寄ろうとリシャールの顔を見つめた。

「よろしければ、わたしのこともどうかアニアとお呼びください」

「わかった。そうさせてもらう」

リシャールは頷いた。

「もしかして大事なお話というのは……このことですか？」

「大事な話だろう？」

リシャールは不思議そうに問い返してきた。どうやら彼にとっては重要なことだったらしい。

もしかして、ご自分だけが名前で呼び合うことがないから気になさっていたのかしら。

「なんとなく、そなたを愛称で呼べないようではバルトやジョルジュに勝てない気がしたのでな」

……それは一体何を勝負対象にしているのでしょうか。

どうやら彼はアニアの知らないところでティムやジョルジュに張り合っていたらしい。

「ティムはともかく、ジョルジュ様は勝手に呼んでらしただけです。勝ち負けにはなりませんわ」

「そうなのか……。オレは女性を愛称で呼んだことはないから……」

下手にそんなことをしたら特別扱《あつか》いだと誤解されるからだろう。アニアはリシャールに笑みを向けた。

「では、わたしが最初なのですね。嬉しいです」

リシャールは一瞬金褐色の瞳を見開いて、微笑んだ。

「そろそろ、エリザベトたちが待ちくたびれているかもしれない。行こうか。アニア」

リシャールが手を差し伸べてきた。

不意打ちはやめて欲しい。そう呼んで欲しいと言ったけれど。確かにそう言ったけれど。

あまりに嬉しそうに呼んでくださるから。それは反則だわ。

騒ぎ始めた心臓を宥《なだ》めながらアニアはその手を取った。

緊張が伝わったのか、リシャールが問いかけてきた。

「どうかしたのか？」

「いえ。……一年前のわたしに現在の出来事を話したら、絶対信じないだろうと思いましたの」

あの頃は両親に言われるままに自分の人生は決められてしまうのだと思っていた。

王宮で働き始めて、畏《おそ》れ多くもリザ様に友人だと言っていただいて、父の後を継いで慣れない領地経営をしながら小説を書き続けることもできて。

そしてリシャール様の婚約者になっているなんて。きっと信じない。

リシャールはわずかに金褐色の瞳を和らげて、小さく頷いた。

「安心するがいい。オレも同じだ」

アニアはその言葉にやっと少し落ち着きを取り戻した。

やがて、馬車の傍らで待っていたリザとティムがこちらに気づいて手を振ってきたのが見えた。

アニアは傍らに立つリシャールの顔を見上げて微笑みかけた。

この先もわたしはわたしの物語を自分で綴《つづ》っていくだろう。結末はまだわからない。でも。

——大切な人たちと一緒なら、きっと大丈夫。

Sakka reijo to
Shoko no hime no
yakusoku sareta
monogatari

作家令嬢と書庫の姫の約束された物語

オルタンシア王国は大陸西端に位置する大国である。かつては隣国アルディリアとの諍《いさか》いや王位を巡《めぐ》っての内乱があったが、今は平穏な日々が訪れていた。

その王宮では来週開かれる現国王ユベール二世夫妻の成婚三十年を祝う王宮舞踏会に向けて慌ただしい賑《にぎ》わいを見せていた。

そんな中、春の日差しが差し込む窓際に椅子を置いて、アニアこと王太子妃アナスタジアは書類を手に笑みを浮かべていた。

「アニア。ここにいたのか」

歩み寄ってくる長身の男性を認めて、アニアは椅子から立ち上がろうと腰を浮かせかけた。

「立たなくていい。何をしていたのだ？」

オルタンシア王国王太子リシャールはそれを遮《さえぎ》ると少しだけ表情を和《やわ》らげた。アニアの隣に椅子を持ってくると手元を覗き込んできた。

「来週の王宮舞踏会の招待客名簿です。お客様がいらっしゃる前に目を通しておこうかと」

アニアはこれから親しい人たちと午後のお茶を楽しむ予定にしていた。

……最近仕事のし過ぎだと注意されたから、こっそり見るつもりだったのに。

アニアが身構えているのがわかったのか、リシャールは困ったように眉《まゆ》を下げる。

「……怒っているわけではない。だが、目の届かないところで何かあっては困る」

「申し訳ありません。名簿を見ていたら懐かしいお名前ばかりで、つい夢中になってしまって」

アニアは微笑《ほほえ》んで名簿を差し出した。それを見てリシャールが目を細めた。

「なるほど。そういえば、アルディリアのリリオ伯爵が出席するそうだな。大丈夫か？」

リリオ伯爵エマヌエルはアルディリア女王の弟。リシャールの妹エリザベトの婚約者だった。以前の来訪では彼は酒に酔ってアニアに強引に言い寄ろうとした。それをリシャールは気にしているのだろう。アニアも忘れていない。

「きっと大丈夫ですわ。今はお酒も断っていらっしゃるそうですし。月日は人を変えるものですわ」

帰国後、彼は王位継承権を返上してリリオ伯爵となった。

長く敵対関係にあったアルディリアとの間で現在新たな同盟関係が話し合われている。それをアルディリアの女王に進言したのが彼だという。

アニアの言葉にリシャールが頷いた。

「そうだな。そなたとエリザベトにやり込められて、反省したのだろう」

アニアはそれを聞いて複雑な気持ちになった。

「あら、わたしは何もしていませんわ」

確かにあまりの馬鹿王子に腹を立ててリザ様と一緒に調教計画を立てたのは事実だけれど、そのくらいであそこまで人を変えられるとは思えない。

「謙遜《けんそん》だな。グリアンのウイリアアム王もそなたには逆らえぬだろう」

「それは王妃様の件で恩義を感じてくださっているだけですわ」

海の向こうにある島国グリアン王国のウイリアム王から依頼されて、彼が内政の憂慮《ゆうりょ》を絶つまでの間オルタンシアで王妃を預かったことがある。グリアンの先代国王とアニアの祖父が親交があった縁でアニアの領地に客人として迎え入れた。今でもそのことに恩義を感じてか、折に触れて書状や贈り物を届けてくれている。

ただ、今回の舞踏会には参加を見合わせるという書状が届いていた。

「今回は残念でしたけれど、近く三人目のお子様がお生まれになるそうですから」

「そうか。かの国の王妃を預かったのはそなたが王宮に来た頃の話だったな」

リシャールはそう言ってからアニアの顔を見つめる。

「そうですね。五年になります」

アニアが初めて王宮に上がってきて五年が過ぎた。当時、借金を抱《かか》えた貧乏伯爵家の令嬢だった自分が今は王太子妃としてリシャールの隣にいる。

あの頃の自分が今の状況を見たら、絶対信じないだろう。

リシャールがわずかに目を細めた。

「そなたが来てから一気に物事が動いたような気がする。近隣国との関係も叔父上《おじうえ》のことも」

今でも思う。アニアが王宮に来られたのは、亡くなった祖父が裏で手を引いていたのではないかと。祖父はベアトリス王太后《おうたいごう》やルイ・シャルル王子のことを亡くなるまで気にかけていた。

「わたしは祖父の記憶を紐解《ひもと》いただけです。きっと祖父がそう望んだのでしょう」

事実今はあの頃ほど頻繁《ひんぱん》に祖父の記憶を見ることはなくなった。

「だが、それを選んだのはそなただ。おかげで叔父上を止めることができたのだ」

アニアはリシャールと結婚した後で知らされたが、王弟ルイ・シャルルはベアトリスの居城の一室で幽閉《ゆうへい》されているという。たびたび国王や宰相《さいしょう》夫妻がお忍びで訪ねているせいか、本人からはこれでは賑やかすぎて幽閉とは呼べないだろう、という抗議もあるとか。

「叔父上だけではない。オレもエリザベトもそなたが来てくれたからこそ、変わったのだ」

「わたしにはそんな力はありませんわ。わたし自身もずいぶん立場が変わりましたし」

「そうだな。そなたにはいろいろと苦労をさせてしまったかもしれない」

リシャールはそう言ってアニアの手を包むように握った。

「いいえ。とても充実していましたわ」

確かに王太子妃に決まってからも学ぶことが多く、新たな仕事について行くのが精一杯だった時期もある。

けれど、アニアはそれを苦労と呼ばないと決めた。新しい知識を得る機会だと切り替えた。

困っていたらリシャールが必ず気にかけてくれた。だから辛《つら》いことなどなかった。

リシャールの視線を受け止めるように見つめると、アニアは穏やかに答えた。

「それに、リシャール様はわたし以上に働いていらっしゃるのですもの。負けられません」

「いや、オレは王太子しかやってないぞ。王太子妃の執務と伯爵領の管理と小説の執筆をしているそなたに言われたくはない」

「秘書や代官がいるからこそですわ。それに小説は趣味です」

「趣味？　本の売り上げを使用人たちに配るほど収益《しゅうえき》があるのにか？」

確かに庶民向けに書き直したアニアの小説が出版されて相当な収入になっていた。とはいえ、作者が王太子妃だとは公表していないので、表沙汰《おもてざた》にしにくいお金の扱いに迷ったアニアはクシー伯爵家の使用人たちに臨時手当を出すことにした。

「あれは伯爵家の借金完済記念です。配ったのではありませんわ」

貧乏伯爵家だったクシー家はアニアが領主に就任してから「目指せ黒字」を掲《かか》げてきた。昨年ついに財政が黒字に転じたので、それを記念した手当だった。

「わざわざエリザベトに帳簿を見せに行っていたな」

「ええ。一番にリザ様に報告したくて。その時に手当のことを思いついたんです」

「なるほど。そなたらしい金の使い道だ」

リシャールは苦笑混じりにそう言ってから、ふと真顔になる。

「そなたがしたいことを止める気はないが、くれぐれも無理はしないでくれ」

「わかっております。舞踏会が終わったら時間ができますから」

「このような舞踏会など大げさに構える必要はない。気楽にやればいい」

「あら、両陛下のご成婚三十年ですのに、乗り気ではないのですか？」

国王夫妻を祝うための舞踏会なので、リシャールとアニアが采配《さいはい》を任されている。

なのにリシャールがその舞踏会を重要視していないように思えて、アニアは首を傾《かし》げた。

「そもそも祝うほどのことなのか」

リシャールは不満げにぽつりとこぼした。

リシャールの父ユベール二世には寵姫《ちょうき》や愛人がいる。王妃の元に通うことは月に一度あるかないかという有様《ありさま》だ。そのせいで王妃をないがしろにしていると噂《うわさ》されたり、王妃を軽んじるような言動をする者もいる。それを国王は咎《とが》めたりしていない。

そんな父の態度がリシャールには不誠実に思えるのだろう。舞踏会よりも王妃の不名誉な噂を払拭《ふっしょく》するのが先だと考えているのかもしれない。

ユベール二世は元々第三王子で、即位した時には大きな後ろ盾《だて》がなかった。王位継承争いで国内が荒れた直後だったこともある。新王の下で貴族たちの権力争いが起きるのは避けたかった。そのために国内の有力貴族から愛人を迎えて争いを回避したのだろう。

新興国ガルディーニャ出身の王妃に対する風当たりを弱める目的もあったのかもしれない。

リシャールはどちら側の事情もわかっているからこそ複雑な気持ちなのだろう。

アニアは国王夫妻が噂されるほど険悪な関係だとは思っていない。

人前では淡々としていても、その裏に信頼があるように見えるから。

「むしろ盛大に祝うべきです。皆からのお祝いの言葉は圧力になるでしょう。王后陛下《おうこうへいか》を大事にしなければとお考えになりますわ」

アニアの言葉にリシャールは納得したように頷いた。

「なるほど。それならば父上がうんざりするほど祝ってさしあげるのもいいだろう」

アニアは不意に小さな不安が頭をよぎった。

結婚するとき、リシャールは寵姫も愛人も迎えないと言ってくれた。けれど施政者の立場になれば自分の望みを押し通すのは難しくなる。権力に近づくために王の寵愛を得たいと考える人は多い。政治的な判断で寵姫を迎えることもあるかもしれない。

将来に万が一の覚悟はしていても、それを平然と受け入れられる自信は今もない。

「アニア」

リシャールはそっと椅子を寄せて、アニアの肩を摑んで抱き寄せた。

「先のことはわからない。それでも約束する。オレが寵姫を設《もう》けることはない。そなたにはずっと隣に並んでいてもらわねば困るのだ」

「……リシャール様」

「もっとも、今こんなことが言えるのはオレの力ではない。父上のおかげで国内が安定しているからだ」

リシャールは今の平穏が誰の力によるものか理解している。父に対して異を唱《とな》えることはあっても施政者として尊敬しているのだろう。

「だが、いずれ自分の治世が来たとして、新たな国王は妃《きさき》に頭が上がらないふがいない男だと言われようと、考えを変えるつもりはない」

「まあ。それではわたしは独占欲の強いとても怖いお妃にならなくては」

アニアはなんとか笑みを作って夫の顔を見上げた。これ以上彼を困らせたくなかった。

そこへ女官が来客を告げてきた。

「フェストン公爵ご夫妻が到着なさいました」

待ち望んでいた来訪にアニアは目を輝かせた。それを見てリシャールも表情を緩《ゆる》めた。


第一王女エリザベトは臣下《しんか》に降嫁《こうか》するときにフェストン公爵の名を得た。王宮では会計監査を行う要職にある。女公爵の夫、マルク伯爵ティモティ・ド・バルトは彼女を支えつつ、リシャール王太子の側近として働いている。

「王太子殿下ならびに妃殿下。本日はご招待ありがとうございます」

落ち着いた深い赤のドレスを纏《まと》ったリザは、アニアの前で優雅に一礼するといつも通りの強気な笑みを向けてきた。傍《かたわ》らに立つティムもそれに倣《なら》って一礼する。

「おいでいただき感謝申し上げます。どうぞこちらに」

お茶を運んできた侍女たちが部屋を出ると、リザは我慢の限界という様子で吹き出した。

「我らには敬語はいらぬのですぞ？　妃殿下」

「これはもう癖《くせ》だと思って諦《あきら》めていただけないでしょうか」

アニアは手のひらで熱くなった頬を押さえた。今のアニアは王太子妃で、リザは臣下に過ぎない。わかっていてもリザの女官だった頃の癖が出てしまう。

「まあまあ。かしこまるのは公式な場だけでよろしいのではありませんか？」

ティムがそっと口添えしてくれて、リシャールも頷いた。

「そもそもそんな下らぬことで揚《あ》げ足を取るような輩《やから》は放っておけ」

「ほらね？　殿下もそう仰《おお》せだし」

ティムが優しい従兄《いとこ》の顔でアニアを見る。

アニアとリザはお互いの結婚後もこうして交流が続いている。リザもティムも王宮内で働いているし、ティムに至ってはリシャールの側近なのだからほぼ毎日のように顔を合わせている。

「そういえば子供たちは一緒ではなかったのですか？」

リザとティムの間には息子と娘が一人ずつ生まれている。面差《おもざ》しがリザによく似た愛らしい子供たちだ。どちらも利発だけどやんちゃで周囲を困らせているらしい。

おそらくはティムの体力とリザの知力が合わさった結果だろう。

リザは悪戯《いたずら》っぽく微笑む。

「父上に預けてきた。孫を配置しておけば執務室から逃げられないだろう」

それはそうかもしれないけれど、きっとお仕事も進まなくなるだろう。

ティムはアニアが心配しているのに気づいてか穏やかに答える。

「乳母《うば》も一緒ですから大丈夫ですよ。今日はアンリ殿下とパトリック殿下はどちらに？」

アニアとリシャールの間には男の双子が生まれていた。今年三歳になる。

「今はバレーが庭で遊んでくれているはず……」

言いかけたところに突然ただならぬ叫び声が聞こえてきた。慌ただしく走る足音。

「騒がしいな。……何かあったのか？」

リシャールが眉をひそめて立ち上がった。それと同時に扉が勢いよく開いて何故《なぜ》か両脇に黒髪の子供を抱えたメルキュール公爵ジョルジュが駆け込んできた。

「見て見てー。可愛《かわい》いから攫《さら》ってきたよー」

「……いい加減にしてください。閣下」

その後からバレーことバスチアンや護衛たちが息を切らせて追いかけてきた。

「アンリ、パトリック。何をしていたの？」

子供たちは嬉しそうにアニアの方に駆け寄った。二人とも黒髪で容姿だけは父親似と言われる。ただ、どうやら性格は揃《そろ》ってアニアに似てしまったらしい。

二人は金褐《きんかっしょく》色の瞳を輝かせて争うように報告してくる。

「母上。あのね。叔父上が皆で追いかけっこしようって」

「バレーが追いかけてくるの。叔父上は走るのがすっごく速いの」

子供たちはジョルジュの行動に慌てる大人たちが面白《おもしろ》かったのかご機嫌だ。

「……そう。叔父上が困ったお方だというのはよくわかったわ。大変だったわね。バレー」

「御前《ごぜん》をお騒がせして申し訳ありません」

バレーはアニアの領地経営の補佐をしている。今日はアニアの子供たちにせがまれて庭の散策に連れ出してくれていた。そこへ運悪くジョルジュがやってきたのだろう。

バレーが子供たちを連れて行くと、リシャールは重々しく宣告した。

「ジョルジュ。王族の誘拐《ゆうかい》は死罪だ」

「リシャール兄上。もう面倒ですからこの場で斬《き》り捨てますか？」

リザも冷淡に問いかける。ジョルジュは大げさに驚いた顔をしてみせた。

「えー？　酷《ひど》くない？　いいじゃない。たまにはこっちの甥《おい》っ子たちと遊んでも。リザのとこのチビちゃんたちは僕の顔見たらゴミを見るような目を向けてくるから辛いんだよ」

「二言目には『うちの子にならない？』って聞いてくるしつこい大人には正しい対応でしょう？」

リザは平然と応じる。ジョルジュはリザの子供たちのどちらかをメルキュール公爵家の跡取りにと狙っているらしい。けれどすでにティムとリザにはきっぱり断られている。

「悪ふざけもほどほどにしないと、メルキュール公爵家の存続も危うくなるぞ」

リシャールが告げると、ジョルジュはそこでいきなり得意げな表情を浮かべた。

「それは困るなあ。やっと僕も結婚が決まったんだから」

突然の発言に、その場にいた全員が固まった。

ジョルジュにはまだ婚約者もいない。公爵邸には先代当主が飼っている蜘蛛《くも》が大量にいるせいかご婦人方から敬遠されているという。その彼が結婚？

「……お相手は実在する人間ですか？」

リザが探るように訪ねた。ジョルジュはその反応に満足したように微笑んだ。

「もちろんだよ。やっと書面の手続きが終わってね。先ほど父上にも報告してきた」

アニアは思わずつぶやいた。

「もしかしてブイエ男爵令嬢のロズリーヌ様ですか？」

「あれ？　よくわかったね」

ジョルジュが意外そうに金褐色の目を向けてきた。

「ブランシュ侯爵から手紙をいただいたのです」

ブランシュ侯爵はアニアの大伯父《おおおじ》に当たる。今は第一線を退いて領地で暮らしている。

結婚相手と家格を合わせたいとブイエ男爵から依頼されて彼女を養女に迎えたという。

それ自体は珍しいことではない。ただ、その手紙の最後に、『しばらく世間を騒がせてしまうことになるので申し訳ない』という、謎の一文があったのが引っかかっていた。

ロズリーヌ嬢は王立大学で講師として働く才媛《さいえん》だ。年齢はジョルジュと同じくらいだろう。

専門は生物学。アニアは面識がないけれど、変わり者の貴族令嬢という噂を聞いたことがある。研究一筋で貴族的な社交には関心がなく夜会などにも出ないという。彼女の結婚となれば確かに驚かれるだろう。でも騒ぎになるほどだろうかと思っていた。

だからアニアは侯爵が来週の舞踏会に出席しないだろうかと名簿に目を通していたのだ。

これで意味がわかったわ。問題なのはお相手ね。

ジョルジュが妻を迎えるとなれば王宮内は大騒ぎになるだろう。それに巻き込まれるブランシュ侯爵もお気の毒だ。

「いやー、義父上《ちちうえ》の蜘蛛つながりでお会いしたんだけど、生物学的に僕のこと興味があるんだって。僕が死んだら解剖《かいぼう》して頭の中をじっくり調べたいとか熱烈に口説《くど》かれてねー。なら結婚しちゃう？　って言ったら承諾《しょうだく》してくれたんだよ」

どう聞いてものろけとは思えない。どうやらお相手もジョルジュ並みに変わった人らしい。

生物学的な興味？　もしかして、間近で観察したいから結婚するってこと？

アニアが戸惑っているとティムが爽《さわ》やかに祝いの言葉を口にした。

「おめでとうございます。身内なら解剖の承諾書も必要ありませんから解剖され放題ですね」

ジョルジュは上機嫌で微笑む。

「やだなあ。心配しなくても大丈夫だよ。生きてるうちは解剖しないって言ってたから」

それは大丈夫と言えるのかしら。アニアはどんな顔をすればいいのかわからなくなった。

生物学者に興味を持たれるジョルジュの個性を褒《ほ》めるべきなのか、相手を解剖したいという令嬢に驚くべきなのか。先代公爵の蒐《しゅう》集《しゅう》した蜘蛛に動じないお相手だから喜ぶべきなのか。

……さすがジョルジュ様。情報量が多すぎてどこから追及すればいいのか全然わからないわ。

リザも額に手をやって困惑した口調でつぶやいた。

「メルキュール公爵家の変態ぶりにさらに磨《みが》きをかけるとはさすがジョルジュ兄上だ」

どうやらメルキュール公爵家には変人が多いという説はまだまだ続くらしい。

「すでに伝統になりそうですね」

アニアはこっそり頷いた。ジョルジュはそれを見て複雑そうに眉を寄せた。

「ねえねえ。二人とも祝ってくれる気あるのかなー？」

リザは悪びれない笑顔で応じた。

「もちろんですとも。体を張って医術の発展のために貢献《こうけん》なさる兄上はご立派です」

「ジョルジュ様を生物学的見地から理解なさりたいなんて、素敵な方ですね」

アニアとリザがあまり祝いになっていない返事を口にしたがジョルジュは上機嫌で頷いた。

「来週の舞踏会には一緒に出るから、紹介するよ。彼女、二人と似てるからきっと気が合うよ。仲良くしてくれると嬉しいな」

アニアとリザは顔を見合わせた。

リシャールの弟であるジョルジュの妻ならこの先も親族として交流を持つことになる。嫁《とつ》いできた彼女が気後《きおく》れしないようにという配慮《はいりょ》だろうか。

そんなお気遣いをなさるなんて。お相手を思い遣《や》っていらっしゃるのね。

アニアがそう思っていると、ジョルジュは余計な一言を付け加えた。

「いやー。唐突に臓器の話とか始めちゃうからね。彼女とまともに話ができそうなご婦人はリザとアニアちゃんくらいだろうね」

リザがすっと金褐色の目を細めると夫に目配せした。ティムが笑顔でアニアに問いかけた。

「妃殿下。不敬罪の現行犯です。斬り捨てましょうか？」

せっかくのお茶の場を血なまぐさくされないように、アニアは苦笑いで応じた。

「むしろジョルジュ様が態度を改められた方が気持ち悪いと思いませんか？」

リザがそれを聞いて自分の腕に手を触れる。

「確かに。想像したら肌がぞわぞわした」

「そうですね。気持ち悪いです」

三人は納得して頷き合った。

「君たちほんとに僕に風当たり強いよね。大暴風だよね？　ところでアニアちゃん？」

ジョルジュが呆《あき》れたように言いながら、アニアの隣をちょいちょいと指さした。

そこでアニアは彫像のように固まったままの人が隣にいることに気づいた。

「リシャール様。大丈夫ですか？」

リシャールはやっとそこで現実に戻ってきたように目を瞬《しばた》かせた。

「今、何かとんでもないことを聞かされたような……夢を見ていたのか？」

アニアは微笑んで首を横に振った。

「いいえ。現実ですわ」

リシャールは一瞬眉を寄せて、ジョルジュに向き直る。

「そうか。ジョルジュ。とりあえずおめでとう。くれぐれも婚約者に迷惑をかけないように」

「祝いのお言葉にお説教までいただけるとは恐悦《きょうえつ》至極に存じます」

さんざんアニアたちに不敬と言われたせいか、ジョルジュは大げさに一礼する。

アニアはふと思いついて、リシャールに提案した。

「そうですわ。ジョルジュ様が舞踏会にお相手を連れていらっしゃるのなら、合わせてお祝いしなくてはなりませんわ」

それを聞いたリザが不思議そうに問いかけてきた。

「父上の成婚三十年だけよりは盛り上がりそうだ。それより、アニアたちはいいのか？　三人目とはいえ懐妊となれば盛大に祝わねばなるまい」

途端にジョルジュが表情を明るくする。

「え？　懐妊？　そうなの？　おめでたいね。やろうやろう。ぱーっと祝うべきだよ」

アニアはそう言われて、頬が熱くなった。懐妊したことはリザにはこっそり報告しているが、まだ公表はしていない。体調が落ち着いたので近くそうするつもりではあったけれど。

「せっかくの陛下たちのお祝いの場で……よろしいのでしょうか」

リシャールは大きく頷いた。

「そうだな。皆がジョルジュの結婚で驚いているだろうからあまり騒ぎにはなるまい。舞踏会でそなたが踊らない理由も聞かれずにすむ」

「ついでに兄上に愛人を薦《すす》めてくる馬鹿者どもに仲睦まじいところを見せつけて、妃殿下にぞっこんだと宣伝してください。さもないと夫とともにあの者たちを闇討《やみう》ちしたくなりますから」

リザが物騒な言葉を口にしているとは思えない優雅な仕草でティーカップを手に取る。

親友を自負しているリザとアニアに対して過保護気味なティムなら本当にやりかねない。

「無論だ。オレも舞踏会で踊る気はない。妃に愛想を尽かされては困るからな」

リシャールが即答したので、リザが意外そうに目を丸くした。

「あら。何かあったのですか？」

先ほど自分が不安な顔をしてしまったせいだとは言いにくくて、アニアが言葉に迷っていると、リシャールの手がそっとアニアの手を握った。

「今後の目標を決めたからな」

……目標って……。

アニアはさっきリシャールが告げた言葉を思い出す。

『いずれ自分の治世が来たとして、新たな国王は妃に頭が上がらないふがいない男だと言われようとも、考えを変えるつもりはない』

先のことはわからない。けれどそれは誰でも同じだ。だったら大切な人を信じよう。

リシャール様はきっと約束を違《たが》えたりしない。

アニアはリシャールの視線を受け止めて笑みを浮かべた。リシャールは黙って頷く。

「ふーん。今後、ねえ。あ、そういえば父上がさっき……」

ジョルジュが思い出したようにリシャールを見た。

「『子供たち全員がそれぞれ落ち着いたことだし、そろそろ私も退位して孫のお守りに専念するかなー。そうだそうしよう』って言いながら熱心に書類作ってたんだけど」

国王の口調を完全に真似て、ジョルジュは肩をすくめる。

退位？　国王を退く……って。

二度目の衝撃に固まりそうになったが、今度はリシャールが一番に立ち直った。

「それを早く言え。……ティモティ。父上を止めるぞ。手伝え」

「了解いたしました」

二人が指示を飛ばしながらジョルジュを連れて慌ただしく飛び出して行った。

「陛下は本気なのでしょうか……」

一気に静かになったところで、アニアは心配になって問いかけた。リザは呆れたように苦笑いしている。

「最近の父上は隙があったら退位する気満々だからな。まあ、兄上が頑張って説得するだろう」

確かに二言目には引退したいと口になさっていらっしゃるけれど。

冗談で済まされるうちはいい。それでもいつかはその日が来るだろう。

「大丈夫だ。兄上の治世になっても影にジョルジュ兄上がいて、私もティムも側にいるのだからな」

リザはそう言って微笑んだ。

「そうですね。リザ様。それはとても心強いですわ」

お祖父《じい》様が生きていらした時、この国は内乱で荒れていた。多くの人が巻き込まれ、悲しい思いをした。陰謀《いんぼう》に翻弄《ほんろう》された方々、悪あがきをして破滅《はめつ》した方々。

それを祖父の記憶を通して見てきたアニアは、二度とそんな時代に戻ることがないようにしたいと思った。

幸い背負っているものは多くても、リシャールもアニアも孤軍奮闘《ふんとう》する必要はない。

自分たちを支えてくれる人たちがいる。いつかリシャールが王位に就く時が来ても、味方になってくれるだろう。

「それに何よりも、兄上には最強の妃がついているのだ。結末の決まった物語のようなものだ。これほど安泰《あんたい》なことはあるまい？」

アニアはリザの言葉に、最強になれる気はしないけれど、それを目指したいと思った。
沢山の約束を守れるように。
大事な人を助けられるように。
その気持ちがあれば、きっとこの先も大丈夫だ。
自分の人生が物語ならば、最後に結ばれる言葉がこうなればいい。
……そうして、いつまでも皆は幸せに暮らしました、と。

あとがき

春奈　恵

最終巻となりました。いかがでしたでしょうか。

楽しんでいただければ幸いです。

発表したものの中では自分史上一番長いお話になりました。最後まで書かせていただくことができて本当に嬉しかったです。アニアたちとは本当に長いおつき合いになりました。

結末についてはここでは触れないことにします。

お気づきの方も多いでしょうが、オルタンシアの人名などはフランス語を参考にしています。ただ、わたしが元々知っていたフランス語は食べ物や手芸関係の単語くらいでした。

そのため設定を考える時、読み方がわからなくて苦戦しました。

フランス語は語尾などに発音しない文字があるんですね。飾りのように文字が追加されてるってさすがお洒落《しゃれ》だなフランス語って思ったりもしました。筆記体もくるんとした飾りがついていてとても可愛《かわい》らしいです。

実はアナスタジアの愛称の発音は「アニャ」が近いようですが、文字的に見た目優先でアニアという表記を使いました。オルタンシアではそうなんです、きっと。

それにアニヤにしたら某鯉《こい》球団OBの方が頭をよぎる……という県民にしかわからないマニアックな事情もありました。

その後ちょっとだけラジオ講座を聞いたりして、ある程度はパターンがわかるようになってきました。まだまだ完全に理解できてはいないです。何故《なぜ》選んだんだ自分、とツッコミました。

ただ、いい機会なのでこれをきっかけにもっとフランス語を覚えたいとも思いました。


最後になりましたが、あれこれとご相談に乗ってくださった編集様、いつも可愛く美しい挿《さし》絵《え》で盛り立ててくださった雲屋《くもや》ゆきお先生を始め、この本が世に出るまでにお力添えくださった方々に感謝を。

そして編集部宛に感想を下さった方々へ。全てありがたく読ませていただいています。励《はげ》みになっております。

本当にありがとうございました。


さて、作家令嬢と書庫の姫のお話、これにて完結になります。

ここまでおつき合いいただきましてありがとうございました。

WINGS・NOVEL

【初出一覧】
作家令嬢のロマンスは王宮に咲き誇る：小説Wings '21年春号（No.111）～'21年夏号（No.112）掲載
作家令嬢と書庫の姫の約束された物語：書き下ろし

この本を読んでのご意見、ご感想などをお寄せください。
春奈 恵先生・雲屋ゆきお先生へのはげましのおたよりもお待ちしております。
〒113-0024　東京都文京区西片2-19-18　新書館
[ご意見・ご感想] 小説Wings編集部「作家令嬢のロマンスは王宮に咲き誇る　作家令嬢と書庫の姫～オルタンシア王国ロマンス～④」係
[はげましのおたより] 小説Wings編集部気付○○先生

作家令嬢のロマンスは王宮に咲き誇る
作家令嬢と書庫の姫～オルタンシア王国ロマンス～④

著者：春奈 恵 ©Megumi HARUNA
初版発行：2022年4月25日発行

発行所：株式会社 新書館
[編集] 〒113-0024　東京都文京区西片2-19-18　電話 03-3811-2631
[営業] 〒174-0043　東京都板橋区坂下1-22-14　電話 03-5970-3840
[URL] https://www.shinshokan.co.jp/

印刷・製本：加藤文明社

ISBN978-4-403-54238-1 Printed in Japan

SHINSHOKAN